Les Soirées de Médan

Les Sources de Médan

Émile Zola, Guy de Maupassant,
J.-K. Huysmans, Henry Céard,
Léon Hennique, Paul Alexis

Les Soirées de Médan

Préface de
Léon Hennique

Bernard Grasset
Paris

ISBN 978-2-246-43503-7
ISSN 0756-7170

AVEC ZOLA À MÉDAN

Le dimanche, en été, Emile Zola recevait ses amis dans sa maison de Médan. Le train, alors, s'arrêtait (il ne le fait plus qu'épisodiquement) à la gare de Médan, en bas du jardin de l'écrivain, et cette proximité, qui lui inspirera la Bête humaine, *ne l'avait pas retenu dans son acquisition.*

Le dimanche, donc, Jules Vallès, Alphonse Daudet, Edmond de Goncourt, Maupassant, J.-K. Huysmans, Henry Céard, l'éditeur Charpentier, Cézanne quand il se trouvait à Paris, débarquaient en bas du jardin, « grand comme le champ d'un pauvre homme », et découvraient l'architecture hétéroclite de la maison de l'auteur des Rougon. *Contre la demeure primitive, chalet de banlieue non sans élégance, Zola, animé comme son père l'ingénieur du goût de la bâtisse, avait fait édifier, en brique et ciment, une énorme tour carrée qui écrasait complètement la maison première et que Maupassant comparait à un géant tenant un nain par la main. Nouveau bâtiment qui abritait la salle à manger au rez-de-chaussée, la chambre des Zola au premier et, au-dessus, un immense cabinet de travail pour le maître. « Construction à la tournure féodale, écrit Edmond de Goncourt, qui semble bâtie dans un carré de choux. »*

D'ailleurs, les invités débarquaient chaque fois dans un chantier perpétuel. Dès l'acquisition, Zola avait fait venir à Médan une équipe d'ouvriers, qui n'en sortirent de quinze ans. Il faisait décorer ses pièces, méditait de nouvelles constructions et, lopin après lopin, agrandissait son terrain. Mme Zola dirigeait tout ce monde, ouvriers et domestiques, d'une main ferme, et assurait la paie du samedi.

L'intérieur réservait aux arrivants une autre surprise. Comme avant lui Balzac, Dumas, Hugo, Zola était collectionneur, mais avec moins de goût encore. Dévalisant les brocanteurs, il en rapportait des meubles prétendument médiévaux, des objets religieux de pacotille, des hanaps, des cimeterres, des rondaches, des chopes à bière, des chinoiseries de bazar, tout un bric-à-brac que l'on aperçoit sur les photos et qui effarait un peu ses amis, en particulier Edmond de Goncourt, amateur raffiné de l'art du XVIIIe siècle. Le décor mural était adapté à cet environnement, et Zola y avait multiplié écussons, fleurs de lys, cheminées tarabiscotées, avec des fenêtres garnies de vitraux comportant une petite part d'ancien.

Puis, on passait à table, et la table était bonne. Zola prenait une douce revanche sur ses années de misère, sur les oiseaux pris au piège dans la gouttière de sa mansarde d'étudiant et rôtis larmes aux yeux, sur les repas à dix sous du commissionnaire en librairie. Maintenant, l'auteur célèbre mangeait, dit Maupassant, « comme trois romanciers ordinaires ».

L'après-midi, on flânait dans le jardin peu à peu agrandi, on s'essayait à la pêche à la ligne, et l'on put traverser le bras de la Seine pour aller dans l'île en face quand Maupassant eut amené là, à force rames, une grande barque aussitôt baptisée La Nana, *« parce que tout le monde lui passe dessus ».*

La propriété créée par lui à l'image de ses goûts, symbole de sa réussite, nous reste. Nous nous efforçons d'y restaurer le cadre de sa vie et de son travail, d'y cultiver et d'y magnifier son souvenir.

Georges POISSON,
Conseiller technique de la Maison de Zola.

Préface
de
LÉON HENNIQUE

— Or çà, me demandait, il n'y a pas longtemps, un journaliste curieux, journaliste de valeur, qu'est-ce que ces histoires qui courent sur les primes relations de Zola et de son jeune groupe ? Où l'avez-vous rencontré ? A propos de quoi devîntes-vous ses amis, malgré la différence d'âge ? Au nom de quoi en arrivâtes-vous à échafauder les *Soirées de Médan*.

Je répondis :

— Vous me prenez au dépourvu, mon cher ; vous vous enquérez de choses déjà lointaines... Je ne sais plus, moi, je tâtonne, j'hésite... Permettez que je réfléchisse, me souvienne, fasse comme le voyageur dont la silhouette apparaît tout à coup au bord de la mer.

— Le voyageur ?

— Oui, le voyageur. Il est brusquement ébloui, ne distingue rien, sauf l'astre magnifique, là-bas, puis l'énorme plaine qui ondule, qui, sans trêve, brasse de la lumière. Peu à peu cependant – il s'est ombragé les yeux d'une main – voici qu'il finit par découvrir de chétifs points noirs, un, deux, trois, au diable. Les points noirs bougent, sont des barques de pêcheurs. Il en compte à présent une flottille.

— Et alors ?

— Alors ?... mon apologue est pour vous exhorter à la patience. Revenez un matin et je tâcherai de vous être agréable. En somme, vous n'êtes pas trop indiscret.

Le journaliste n'est plus revenu, je l'attends ; mais, ma réponse, je me suis hâté de l'écrire. Puisse-t-elle intéresser quelques personnes !

C'est par Huysmans, avec lequel je m'étais lié aux lundis de Catulle Mendès, rue de Bruxelles, que je connus Paul Alexis. Nous décidâmes immédiatement de nous réunir de fois à autre, nous choisîmes le lieu de réunion, un café borgne sis place Pigalle, et là, heureux de nous trouver d'accord, pauvres d'argent, riches d'enthousiasmes, nous bavardions littérature, nous exaltions les Rougon-Macquart, nous vitupérions contre certains journaux. Pensez donc ! ils n'avaient pas compris, refusaient de comprendre un fils de Balzac, l'homme qui apportait du neuf, celui que, dès ses débuts, nous avions admiré haut et ferme.

— Moi, s'écria Huysmans, je vais lui foutre un article dans une revue belge. J'y opère en liberté.

— Moi, continua Paul Alexis, je *marcherai* dans une feuille, où, d'habitude, on m'insère de la copie, gratis.

— Moi...

Je ne sus achever ma phrase, demeurai penaud. Je n'avais ni revue ni feuille.

— Moi, poursuivis-je néanmoins... Oh ! une idée... *l'Assommoir* est à l'impression, n'est-ce pas ?... si j'en conférenciais aux Capucines ?

J'entends Huysmans m'applaudir, Alexis égrener :

— Dépêche-toi de t'arranger avec le type des conférences et je te mène à Zola. Il te donnera sa préface et une épreuve de *l'Assommoir*.

— *All right !*

Ce que j'avais imaginé se réalisa ; le *type* des conférences fut aimable, et, le lendemain, flanqué de mon introducteur, un soir d'hiver, aux Batignolles, neuf heures tapant, je m'arrêtais à l'huis d'un rez-de-chaussée.

— Sonne.

Zola nous ouvre, en veston de flanelle rouge, grand, barbu, replet, Zola, visage énergique surmonté d'un beau front, les cheveux coupés bref. Sa bouche ? moyenne. Son nez ? légèrement fendu en deux vers la pointe comme le nez de certains épagneuls doués de flair et de finesse. Sa voix ? une voix d'homme cordial, d'homme excellent.

J'obtiens la préface désirée, les épreuves ; ma conférence a la chance de réussir ; Mme Zola y assiste, incognito.

Quel fut mon plaisir, par la suite, derrière une invitation urgente, d'apercevoir aux côtés de Zola, outre Alexis, Huysmans, l'œil hilare, et quatre messieurs d'aspect sympathique. L'un était Guy de Maupassant, robuste gaillard, franc d'allures, ami de Flaubert ; le second, Henry Céard, Pylade de Huysmans ; le troisième, A. Guillemet, remarquable paysagiste, et le dernier, Marius Roux, d'Aix et du *Petit Journal.*

Un trimestre ne s'est pas égoutté, d'ailleurs, que Maupassant, Huysmans, Céard et le fauteur de cette narration dînent proches les uns des autres, le mercredi de toute semaine, – puis rendent visite au ménage Zola.

On est bien, chez lui ; on se sent les coudes ; on a même l'honneur de plaire au chien Raton, assez mal expansif.

Zola déménage, s'installe rue Ballu – *l'Assommoir* avait été un gros succès – et, jugeant la porte ouverte, grâce au travail acharné du Maître, l'aisance pénètre dans le nouvel appartement, l'orne d'un salon capitonné de velours cramoisi. Je me remémore le portrait de Zola par Manet, deux bibliothèques Louis XVI, nombre de bibelots sur les meubles.

— Alexis, prière de ne rien casser aujourd'hui, disait plaisamment Mme Zola, quand le brave camarade surgissait.

Il était d'une myopie dangereuse.

— J'ai acheté une bicoque à Médan, nous raconte Zola, un beau soir. Je l'ai achetée pour ma mère, qui s'ennuie à la ville, et pour moi, lorsque la besogne me déborde.

Nous roulons vers Médan, peu après, et nous atteignons une maisonnette blanche, son jardin, jardin planté de fleurs multicolores, de légumes, jardin borné par des cultures, une voie ferrée, une route, un pont.

C'est au seuil de l'hospitalier logis, que Vallès, plus tard, confie à Zola :

— Vous savez, mon vieux, la prochaine fois que je viendrai, j'apporterai un arbre.

Vallès ne manquait pas de gaieté.

La maisonnette, le jardin s'arrondirent... Et nous sommes à la table d'Emile Zola, dans Paris, Maupassant, Huysmans, Céard, Alexis et moi, pour changer. On devise à bâtons rompus ; on se met à évoquer la guerre, la fameuse guerre de 70. Plusieurs des nôtres avaient été volontaires ou moblots.

— Tiens ! tiens ! propose Zola, pourquoi ne ferait-on pas un volume là-dessus, un volume de nouvelles ?

Alexis :

— Oui, pourquoi ?

— Vous avez des sujets ?

— Nous en aurons.

— Le titre du bouquin ?

Céard :

— Les *Soirées de Médan*.

Il s'est rappelé les Soirées de Neuilly.

— Bravo ! J'aime ce titre ! approuve Huysmans. On habillera les enfants et on les amènera ici.

— Vite ?

— Au plus vite.

Les enfants debout, habillés. Boule de Suif mérite une chaude ovation. L'ovation éteinte, je tire au sort les places que chacun – hormis Zola – devra occuper dans le futur in-I2, et Maupassant arrive premier.

— Dire qu'il n'aura jamais de talent ! avait prophétisé Tourguéniev, sur un essai du jeune écrivain.

Comme les mieux avertis déraillent !

Le livre des six – Zola y avait ajouté une combative préface – est aux mains de son éditeur... On l'imprime... On le broche... On le dédicace... Il trône à la devanture des libraires... La critique est furieuse, attaque... Nous n'avons pas peur ; nous nous amusons. Le public s'amuse aussi, achète.

Temps simple ! Temps probe, affectueux ! Aucun de mes amis n'admirait que soi ; ils avaient des maîtres, les chérissaient, les respectaient : Flaubert, Edmond de Goncourt, Alphonse Daudet, Zola. Morts, tous morts, et nous également, presque tous...

Que s'efforce de durer une parcelle de notre vie antérieure, une parcelle mélancolique, avec cette récente édition des *Soirées de Médan*.

L.H. – 1930

Les nouvelles qui suivent ont été publiées, les unes en France, les autres à l'étranger. Elles nous ont paru procéder d'une idée unique, avoir une même philosophie : nous les réunissons.

Nous nous attendons à toutes les attaques, à la mauvaise foi et à l'ignorance dont la critique courante nous a déjà donné tant de preuves. Notre seul souci a été d'affirmer publiquement nos véritables amitiés et, en même temps, nos tendances littéraires.

Médan, 1er mai 1880.

L'attaque du moulin

par

ÉMILE ZOLA

I

Le moulin du père Merlier, par cette belle soirée d'été, était en grande fête. Dans la cour, on avait mis trois tables, placées bout à bout, et qui attendaient les convives. Tout le pays savait qu'on devait fiancer, ce jour-là, la fille Merlier, Françoise, avec Dominique, un garçon qu'on accusait de fainéantise, mais que les femmes, à trois lieues à la ronde, regardaient avec des yeux luisants, tant il avait bon air.

Ce moulin du père Merlier était une vraie gaieté. Il se trouvait juste au milieu de Rocreuse, à l'endroit où la grand-route fait un coude. Le village n'a qu'une rue, deux files de masures, une file à chaque bord de la route ; mais là, au coude, des prés s'élargissent, de grands arbres, qui suivent le cours de la Morelle, couvrent le fond de la vallée d'ombrages magnifiques. Il n'y a pas, dans toute la Lorraine, un coin de nature plus adorable. A droite et à gauche, des bois épais, des futaies séculaires montent des pentes douces, emplissent l'horizon d'une mer de verdure ; tandis que, vers le midi, la plaine s'étend, d'une fertilité merveilleuse, déroulant à l'infini des pièces de terre coupées de haies vives. Mais ce qui fait surtout le charme de Rocreuse, c'est la fraîcheur de ce trou de verdure, aux journées les plus chaudes de juillet et d'août. La Morelle descend des feuillages sous lesquels elle coule pendant des lieues; elle apporte les bruits murmurants, l'ombre glacée et recueillie des forêts. Et elle n'est point la seule fraîcheur : toutes sortes d'eaux courantes chantent sous les bois; à chaque pas, des sources jaillissent; on sent, lorsqu'on suit les étroits sentiers, comme des lacs souterrains qui percent sous la mousse et profitent des moindres fentes, au pied des arbres, entre les roches, pour s'épancher en fontaines cristallines. Les voix chuchotantes de ces ruisseaux s'élèvent si nombreuses et si hautes, qu'elles couvrent le chant des bouvreuils. On se croirait dans quelque parc enchanté, avec des cascades tombant de toutes parts.

En bas, les prairies sont trempées. Des marronniers gigantesques font des ombres noires. Au bord des prés, de longs rideaux de peupliers alignent leurs tentures bruissantes. Il y a deux avenues d'énormes platanes qui montent, à travers champs, vers l'ancien château de Gagny, aujourd'hui en ruine. Dans cette terre continuellement arrosée, les herbes grandissent démesurément. C'est comme un fond de parterre entre les deux coteaux boisés, mais de parterre naturel, dont les prairies sont les pelouses, et dont les arbres géants dessinent les colossales corbeilles. Quand le soleil, à midi, tombe d'aplomb, les ombres bleuissent, les herbes allumées dorment dans la chaleur, tandis qu'un frisson glacé passe sous les feuillages.

Et c'était là que le moulin du père Merlier égayait de son tic-tac un coin de verdures folles. La bâtisse, faite de plâtre et de planches, semblait vieille comme le monde. Elle trempait à moitié dans la Morelle, qui arrondit à cet endroit un clair bassin. Une écluse était ménagée, la chute tombait de quelques mètres sur la roue du moulin, qui craquait en tournant, avec la toux asthmatique d'une fidèle servante vieillie dans la maison. Quand on conseillait au père Merlier de la changer, il hochait la tête en disant qu'une jeune roue serait plus paresseuse et ne connaîtrait pas si bien le travail ; et il raccommodait l'ancienne avec tout ce qui lui tombait sous la main, des douves de tonneau, des ferrures rouillées, du zinc, du plomb. La roue en paraissait plus gaie, avec son profil devenu étrange, tout empanachée d'herbes et de mousses. Lorsque l'eau la battait de son flot d'argent, elle se couvrait de perles, on voyait passer son étrange carcasse sous une parure éclatante de colliers de nacre.

La partie du moulin qui trempait ainsi dans la Morelle, avait l'air d'une arche barbare, échouée là. Une bonne moitié du logis était bâtie sur des pieux. L'eau entrait sous le plancher, il y avait des trous, bien connus dans le pays pour les anguilles et les écrevisses énormes qu'on y prenait. En dessous de la chute, le bassin était limpide comme un miroir, et lorsque la roue ne le troublait pas de son écume, on apercevait des bandes de gros poissons qui nageaient avec des lenteurs d'escadre. Un escalier rompu descendait à la rivière, près d'un pieu où était amarrée une barque. Une galerie de bois passait au-dessus de la rue. Des fenêtres s'ouvraient, percées irrégulièrement. C'était un pêle-mêle d'encoignures, de petites murailles, de constructions ajoutées après coup, de poutres et de toitures qui donnaient au moulin un aspect d'ancienne citadelle démantelée. Mais des lierres avaient poussé, toutes sortes de plantes grimpantes bouchaient les crevasses trop grandes et mettaient un manteau vert à la vieille demeure. Les demoiselles qui passaient dessinaient sur leurs albums le moulin du père Merlier.

Du côté de la route, la maison était plus solide. Un portail en pierre s'ouvrait sur la grande cour, que bordaient à droite et à gauche des hangars et des écuries. Près d'un puits, un orme immense couvrait de son ombre la moitié de la cour. Au fond, la maison alignait les quatre fenêtres de son premier étage, surmonté d'un colombier. La seule coquetterie du père Merlier était de faire badigeonner cette façade tous les dix ans. Elle venait justement d'être blanchie, et elle éblouissait le village, lorsque le soleil l'allumait, au milieu du jour.

Depuis vingt ans, le père Merlier était maire de Rocreuse. On l'estimait pour la fortune qu'il avait su faire. On lui donnait quelque chose comme quatre-vingt mille francs, amassés sou à sou. Quand il avait épousé Madeleine Guillard, qui lui apportait en dot le moulin, il ne possédait guère que ses deux bras. Mais Madeleine ne s'était jamais repentie de son choix, tant il avait su mener gaillardement les affaires du ménage. Aujourd'hui, la femme était défunte, il restait veuf avec sa fille Françoise. Sans doute, il aurait pu se reposer, laisser la roue du moulin dormir dans la mousse ; mais il se serait trop ennuyé, et la maison lui aurait semblé morte. Il travaillait toujours, pour le plaisir. Le père Merlier était alors un grand vieillard, à longue figure silencieuse, qui ne riait jamais, mais qui était tout de même très gai en dedans. On l'avait choisi pour maire, à cause de son argent, et aussi pour le bel air qu'il savait prendre lorsqu'il faisait un mariage.

Françoise Merlier venait d'avoir dix-huit ans. Elle ne passait pas pour une des belles filles du pays, parce qu'elle était chétive. Jusqu'à quinze ans, elle avait même été laide. On ne pouvait pas comprendre, à Rocreuse, comment la fille du père et de la mère Merlier, tous deux si bien plantés, poussait mal et d'un air de regret. Mais à quinze ans, tout en restant délicate, elle prit une petite figure, la plus jolie du monde. Elle avait des cheveux noirs, des yeux noirs, et elle était toute rose avec ça ; une bouche qui riait toujours, des trous dans les joues, un front clair où il y avait comme une couronne de soleil. Quoique chétive pour le pays, elle n'était pas maigre, loin de là ; on voulait dire simplement qu'elle n'aurait pas pu lever un sac de blé ; mais elle devenait toute potelée avec l'âge, elle devait finir par être ronde et friande comme une caille. Seulement, les longs silences de son père l'avaient rendue raisonnable très jeune. Si elle riait toujours, c'était pour faire plaisir aux autres. Au fond, elle était sérieuse.

Naturellement, tout le pays la courtisait, plus encore pour ses écus que pour sa gentillesse. Et elle avait fini par faire un choix, qui venait de scandaliser la contrée. De l'autre côté de la Morelle, vivait un grand garçon, que l'on nommait Dominique Penquer. Il n'était pas de Rocreuse. Dix ans auparavant, il était arrivé de Belgique, pour hériter d'un oncle, qui possédait un petit bien, sur la lisière même de la forêt de Gagny, juste en face du moulin, à quelques portées de fusil. Il venait pour vendre ce bien, disait-il, et retourner chez lui. Mais le pays le charma, paraît-il, car il n'en bougea plus. On le vit cultiver son bout de champ, récolter quelques légumes dont il vivait. Il pêchait, il chassait ; plusieurs fois, les gardes faillirent le prendre et lui dresser des procès-verbaux. Cette existence libre, dont les paysans ne s'expliquaient pas bien les ressources, avait fini par lui donner un mauvais renom. On le traitait vaguement de braconnier. En tout cas, il était paresseux, car on le trouvait souvent endormi dans l'herbe, à des heures où il aurait dû travailler. La masure qu'il habitait, sous les derniers arbres de la forêt, ne semblait pas non plus la demeure d'un honnête garçon. Il aurait eu un commerce avec les loups des ruines de Gagny, que cela n'aurait point surpris les vieilles femmes. Pourtant, les jeunes filles, parfois, se hasardaient à le défendre, car il était superbe, cet homme louche, souple et grand comme un peuplier, très blanc de peau, avec une barbe et des cheveux blonds qui semblaient de l'or au soleil. Or, un beau matin, Françoise avait déclaré au père Merlier qu'elle aimait Dominique et que jamais elle ne consentirait à épouser un autre garçon.

On pense quel coup de massue le père Merlier reçut, ce jour-là ! Il ne dit rien, selon son habitude. Il avait son visage réfléchi ; seulement sa gaieté intérieure ne luisait plus dans ses yeux. On se bouda pendant une semaine. Françoise, elle aussi, était toute grave. Ce qui tourmentait le père Merlier, c'était de savoir comment ce gredin de braconnier avait bien pu ensorceler sa fille. Jamais Dominique n'était venu au moulin. Le meunier guetta et il aperçut le galant, de l'autre côté de la Morelle, couché dans l'herbe et feignant de dormir. Françoise, de sa chambre, pouvait le voir. La chose était claire, ils avaient dû s'aimer, en se faisant les doux yeux par-dessus la roue du moulin.

Cependant, huit autres jours s'écoulèrent. Françoise devenait de plus en plus grave. Le père Merlier ne disait toujours rien. Puis, un soir, silencieusement, il amena lui-même Dominique. Françoise, justement, mettait la table. Elle ne parut pas étonnée, elle se contenta d'ajouter un couvert ; seulement, les petits trous de ses joues venaient de se creuser de nouveau, et son rire avait reparu. Le matin, le père Merlier était allé trouver Dominique dans la masure, sur la lisière du bois. Là, les deux hommes avaient causé pendant trois heures, les portes et les fenêtres fermées. Jamais personne n'a su ce qu'ils avaient pu se dire. Ce qu'il y a de certain, c'est que le père Merlier en sortant traitait déjà Dominique comme son fils. Sans doute, le vieillard avait trouvé le garçon qu'il était allé chercher, un brave garçon, dans ce paresseux qui se couchait sur l'herbe pour se faire aimer des filles.

Tout Rocreuse clabauda. Les femmes, sur les portes, ne tarissaient pas au sujet de la folie du père Merlier, qui introduisait ainsi chez lui un garnement. Il laissa dire. Peut-être s'était-il souvenu de son propre mariage. Lui non plus ne possédait pas un sou vaillant, lorsqu'il avait épousé Madeleine et son moulin ; cela pourtant ne l'avait point empêché de faire un bon mari. D'ailleurs, Dominique coupa court aux cancans, en se mettant si rudement à la besogne, que le pays en fut émerveillé. Justement le garçon du moulin était tombé au sort, et jamais Dominique ne voulut qu'on en engageât un autre. Il porta les sacs, conduisit la charrette, se battit avec la vieille roue, quand elle se faisait prier pour tourner, tout cela d'un tel cœur, qu'on venait le voir par plaisir. Le père Merlier avait son rire silencieux. Il était très fier d'avoir deviné ce garçon. Il n'y a rien comme l'amour pour donner du courage aux jeunes gens.

Au milieu de toute cette grosse besogne, Françoise et Dominique s'adoraient. Ils ne se parlaient guère, mais ils se regardaient avec une douceur souriante. Jusque-là, le père Merlier n'avait pas dit un seul mot au sujet du mariage ; et tous deux respectaient ce silence, attendant la volonté du vieillard. Enfin, un jour, vers le milieu de juillet, il avait fait mettre trois tables dans la cour, sous le grand orme, en invitant ses amis de Rocreuse à venir le soir boire un coup avec lui. Quand la cour fut pleine et que tout le monde eut le verre en main, le père Merlier leva le sien très haut, en disant :

— C'est pour avoir le plaisir de vous annoncer que Françoise épousera ce gaillard-là dans un mois, le jour de la Saint-Louis.

Alors on trinqua bruyamment. Tout le monde riait. Mais le père Merlier, haussant la voix, dit encore :

— Dominique, embrasse ta promise. Ça se doit.

Et ils s'embrassèrent, très rouges pendant que l'assistance riait plus fort. Ce fut une vraie fête. On vida un petit tonneau. Puis, quand il n'y eut là que les amis intimes, on causa d'une façon calme. La nuit était tombée, une nuit étoilée et très claire. Dominique et Françoise, assis sur un banc, l'un près de l'autre, ne disaient rien. Un vieux paysan parlait de la guerre que l'empereur avait déclarée à la Prusse. Tous les gars du village étaient déjà partis. La veille, des troupes avaient encore passé. On allait se cogner dur.

— Bah ! dit le père Merlier avec l'égoïsme d'un homme heureux, Dominique est étranger, il ne partira pas... Et si les Prussiens venaient, il serait là pour défendre sa femme.

Cette idée que les Prussiens pouvaient venir parut une bonne plaisanterie. On allait leur flanquer une raclée soignée, et ce serait vite fini.

— Je les ai déjà vus, je les ai déjà vus, répéta d'une voix sourde le vieux paysan.

Il y eut un silence. Puis, on trinqua une fois encore. Françoise et Dominique n'avaient rien entendu ; ils s'étaient pris doucement la main, derrière le banc, sans qu'on pût les voir, et cela leur semblait si bon, qu'ils restaient là, les yeux perdus au fond des ténèbres.

Quelle nuit tiède et superbe ! Le village s'endormait aux deux bords de la route blanche, dans une tranquillité d'enfant. On n'entendait plus, de loin en loin, que le chant de quelque coq éveillé trop tôt. Des grands bois voisins, descendaient de longues haleines qui passaient sur les toitures comme des caresses. Les prairies, avec leurs ombrages noirs, prenaient une majesté mystérieuse et recueillie, tandis que toutes les sources, toutes les eaux courantes qui jaillissaient dans l'ombre, semblaient être la respiration fraîche et rythmée de la campagne endormie. Par instants, la vieille roue du moulin, ensommeillée, paraissait rêver comme ces vieux chiens de garde qui aboient en ronflant ; elle avait des craquements, elle causait toute seule, bercée par la chute de la Morelle, dont la nappe rendait le son musical et continu d'un tuyau d'orgues. Jamais une paix plus large n'était descendue sur un coin plus heureux de nature.

II

Un mois plus tard, jour pour jour, juste la veille de la
Saint-Louis, Rocreuse était dans l'épouvante. Les
Prussiens avaient battu l'empereur et s'avançaient à
marches forcées vers le village. Depuis une semaine,
des gens qui passaient sur la route annonçaient les
Prussiens : « Ils sont à Lormières, ils sont à Novelles » ;
et, à entendre dire qu'ils se rapprochaient si vite, Rocreuse, chaque matin, croyait les voir descendre par les
bois de Gagny. Ils ne venaient point cependant, cela
effrayait davantage. Bien sûr qu'ils tomberaient sur le
village pendant la nuit et qu'ils égorgeraient tout le
monde.

La nuit précédente, un peu avant le jour, il y avait eu
une alerte. Les habitants s'étaient réveillés, en entendant un grand bruit d'hommes sur la route. Les femmes
déjà se jetaient à genoux et faisaient des signes de
croix, lorsqu'on avait reconnu des pantalons rouges, en
entrouvrant prudemment les fenêtres. C'était un détachement français. Le capitaine avait tout de suite demandé le maire du pays, et il était resté au moulin,
après avoir causé avec le père Merlier.

Le soleil se levait gaiement, ce jour-là. Il ferait
chaud, à midi. Sur les bois, une clarté blonde flottait,

tandis que dans les fonds, au-dessus des prairies, montaient des vapeurs blanches. Le village, propre et joli, s'éveillait dans la fraîcheur, et la campagne, avec sa rivière et ses fontaines, avait des grâces mouillées de bouquet. Mais cette belle journée ne faisait rire personne. On venait de voir le capitaine tourner autour du moulin, regarder les maisons voisines, passer de l'autre côté de la Morelle, et de là, étudier le pays avec une lorgnette ; le père Merlier, qui l'accompagnait, semblait donner des explications. Puis, le capitaine avait posté des soldats derrière des murs, derrière des arbres, dans des trous. Le gros du détachement campait dans la cour du moulin. On allait donc se battre ? Et quand le père Merlier revint, on l'interrogea. Il fit un long signe de tête, sans parler. Oui, on allait se battre.

Françoise et Dominique étaient là, dans la cour, qui le regardaient. Il finit par ôter sa pipe de la bouche, et dit cette simple phrase :

— Ah ! mes pauvres petits, ce n'est pas demain que je vous marierai !

Dominique, les lèvres serrées, avec un pli de colère au front, se haussait parfois, restait les yeux fixés sur les bois de Gagny, comme s'il eût voulu voir arriver les Prussiens. Françoise, très pâle, sérieuse, allait et venait, fournissant aux soldats ce dont ils avaient besoin. Ils faisaient la soupe dans un coin de la cour, et plaisantaient, en attendant de manger.

Cependant, le capitaine paraissait ravi. Il avait visité les chambres et la grande salle du moulin donnant sur la rivière. Maintenant, assis près du puits, il causait avec le père Merlier.

— Vous avez là une vraie forteresse, disait-il. Nous tiendrons bien jusqu'à ce soir... Les bandits sont en retard. Ils devraient être ici.

Le meunier restait grave. Il voyait son moulin flamber comme une torche. Mais il ne se plaignait pas, jugeant cela inutile. Il ouvrit seulement la bouche pour dire :

— Vous devriez faire cacher la barque derrière la roue. Il y a là un trou où elle tient... Peut-être qu'elle pourra servir.

Le capitaine donna un ordre. Ce capitaine était un bel homme d'une quarantaine d'années, grand et de figure aimable. La vue de Françoise et de Dominique semblait le réjouir. Il s'occupait d'eux, comme s'il avait oublié la lutte prochaine. Il suivait Françoise des yeux, et son air disait clairement qu'il la trouvait charmante. Puis, se tournant vers Dominique :

— Vous n'êtes donc pas à l'armée, mon garçon ? lui demanda-t-il brusquement.

— Je suis étranger, répondit le jeune homme.

Le capitaine parut goûter médiocrement cette raison. Il cligna les yeux et sourit. Françoise était plus agréable à fréquenter que le canon. Alors, en le voyant sourire, Dominique ajouta :

— Je suis étranger ; mais je loge une balle dans une pomme, à cinq cents mètres... Tenez, mon fusil de chasse est là, derrière vous.

— Il pourra vous servir, répliqua simplement le capitaine.

Françoise s'était approchée, un peu tremblante. Et, sans se soucier du monde qui était là, Dominique prit et serra dans les siennes les deux mains qu'elle lui tendait, comme pour se mettre sous sa protection. Le capitaine avait souri de nouveau, mais il n'ajouta pas une parole. Il demeurait assis, son épée entre les jambes, les yeux perdus, paraissant rêver.

Il était déjà dix heures. La chaleur devenait très forte.

Un lourd silence se faisait. Dans la cour, à l'ombre des hangars, les soldats s'étaient mis à manger la soupe. Aucun bruit ne venait du village, dont les habitants avaient tous barricadé leurs maisons, portes et fenêtres. Un chien, resté seul sur la route, hurlait. Des bois et des prairies voisines, pâmés par la chaleur, sortait une voix lointaine, prolongée, faite de tous les souffles épars. Un coucou chanta. Puis, le silence s'élargit encore.

Et, dans cet air endormi, brusquement, un coup de feu éclata. Le capitaine se leva vivement, les soldats lâchèrent leurs assiettes de soupe, encore à moitié pleines. En quelques secondes, tous furent à leur poste de combat ; de bas en haut, le moulin se trouvait occupé. Cependant, le capitaine, qui s'était porté sur la route, n'avait rien vu ; à droite, à gauche, la route s'étendait, vide et toute blanche. Un deuxième coup de feu se fit entendre, et toujours rien, pas une ombre. Mais, en se retournant, il aperçut du côté de Gagny entre deux arbres, un léger flocon de fumée qui s'envolait, pareil à un fil de la Vierge. Le bois restait profond et doux.

— Les gredins se sont jetés dans la forêt, murmura-t-il. Ils nous savent ici.

Alors, la fusillade continua, de plus en plus nourrie, entre les soldats français, postés autour du moulin, et les Prussiens, cachés derrière les arbres. Les balles sifflaient au-dessus de la Morelle, sans causer de pertes, ni d'un côté ni de l'autre. Les coups étaient irréguliers, partaient de chaque buisson ; et l'on n'apercevait toujours que les petites fumées, balancées mollement par le vent. Cela dura près de deux heures. L'officier chantonnait d'un air indifférent. Françoise et Dominique, qui étaient restés dans la cour, se haussaient et regardaient par-dessus une muraille basse. Ils s'intéressaient surtout à un petit soldat, posté au bord de la Morelle,

derrière la carcasse d'un vieux bateau ; il était à plat
ventre, guettait, lâchait son coup de feu, puis se laissait
glisser dans un fossé, un peu en arrière, pour recharger
son fusil ; et ses mouvements étaient si drôles, si rusés,
si souples, qu'on se laissait aller à sourire en le voyant.
Il dut apercevoir quelque tête de Prussien, car il se leva
vivement et épaula ; mais, avant qu'il eût tiré, il jeta un
cri, tourna sur lui-même et roula dans le fossé, où ses
jambes eurent un instant le raidissement convulsif des
pattes d'un poulet qu'on égorge. Le petit soldat venait
de recevoir une balle en pleine poitrine. C'était le
premier mort. Instinctivement, Françoise avait saisi la
main de Dominique et la lui serrait, dans une crispation
nerveuse.

— Ne restez pas là, dit le capitaine. Les balles viennent jusqu'ici.

En effet, un petit coup sec s'était fait entendre dans le
vieil orme, et un bout de branche tombait en se balançant. Mais les deux jeunes gens ne bougèrent pas,
cloués par l'anxiété du spectacle. A la lisière du bois,
un Prussien était brusquement sorti de derrière un arbre
comme d'une coulisse, battant l'air de ses bras et tombant à la renverse. Et rien ne bougea plus, les deux
morts semblaient dormir au grand soleil, on ne voyait
toujours personne dans la campagne alourdie. Le pé-
tillement de la fusillade lui-même cessa. Seule, la
Morelle chuchotait avec son bruit clair.

Le père Merlier regarda le capitaine d'un air de surprise, comme pour lui demander si c'était fini.

— Voilà le grand coup, murmura celui-ci. Méfiez-
vous. Ne restez pas là.

Il n'avait pas achevé qu'une décharge effroyable eut
lieu. Le grand orme fut comme fauché, une volée de
feuilles tournoya. Les Prussiens avaient heureusement

tiré trop haut. Dominique entraîna, emporta presque Françoise, tandis que le père Merlier les suivait en criant :

— Mettez-vous dans le petit caveau, les murs sont solides.

Mais ils ne l'écoutèrent pas, ils entrèrent dans la grande salle, où une dizaine de soldats attendaient en silence, les volets fermés, guettant par des fentes. Le capitaine était resté seul dans la cour, accroupi derrière la petite muraille, pendant que des décharges furieuses continuaient. Au-dehors, les soldats qu'il avait postés, ne cédaient le terrain que pied à pied. Pourtant, ils rentraient un à un en rampant, quand l'ennemi les avait délogés de leurs cachettes. Leur consigne était de gagner du temps, de ne point se montrer, pour que les Prussiens ne pussent savoir quelles forces ils avaient devant eux. Une heure encore s'écoula. Et, comme un sergent arrivait, disant qu'il n'y avait plus dehors que deux ou trois hommes, l'officier tira sa montre, en murmurant :

— Deux heures et demie... Allons, il faut tenir quatre heures.

Il fit fermer le grand portail de la cour, et tout fut préparé pour une résistance énergique. Comme les Prussiens se trouvaient de l'autre côté de la Morelle, un assaut immédiat n'était pas à craindre. Il y avait bien un pont à deux kilomètres, mais ils ignoraient sans doute son existence, et il était peu croyable qu'ils tenteraient de passer à gué la rivière. L'officier fit donc simplement surveiller la route. Tout l'effort allait porter du côté de la campagne.

La fusillade, de nouveau, avait cessé. Le moulin semblait mort sous le grand soleil. Pas un volet n'était ouvert, aucun bruit ne sortait de l'intérieur. Peu à peu, cependant, des Prussiens se montraient à la lisière du bois de Gagny. Ils allongeaient la tête, s'enhardissaient. Dans le moulin, plusieurs soldats épaulaient déjà ; mais le capitaine cria :

— Non, non, attendez... Laissez-les s'approcher.

Ils y mirent beaucoup de prudence, regardant le moulin d'un air méfiant. Cette vieille demeure, silencieuse et morne, avec ses rideaux de lierre, les inquiétait. Pourtant, ils avançaient. Quand ils furent une cinquantaine dans la prairie, en face, l'officier dit un seul mot :

— Allez !

Un déchirement se fit entendre, des coups isolés suivirent. Françoise, agitée d'un tremblement, avait porté malgré elle les mains à ses oreilles. Dominique, derrière les soldats, regardait ; et, quand la fumée se fut un peu dissipée, il aperçut trois Prussiens étendus sur le dos, au milieu du pré. Les autres s'étaient jetés derrière les saules et les peupliers. Et le siège commença.

Pendant plus d'une heure, le moulin fut criblé de balles. Elles en fouettaient les vieux murs comme une grêle. Lorsqu'elles frappaient sur de la pierre, on les entendait s'écraser et retomber à l'eau. Dans le bois, elles s'enfonçaient avec un bruit sourd. Parfois, un craquement annonçait que la roue venait d'être touchée. Les soldats, à l'intérieur, ménageaient leurs coups, ne tiraient que lorsqu'ils pouvaient viser. De temps à autre, le capitaine consultait sa montre. Et, comme une balle fendait un volet et allait se loger dans le plafond :

— Quatre heures, murmura-t-il. Nous ne tiendrons jamais.

Peu à peu, en effet, cette fusillade terrible ébranlait le vieux moulin. Un volet tomba à l'eau, troué comme une dentelle, et il fallut le remplacer par un matelas. Le père Merlier, à chaque instant, s'exposait pour constater les avaries de sa pauvre roue, dont les craquements lui allaient au cœur. Elle était bien finie, cette fois ; jamais il ne pourrait la raccommoder. Dominique avait supplié Françoise de se retirer, mais elle voulait rester avec lui ; elle s'était assise derrière une grande armoire de chêne, qui la protégeait. Une balle pourtant arriva dans l'armoire, dont les flancs rendirent un son grave. Alors, Dominique se plaça devant Françoise. Il n'avait pas encore tiré, il tenait son fusil à la main, ne pouvant approcher des fenêtres dont les soldats tenaient toute la largeur. A chaque décharge, le plancher tressaillait.

— Attention ! attention ! cria tout d'un coup le capitaine.

Il venait de voir sortir du bois toute une masse sombre. Aussitôt s'ouvrit un formidable feu de peloton. Ce fut comme une trombe qui passa sur le moulin. Un autre volet partit et, par l'ouverture béante de la fenêtre, les balles entrèrent. Deux soldats roulèrent sur le carreau. L'un ne remua plus ; on le poussa contre le mur, parce qu'il encombrait. L'autre se tordit en demandant qu'on l'achevât ; mais on ne l'écoutait point, les balles entraient toujours, chacun se garait et tâchait de trouver une meurtrière pour riposter. Un troisième soldat fut blessé ; celui-là ne dit pas une parole, il se laissa couler au bord d'une table, avec des yeux fixes et hagards. En face de ces morts, Françoise, prise d'horreur, avait repoussé machinalement sa chaise, pour s'asseoir à terre, contre le mur ; elle se croyait là plus petite et moins en danger. Cependant, on était allé prendre tous les matelas de la maison, on avait rebouché à moitié la fenêtre. La salle s'emplissait de débris, d'armes rompues, de meubles éventrés.

— Cinq heures, dit le capitaine. Tenez bon... Ils vont chercher à passer l'eau.

A ce moment, Françoise poussa un cri. Une balle, qui avait ricoché, venait de lui effleurer le front. Quelques gouttes de sang parurent. Dominique la regarda ; puis, s'approchant de la fenêtre, il lâcha son premier coup de feu, et il ne s'arrêta plus. Il chargeait, tirait, sans s'occuper de ce qui se passait près de lui ; de temps à autre seulement, il jetait un coup d'œil sur Françoise. D'ailleurs, il ne se pressait pas, visait avec soin. Les Prussiens, longeant les peupliers, tentaient le passage de la Morelle, comme le capitaine l'avait prévu ; mais, dès qu'un d'entre eux se hasardait, il tombait frappé à la tête par une balle de Dominique. Le capitaine, qui suivait ce jeu, était émerveillé. Il complimenta le jeune homme, en lui disant qu'il serait heureux d'avoir beaucoup de tireurs de sa force. Dominique ne l'entendait pas. Une balle lui entama l'épaule, une autre lui contusionna le bras. Et il tirait toujours.

Il y eut deux nouveaux morts. Les matelas, déchiquetés, ne bouchaient plus les fenêtres. Une dernière décharge semblait devoir emporter le moulin. La position n'était plus tenable. Cependant, l'officier répétait :

— Tenez bon... Encore une demi-heure.

Maintenant, il comptait les minutes. Il avait promis à ses chefs d'arrêter l'ennemi là jusqu'au soir, et il n'aurait pas reculé d'une semelle avant l'heure qu'il avait fixée pour la retraite. Il gardait son air aimable, souriait à Françoise, afin de la rassurer. Lui-même venait de ramasser le fusil d'un soldat mort et faisait le coup de feu.

Il n'y avait plus que quatre soldats dans la salle.

Les Prussiens se montraient en masse sur l'autre bord de la Morelle, et il était évident qu'ils allaient passer la rivière d'un moment à l'autre. Quelques minutes s'écoulèrent encore. Le capitaine s'entêtait, ne voulait pas donner l'ordre de la retraite, lorsqu'un sergent accourut, en disant :

— Ils sont sur la route, ils vont nous prendre par-derrière.

Les Prussiens devaient avoir trouvé le pont. Le capitaine tira sa montre.

— Encore cinq minutes, dit-il. Ils ne seront pas ici avant cinq minutes.

Puis, à six heures précises, il consentit enfin à faire sortir ses hommes par une petite porte qui donnait sur une ruelle. De là, ils se jetèrent dans un fossé, ils gagnèrent la forêt de Sauval. Le capitaine avait, avant de partir, salué très poliment le père Merlier, en s'excusant. Et il avait même ajouté :

— Amusez-les... Nous reviendrons.

Cependant, Dominique était resté seul dans la salle. Il tirait toujours, n'entendant rien, ne comprenant rien. Il n'éprouvait que le besoin de défendre Françoise. Les soldats étaient partis, sans qu'il s'en doutât le moins du monde. Il visait et tuait son homme à chaque coup. Brusquement, il y eut un grand bruit. Les Prussiens, par-derrière, venaient d'envahir la cour. Il lâcha un dernier coup, et ils tombèrent sur lui, comme son fusil fumait encore.

Quatre hommes le tenaient. D'autres vociféraient autour de lui, dans une langue effroyable. Ils faillirent l'égorger tout de suite. Françoise s'était jetée en avant, suppliante. Mais un officier entra et se fit remettre le prisonnier. Après quelques phrases qu'il échangea en allemand avec les soldats, il se tourna vers Dominique et lui dit rudement, en très bon français :

— Vous serez fusillé dans deux heures.

III

C'était une règle posée par l'état-major allemand : tout Français n'appartenant pas à l'armée régulière et pris les armes à la main, devait être fusillé. Les compagnies franches elles-mêmes n'étaient pas reconnues comme belligérantes. En faisant ainsi de terribles exemples sur les paysans qui défendaient leurs foyers, les Allemands voulaient empêcher la levée en masse, qu'ils redoutaient.

L'officier, un homme grand et sec, d'une cinquantaine d'années, fit subir à Dominique un bref interrogatoire. Bien qu'il parlât le français très purement, il avait une raideur toute prussienne.

— Vous êtes de ce pays ?

— Non, je suis belge.

— Pourquoi avez-vous pris les armes ?... Tout ceci ne doit pas vous regarder.

Dominique ne répondit pas. A ce moment, l'officier aperçut Françoise debout et très pâle, qui écoutait ; sur son front blanc, sa légère blessure mettait une barre rouge. Il regarda les jeunes gens l'un après l'autre, parut comprendre, et se contenta d'ajouter :

— Vous ne niez pas avoir tiré ?

— J'ai tiré tant que j'ai pu, répondit tranquillement Dominique.

Cet aveu était inutile, car il était noir de poudre, couvert de sueur, taché de quelques gouttes de sang qui avaient coulé de l'éraflure de son épaule.

— C'est bien, répéta l'officier. Vous serez fusillé dans deux heures.

Françoise ne cria pas. Elle joignit les mains et les éleva dans un geste de muet désespoir. L'officier remarqua ce geste. Deux soldats avaient emmené Dominique dans une pièce voisine, où ils devaient le garder à vue. La jeune fille était tombée sur une chaise, les jambes brisées ; elle ne pouvait pleurer, elle étouffait. Cependant, l'officier l'examinait toujours. Il finit par lui adresser la parole :

— Ce garçon est votre frère ? demanda-t-il.

Elle dit non de la tête. Il resta raide, sans un sourire. Puis, au bout d'un silence :

— Il habite le pays depuis longtemps.

Elle dit oui, d'un nouveau signe.

— Alors, il doit très bien connaître les bois voisins ?

Cette fois, elle parla.

— Oui, monsieur, dit-elle en le regardant avec quelque surprise.

Il n'ajouta rien et tourna sur ses talons, en demandant qu'on lui amenât le maire du village. Mais Françoise s'était levée, une légère rougeur au visage, croyant avoir saisi le but de ses questions et reprise d'espoir. Ce fut elle-même qui courut pour trouver son père.

Le père Merlier, dès que les coups de feu avaient cessé, était vivement descendu par la galerie de bois, pour visiter sa roue. Il adorait sa fille, il avait une solide amitié pour Dominique, son futur gendre ; mais sa roue tenait aussi une large place dans son cœur. Puisque les deux petits, comme il les appelait, étaient sortis sains et saufs de la bagarre, il songeait à son autre tendresse, qui avait singulièrement souffert, celle-là. Et, penché sur la grande carcasse de bois, il en étudiait les blessures d'un air navré. Cinq palettes étaient en miettes, la charpente centrale était criblée. Il fourrait les doigts dans les trous des balles, pour en mesurer la profondeur ; il réfléchissait à la façon dont il pourrait réparer toutes ces avaries. Françoise le trouva qui bouchait déjà des fentes avec des débris et de la mousse.

— Père, dit-elle, ils vous demandent.

Et elle pleura enfin, en lui contant ce qu'elle venait d'entendre. Le père Merlier hocha la tête. On ne fusillait pas les gens comme ça. Il fallait voir. Et il rentra dans le moulin, de son air silencieux et paisible. Quand l'officier lui eut demandé des vivres pour ses hommes, il répondit que les gens de Rocreuse n'étaient pas habitués à être brutalisés, et qu'on n'obtiendrait rien d'eux si l'on employait la violence. Il se chargeait de tout, mais à la condition qu'on le laissât agir seul. L'officier parut se fâcher d'abord de ce ton tranquille ; puis, il céda, devant les paroles brèves et nettes du vieillard. Même il le rappela, pour lui demander :

— Ces bois-là, en face, comment les nommez-vous ?

— Les bois de Sauval.

— Et quelle est leur étendue ?

Le meunier le regarda fixement.

— Je ne sais pas, répondit-il.

Et il s'éloigna. Une heure plus tard, la contribution de guerre en vivres et en argent, réclamée par l'officier, était dans la cour du moulin. La nuit venait, Françoise suivait avec anxiété les mouvements des soldats. Elle ne s'éloignait pas de la pièce dans laquelle était enfermé Dominique. Vers sept heures, elle eut une émotion poignante ; elle vit l'officier entrer chez le prisonnier, et, pendant un quart d'heure, elle entendit leurs voix qui s'élevaient. Un instant, l'officier reparut sur le seuil pour donner un ordre en allemand, qu'elle ne comprit pas ; mais, lorsque douze hommes furent venus se ranger dans la cour, le fusil au bras, un tremblement la saisit, elle se sentit mourir. C'en était donc fait ; l'exécution allait avoir lieu. Les douze hommes restèrent là dix minutes, la voix de Dominique continuait à s'élever sur un ton de refus violent. Enfin, l'officier sortit, en fermant brutalement la porte et en disant :

— C'est bien, réfléchissez... Je vous donne jusqu'à demain matin.

Et, d'un geste, il fit rompre les rangs aux douze hommes. Françoise restait hébétée. Le père Merlier, qui avait continué de fumer sa pipe, en regardant le peloton d'un air simplement curieux, vint la prendre par le bras, avec une douceur paternelle. Il l'emmena dans sa chambre.

— Tiens-toi tranquille, lui dit-il, tâche de dormir... Demain, il fera jour, et nous verrons.

En se retirant, il l'enferma par prudence. Il avait pour principe que les femmes ne sont bonnes à rien, et qu'elles gâtent tout, lorsqu'elles s'occupent d'une affaire sérieuse. Cependant, Françoise ne se coucha pas. Elle demeura longtemps assise sur son lit, écoutant les rumeurs de la maison. Les soldats allemands, campés dans la cour, chantaient et riaient ; ils durent manger et boire jusqu'à onze heures, car le tapage ne cessa pas un instant. Dans le moulin même, des pas lourds résonnaient de temps à autre, sans doute des sentinelles qu'on relevait. Mais, ce qui l'intéressait surtout, c'étaient les bruits qu'elle pouvait saisir dans la pièce qui se trouvait sous sa chambre. Plusieurs fois, elle se coucha par terre, elle appliqua son oreille contre le plancher. Cette pièce était justement celle où l'on avait enfermé Dominique. Il devait marcher du mur à la fenêtre, car elle entendit longtemps la cadence régulière de sa promenade ; puis, il se fit un grand silence, il s'était sans doute assis. D'ailleurs, les rumeurs cessaient, tout s'endormait. Quand la maison lui parut s'assoupir, elle ouvrit sa fenêtre le plus doucement possible, elle s'accouda.

Au-dehors, la nuit avait une sérénité tiède. Le mince croissant de la lune, qui se couchait derrière les bois de Sauval, éclairait la campagne d'une lueur de veilleuse. L'ombre allongée des grands arbres barrait de noir les prairies, tandis que l'herbe, aux endroits découverts, prenait une douceur de velours verdâtre. Mais Françoise ne s'arrêtait guère au charme mystérieux de la nuit. Elle étudiait la campagne, cherchant les sentinelles que les Allemands avaient dû poster de ce côté. Elle voyait parfaitement leurs ombres s'échelonner le long de la Morelle. Une seule se trouvait devant le moulin, de l'autre côté de la rivière, près d'un saule dont les branches trempaient dans l'eau. Françoise la distinguait parfaitement. C'était un grand garçon qui se tenait immobile, la face tournée vers le ciel, de l'air rêveur d'un berger.

Alors, quand elle eut ainsi inspecté les lieux avec soin, elle revint s'asseoir sur son lit. Elle y resta une heure, profondément absorbée. Puis elle écouta de nouveau : la maison n'avait plus un souffle. Elle retourna à la fenêtre, jeta un coup d'œil ; mais sans doute une des cornes de la lune qui apparaissait encore derrière les arbres, lui parut gênante, car elle se remit à attendre. Enfin, l'heure lui sembla venue. La nuit était toute noire, elle n'apercevait plus la sentinelle en face, la campagne s'étalait comme une mare d'encre. Elle tendit l'oreille un instant et se décida. Il y avait là, passant près de la fenêtre, une échelle de fer, des barres scellées dans le mur, qui montait de la roue au grenier, et qui servait autrefois aux meuniers pour visiter certains rouages ; puis le mécanisme avait été modifié, depuis longtemps l'échelle disparaissait sous les lierres épais qui couvraient ce côté du moulin.

Françoise, bravement, enjamba la balustrade de sa fenêtre, saisit une des barres de fer et se trouva dans le vide. Elle commença à descendre. Ses jupons l'embarrassaient beaucoup. Brusquement, une pierre se détacha de la muraille et tomba dans la Morelle avec un rejaillissement sonore. Elle s'était arrêtée, glacée d'un frisson. Mais elle comprit que la chute d'eau, de son ronflement continu, couvrait à distance tous les bruits qu'elle pouvait faire, et elle descendit alors plus hardiment, tâtant le lierre du pied, s'assurant des échelons. Lorsqu'elle fut à la hauteur de la chambre qui servait de prison à Dominique, elle s'arrêta. Une difficulté imprévue faillit lui faire perdre tout son courage : la fenêtre de la pièce du bas n'était pas régulièrement percée au-dessous de la fenêtre de sa chambre, elle s'écartait de l'échelle, et lorsqu'elle allongea la main, elle ne rencontra que la muraille. Lui faudrait-il donc remonter, sans pousser son projet jusqu'au bout ? Ses bras se lassaient, le murmure de la Morelle, au-dessous d'elle, commençait à lui donner des vertiges. Alors, elle arracha du mur de petits fragments de plâtre et les lança dans la fenêtre de Dominique. Il n'entendait pas, peut-être dormait-il. Elle émietta encore la muraille, elle s'écorchait les doigts. Et elle était à bout de force, elle se sentait tomber à la renverse, lorsque Dominique ouvrit enfin doucement.

— C'est moi, murmura-t-elle. Prends-moi vite, je tombe.

C'était la première fois qu'elle le tutoyait. Il la saisit, en se penchant, et l'apporta dans la chambre. Là, elle eut une crise de larmes, étouffant ses sanglots, pour qu'on ne l'entendît pas. Puis, par un effort suprême, elle se calma.

— Vous êtes gardé ? demanda-t-elle à voix basse.

Dominique, encore stupéfait de la voir ainsi, fit un simple signe, en montrant sa porte. De l'autre côté, on entendait un ronflement ; la sentinelle, cédant au sommeil, avait dû se coucher par terre, contre la porte, en se disant que, de cette façon, le prisonnier ne pouvait bouger.

— Il faut fuir, reprit-elle vivement. Je suis venue pour vous supplier de fuir et pour vous dire adieu.

Mais lui ne paraissait pas l'entendre. Il répétait :

— Comment, c'est vous, c'est vous... Oh ! que vous m'avez fait peur ! Vous pouviez vous tuer.

Il lui prit les mains, il les baisa.

— Que je vous aime, Françoise !... Vous êtes aussi courageuse que bonne. Je n'avais qu'une crainte, c'était de mourir sans vous avoir revue... Mais vous êtes là, et maintenant ils peuvent me fusiller. Quand j'aurai passé un quart d'heure avec vous, je serai prêt.

Peu à peu, il l'avait attirée à lui, et elle appuyait sa tête sur son épaule. Le danger les rapprochait. Ils oubliaient tout dans cette étreinte.

— Ah ! Françoise, reprit Dominique d'une voix caressante, c'est aujourd'hui la Saint-Louis, le jour si longtemps attendu de notre mariage. Rien n'a pu nous séparer, puisque nous voilà tous les deux seuls, fidèles au rendez-vous... N'est-ce pas ? c'est à cette heure le matin des noces.

— Oui, oui, répéta-t-elle, le matin des noces.

Ils échangèrent un baiser en frissonnant. Mais, tout

d'un coup, elle se dégagea, la terrible réalité se dressait devant elle.

— Il faut fuir, il faut fuir, bégaya-t-elle. Ne perdons pas une minute.

Et comme il tendait les bras dans l'ombre pour la reprendre, elle le tutoya de nouveau :

— Oh ! je t'en prie, écoute-moi... Si tu meurs, je mourrai. Dans une heure, il fera jour. Je veux que tu partes tout de suite.

Alors, rapidement, elle expliqua son plan. L'échelle de fer descendait jusqu'à la roue ; là, il pourrait s'aider des palettes et entrer dans la barque qui se trouvait dans un enfoncement. Il lui serait facile ensuite de gagner l'autre bord de la rivière et de s'échapper.

— Mais il doit y avoir des sentinelles ? dit-il.

— Une seule, en face, au pied du premier saule.

— Et si elle m'aperçoit, si elle veut crier ?

Françoise frissonna. Elle lui mit dans la main un couteau qu'elle avait descendu. Il y eut un silence.

— Et votre père, et vous ? reprit Dominique. Mais non, je ne puis fuir... Quand je ne serai plus là, ces soldats vous massacreront peut-être... Vous ne les connaissez pas. Ils m'ont proposé de me faire grâce, si je consentais à les guider dans la forêt de Sauval. Lorsqu'ils ne me trouveront plus, ils sont capables de tout.

La jeune fille ne s'arrêta pas à discuter. Elle répondait simplement à toutes les raisons qu'il donnait :

— Par amour pour moi, fuyez... Si vous m'aimez, Dominique, ne restez pas ici une minute de plus.

Puis, elle promit de remonter dans sa chambre. On ne saurait pas qu'elle l'avait aidé. Elle finit par le prendre dans ses bras, par l'embrasser, pour le convaincre, avec un élan de passion extraordinaire. Lui, était vaincu. Il ne posa plus qu'une question.

— Jurez-moi que votre père connaît votre démarche et qu'il me conseille la fuite ?

— C'est mon père qui m'a envoyée, répondit hardiment Françoise.

Elle mentait. Dans ce moment, elle n'avait qu'un besoin immense, le savoir en sûreté, échapper à cette abominable pensée que le soleil allait être le signal de sa mort. Quand il serait loin, tous les malheurs pouvaient fondre sur elle ; cela lui paraîtrait doux, du moment où il vivrait. L'égoïsme de sa tendresse le voulait vivant, avant toutes choses.

— C'est bien, dit Dominique, je ferai comme il vous plaira.

Alors, ils ne parlèrent plus. Dominique alla rouvrir la fenêtre. Mais, brusquement, un bruit les glaça. La porte fut ébranlée, et ils crurent qu'on l'ouvrait. Evidemment, une ronde avait entendu leurs voix. Et tous deux debout, serrés l'un contre l'autre, attendaient dans une angoisse indicible. La porte fut de nouveau secouée ; mais elle ne s'ouvrit pas. Ils eurent chacun un soupir étouffé ; ils venaient de comprendre, ce devait être le soldat couché en travers du seuil, qui s'était retourné. En effet, le silence se fit, les ronflements recommencèrent.

Dominique voulut absolument que Françoise remontât d'abord chez elle. Il la prit dans ses bras, il lui dit un muet adieu. Puis, il l'aida à saisir l'échelle et se cramponna à son tour. Mais il refusa de descendre un seul échelon avant de la savoir dans sa chambre. Quand Françoise fut rentrée, elle laissa tomber d'une voix légère comme un souffle :

— Au revoir, je t'aime !

Elle resta accoudée, elle tâcha de suivre Dominique. La nuit était toujours très noire. Elle chercha la sentinelle et ne l'aperçut pas ; seul, le saule faisait une tache

pâle, au milieu des ténèbres. Pendant un instant, elle
entendit le frôlement du corps de Dominique le long du
lierre. Ensuite la roue craqua, et il y eut un léger clapotement qui lui annonça que le jeune homme venait de
trouver la barque. Une minute plus tard, en effet, elle
distingua la silhouette sombre de la barque sur la nappe
grise de la Morelle. Alors, une angoisse terrible la reprit
à la gorge. A chaque instant, elle croyait entendre le cri
d'alarme de la sentinelle ; les moindres bruits, épars
dans l'ombre, lui semblaient des pas précipités de
soldats, des froissements d'armes, des bruits de fusils
qu'on armait. Pourtant, les secondes s'écoulaient, la
campagne gardait sa paix souveraine. Dominique devait
aborder à l'autre rive. Françoise ne voyait plus rien. Le
silence était majestueux. Et elle entendit un piétinement, un cri rauque, la chute d'un corps. Puis, le silence
se fit plus profond. Alors, comme si elle eût senti la
mort passer, elle resta toute froide, en face de l'épaisse
nuit.

IV

Dès le petit jour, des éclats de voix ébranlèrent le moulin. Le père Merlier était venu ouvrir la porte de Françoise. Elle descendit dans la cour, pâle et très calme. Mais là, elle ne put réprimer un frisson, en face du cadavre d'un soldat prussien, qui était allongé près du puits, sur un manteau étalé.

Autour du corps, des soldats gesticulaient, criaient sur un ton de fureur. Plusieurs d'entre eux montraient les poings au village. Cependant, l'officier venait de faire appeler le père Merlier, comme maire de la commune.

— Voici, lui dit-il d'une voix étranglée par la colère, un de nos hommes que l'on a trouvé assassiné sur le bord de la rivière... Il nous faut un exemple éclatant, et je compte que vous allez nous aider à découvrir le meurtrier.

— Tout ce que vous voudrez, répondit le meunier avec son flegme. Seulement, ce ne sera pas commode.

L'officier s'était baissé pour écarter un pan du manteau, qui cachait la figure du mort. Alors apparut une horrible blessure. La sentinelle avait été frappée à la gorge, et l'arme était restée dans la plaie. C'était un couteau de cuisine à manche noir.

— Regardez ce couteau, dit l'officier au père Merlier, peut-être nous aidera-t-il dans nos recherches.

Le vieillard avait eu un tressaillement. Mais il se remit aussitôt, il répondit, sans qu'un muscle de sa face bougeât :

— Tout le monde a des couteaux pareils dans nos campagnes... Peut-être que votre homme s'ennuyait de se battre et qu'il se sera fait son affaire lui-même. Ça se voit.

— Taisez-vous ! cria furieusement l'officier. Je ne sais ce qui me retient de mettre le feu aux quatre coins du village.

La colère heureusement l'empêchait de remarquer la profonde altération du visage de Françoise. Elle avait dû s'asseoir sur le banc de pierre, près du puits. Malgré elle, ses regards ne quittaient plus ce cadavre, étendu à terre, presque à ses pieds. C'était un grand et beau garçon, qui ressemblait à Dominique, avec des cheveux blonds et des yeux bleus. Cette ressemblance lui retournait le cœur. Elle pensait que le mort avait peut-être laissé là-bas, en Allemagne, quelque amoureuse qui allait pleurer. Et elle reconnaissait son couteau dans la gorge du mort. Elle l'avait tué.

Cependant l'officier parlait de frapper Rocreuse de mesures terribles, lorsque des soldats accoururent. On venait de s'apercevoir seulement de l'évasion de Dominique. Cela causa une agitation extrême. L'officier se rendit sur les lieux, regarda par la fenêtre laissée ouverte, comprit tout, et revint exaspéré.

Le père Merlier parut très contrarié de la fuite de Dominique.

— L'imbécile ! murmura-t-il, il gâte tout.

Françoise qui l'entendit, fut prise d'angoisse. Son père, d'ailleurs, ne soupçonnait pas sa complicité. Il hocha la tête, en lui disant à demi-voix :

— A présent, nous voilà propres !

— C'est ce gredin ! c'est ce gredin ! criait l'officier. Il aura gagné les bois... Mais il faut qu'on nous le retrouve, ou le village payera pour lui.

Et, s'adressant au meunier :

— Voyons, vous devez savoir où il se cache ?

Le père Merlier eut son rire silencieux, en montrant la large étendue des coteaux boisés.

— Comment voulez-vous trouver un homme là-dedans ? dit-il.

— Oh ! il doit y avoir des trous que vous connaissez. Je vais vous donner dix hommes. Vous les guiderez.

— Je veux bien. Seulement, il nous faudra huit jours pour battre tous les bois des environs.

La tranquillité du vieillard enrageait l'officier. Il comprenait en effet le ridicule de cette battue. Ce fut alors qu'il aperçut sur le banc Françoise pâle et tremblante. L'attitude anxieuse de la jeune fille le frappa. Il se tut un instant, examinant tour à tour le meunier et Françoise.

— Est-ce que cet homme, finit-il par demander brutalement au vieillard, n'est pas l'amant de votre fille ?

Le père Merlier devint livide, et l'on put croire qu'il allait se jeter sur l'officier pour l'étrangler. Il se raidit, il ne répondit pas. Françoise avait mis son visage entre ses mains.

— Oui, c'est cela, continua le Prussien, vous ou votre fille l'avez aidé à fuir. Vous êtes son complice... Une dernière fois, voulez-vous nous le livrer ?

Le meunier ne répondit pas. Il s'était détourné, regardant au loin d'un air indifférent, comme si l'officier ne s'adressait pas à lui. Cela mit le comble à la colère de ce dernier.

— Eh bien ! déclara-t-il, vous allez être fusillé à sa place.

Et il commanda une fois encore le peloton d'exécution. Le père Merlier garda son flegme. Il eut à peine un léger haussement d'épaules, tout ce drame lui semblait d'un goût médiocre. Sans doute il ne croyait pas qu'on fusillât un homme si aisément. Puis, quand le peloton fut là, il dit avec gravité :

— Alors, c'est sérieux ?... Je veux bien. S'il vous en faut un absolument, moi autant qu'un autre.

Mais Françoise s'était levée, affolée, bégayant :

— Grâce, monsieur, ne faites pas du mal à mon père. Tuez-moi à sa place... C'est moi qui ai aidé Dominique à fuir. Moi seule suis coupable.

— Tais-toi, fillette, s'écria le père Merlier. Pourquoi mens-tu ?... Elle a passé la nuit enfermée dans sa chambre, monsieur. Elle ment, je vous assure.

— Non, je ne mens pas, reprit ardemment la jeune fille. Je suis descendue par la fenêtre, j'ai poussé Dominique à s'enfuir... C'est la vérité, la seule vérité...

Le vieillard était devenu très pâle. Il voyait bien dans ses yeux qu'elle ne mentait pas, et cette histoire l'épouvantait. Ah ! ces enfants, avec leurs cœurs, comme ils gâtaient tout ! Alors, il se fâcha.

— Elle est folle, ne l'écoutez pas. Elle vous raconte des histoires stupides... Allons, finissons-en.

Elle voulut protester encore. Elle s'agenouilla, elle joignit les mains. L'officier, tranquillement, assistait à cette lutte douloureuse.

— Mon Dieu ! finit-il par dire, je prends votre père, parce que je ne tiens plus l'autre... Tâchez de retrouver l'autre, et votre père sera libre.

Un moment, elle le regarda, les yeux agrandis par l'atrocité de cette proposition.

— C'est horrible, murmura-t-elle. Où voulez-vous
que je retrouve Dominique, à cette heure ? Il est parti, je
ne sais plus.

— Enfin, choisissez. Lui ou votre père.

— Oh ! mon Dieu ! est-ce que je puis choisir ? Mais
je saurais où est Dominique, que je ne pourrais pas
choisir !... C'est mon cœur que vous coupez...
J'aimerais mieux mourir tout de suite. Oui, ce serait
plus tôt fait. Tuez-moi, je vous en prie, tuez-moi...

Cette scène de désespoir et de larmes finissait par
impatienter l'officier. Il s'écria :

— En voilà assez ! Je veux être bon, je consens à
vous donner deux heures... Si, dans deux heures, votre
amoureux n'est pas là, votre père payera pour lui.

Et il fit conduire le père Merlier dans la chambre qui
avait servi de prison à Dominique. Le vieux demanda
du tabac et se mit à fumer. Sur son visage impassible on
ne lisait aucune émotion. Seulement, quand il fut seul,
tout en fumant, il pleura deux grosses larmes qui coulèrent lentement sur ses joues. Sa pauvre et chère enfant,
comme elle souffrait !

Françoise était restée au milieu de la cour. Des soldats prussiens passaient en riant. Certains lui jetaient
des mots, des plaisanteries qu'elle ne comprenait pas.
Elle regardait la porte par laquelle son père venait de
disparaître. Et, d'un geste lent, elle portait la main à son
front, comme pour l'empêcher d'éclater.

L'officier tourna sur ses talons, en répétant :

— Vous avez deux heures. Tâchez de les utiliser.

Elle avait deux heures. Cette phrase bourdonnait dans
sa tête. Alors, machinalement, elle sortit de la cour, elle
marcha devant elle. Où aller ? que faire ? Elle n'essayait
même pas de prendre un parti, parce qu'elle sentait bien
l'inutilité de ses efforts. Pourtant, elle aurait voulu voir

Dominique. Ils se seraient entendus tous les deux, ils auraient peut-être trouvé un expédient. Et, au milieu de la confusion de ses pensées, elle descendit au bord de la Morelle, qu'elle traversa en dessous de l'écluse, à un endroit où il y avait de grosses pierres. Ses pieds la conduisirent sous le premier saule, au coin de la prairie. Comme elle se baissait, elle aperçut une mare de sang qui la fit pâlir. C'était bien là. Et elle suivit les traces de Dominique dans l'herbe foulée ; il avait dû courir, on voyait une ligne de grands pas coupant la prairie de biais. Puis, au-delà, elle perdit ces traces. Mais, dans un pré voisin, elle crut les retrouver. Cela la conduisit à la lisière de la forêt, où toute indication s'effaçait.

Françoise s'enfonça quand même sous les arbres. Cela la soulageait d'être seule. Elle s'assit un instant. Puis, en songeant que l'heure s'écoulait, elle se remit debout. Depuis combien de temps avait-elle quitté le moulin ? Cinq minutes ? une demi-heure ? Elle n'avait plus conscience du temps. Peut-être Dominique était-il allé se cacher dans un taillis qu'elle connaissait, et où ils avaient, une après-midi, mangé des noisettes ensemble. Elle se rendit au taillis, le visita. Un merle seul s'envola, en sifflant sa phrase douce et triste. Alors, elle pensa qu'il s'était réfugié dans un creux de roches, où il se mettait parfois à l'affût ; mais le creux de roches était vide. A quoi bon le chercher ? Elle ne le trouverait pas ; et peu à peu le désir de le découvrir la passionnait, elle marchait plus vite. L'idée qu'il avait dû monter dans un arbre lui vint brusquement. Elle avança dès lors, les yeux levés, et pour qu'il la sût près de lui, elle l'appelait tous les quinze à vingt pas. Des coucous répondaient, un souffle qui passait dans les branches lui faisait croire qu'il était là et qu'il descendait. Une fois même, elle s'imagina le voir ; elle s'arrêta, étranglée, avec l'envie de fuir. Qu'allait-elle lui dire ? Venait-elle donc pour l'emmener et le faire fusiller ? Oh ! non, elle ne parlerait point de ces choses. Elle lui crierait de se sauver, de ne pas rester dans les environs. Puis, la pensée de son père qui l'attendait, lui causa une douleur aiguë. Elle tomba sur le gazon, en pleurant, en répétant tout haut :

— Mon Dieu ! mon Dieu ! pourquoi suis-je là !

Elle était folle d'être venue. Et, comme prise de peur, elle courut, elle chercha à sortir de la forêt. Trois fois, elle se trompa, et elle croyait qu'elle ne retrouverait plus le moulin, lorsqu'elle déboucha dans une prairie, juste en face de Rocreuse. Dès qu'elle aperçut le village, elle s'arrêta. Est-ce qu'elle allait rentrer seule ?

Elle restait debout, quand une voix l'appela doucement :

— Françoise ! Françoise !

Et elle vit Dominique qui levait la tête, au bord d'un fossé. Juste Dieu ! elle l'avait trouvé ! Le ciel voulait donc sa mort ? Elle retint un cri, elle se laissa glisser dans le fossé.

— Tu me cherchais ? demanda-t-il.

— Oui, répondit-elle, la tête bourdonnante, ne sachant ce qu'elle disait.

— Ah ! que se passe-t-il ?

— Mais rien, j'étais inquiète, je désirais te voir.

Alors, tranquillisé, il lui expliqua qu'il n'avait pas voulu s'éloigner. Il craignait pour eux. Ces gredins de Prussiens étaient très capables de se venger sur les femmes et sur les vieillards. Enfin, tout allait bien, et il ajouta en riant :

— La noce sera pour dans huit jours, voilà tout.

Puis, comme elle restait bouleversée, il redevint grave.

— Mais, qu'as-tu ? tu me caches quelque chose.

— Non, je te jure. J'ai couru pour venir.

Il l'embrassa, en disant que c'était imprudent pour elle et pour lui de causer davantage ; et il voulut remonter le fossé, afin de rentrer dans la forêt. Elle le retint. Elle tremblait.

— Ecoute, tu ferais peut-être bien tout de même de rester là... Personne ne te cherche, tu ne crains rien.

— Françoise, tu me caches quelque chose, répéta-t-il.

De nouveau, elle jura qu'elle ne lui cachait rien. Seulement, elle aimait mieux le savoir près d'elle. Et elle bégaya encore d'autres raisons. Elle lui parut si singulière, que maintenant lui-même aurait refusé de s'éloigner. D'ailleurs, il croyait au retour des Français. On avait vu des troupes du côté de Sauval.

— Ah ! qu'ils se pressent, qu'ils soient ici le plus tôt possible ! murmura-t-elle avec ferveur.

A ce moment, onze heures sonnèrent au clocher de Rocreuse. Les coups arrivaient, clairs et distincts. Elle se leva, effarée ; il y avait deux heures qu'elle avait quitté le moulin.

— Ecoute, dit-elle rapidement, si nous avions besoin de toi, je monterai dans ma chambre et j'agiterai mon mouchoir.

Et elle partit en courant, pendant que Dominique, très inquiet, s'allongeait au bord du fossé, pour surveiller le moulin. Comme elle allait rentrer dans Rocreuse, Françoise rencontra un vieux mendiant, le père Bontemps, qui connaissait tout le pays. Il la salua, il venait de voir le meunier au milieu des Prussiens, puis, en faisant des signes de croix et en marmottant des mots entrecoupés, il continua sa route.

— Les deux heures sont passées, dit l'officier quand Françoise parut.

Le père Merlier était là, assis sur le banc, près du

puits, il fumait toujours. La jeune fille, de nouveau, supplia, pleura, s'agenouilla. Elle voulait gagner du temps. L'espoir de voir revenir les Français avait grandi en elle, et tandis qu'elle se lamentait, elle croyait entendre au loin les pas cadencés d'une armée. Oh! s'ils avaient paru, s'ils les avaient tous délivrés!

— Ecoutez, monsieur, une heure, encore une heure... Vous pouvez bien nous accorder une heure!

Mais l'officier restait inflexible. Il ordonna même à deux hommes de s'emparer d'elle et de l'emmener, pour qu'on procédât à l'exécution du vieux tranquillement. Alors, un combat affreux se passa dans le cœur de Françoise. Elle ne pouvait laisser ainsi assassiner son père. Non, non, elle mourrait plutôt avec Dominique; et elle s'élançait vers sa chambre, lorsque Dominique lui-même entra dans la cour.

L'officier et les soldats poussèrent un cri de triomphe. Mais lui, comme s'il n'y avait eu là que Françoise, s'avança vers elle, tranquille, un peu sévère.

— C'est mal, dit-il. Pourquoi ne m'avez-vous pas ramené? Il a fallu que le père Bontemps me contât les choses... Enfin, me voilà.

V

Il était trois heures. De grands nuages noirs avaient lentement empli le ciel, la queue de quelque orage voisin. Ce ciel jaune, ces haillons cuivrés changeaient la vallée de Rocreuse, si gaie au soleil, en un coupe-gorge plein d'une ombre louche. L'officier prussien s'était contenté de faire enfermer Dominique, sans se prononcer sur le sort qu'il lui réservait. Depuis midi, Françoise agonisait dans une angoisse abominable. Elle ne voulait pas quitter la cour, malgré les instances de son père. Elle attendait les Français. Mais les heures s'écoulaient, la nuit allait venir, et elle souffrait d'autant plus, que tout ce temps gagné ne paraissait pas devoir changer l'affreux dénouement.

Cependant, vers trois heures, les Prussiens firent leurs préparatifs de départ. Depuis un instant, l'officier s'était, comme la veille, enfermé avec Dominique. Françoise avait compris que la vie du jeune homme se décidait. Alors, elle joignit les mains, elle pria. Le père Merlier, à côté d'elle, gardait son attitude muette et rigide de vieux paysan, qui ne lutte pas contre la fatalité des faits.

— Oh ! mon Dieu ! oh ! mon Dieu ! balbutiait Françoise, ils vont le tuer...

Le meunier l'attira près de lui et la prit sur ses genoux comme un enfant.

A ce moment, l'officier sortait, tandis que, derrière lui, deux hommes amenaient Dominique.

— Jamais, jamais! criait ce dernier. Je suis prêt à mourir.

— Réfléchissez bien, reprit l'officier. Ce service que vous me refusez, un autre nous le rendra. Je vous offre la vie, je suis généreux... Il s'agit simplement de nous conduire à Montredon, à travers bois. Il doit y avoir des sentiers.

Dominique ne répondait plus.

— Alors, vous vous entêtez?

— Tuez-moi, et finissons-en, répondit-il.

Françoise, les mains jointes, le suppliait de loin. Elle oubliait tout, elle lui aurait conseillé une lâcheté. Mais le père Merlier lui saisit les mains, pour que les Prussiens ne vissent pas son geste de femme affolée.

— Il a raison, murmura-t-il, il vaut mieux mourir.

Le peloton d'exécution était là. L'officier attendait une faiblesse de Dominique. Il comptait toujours le décider. Il y eut un silence. Au loin, on entendait de violents coups de tonnerre. Une chaleur lourde écrasait la campagne. Et ce fut dans ce silence qu'un cri retentit:

— Les Français! les Français!

C'étaient eux, en effet. Sur la route de Sauval, à la lisière du bois, on distinguait la ligne des pantalons rouges. Ce fut, dans le moulin, une agitation extraordinaire. Les soldats prussiens couraient, avec des exclamations gutturales. D'ailleurs, pas un coup de feu n'avait encore été tiré.

— Les Français! les Français! cria Françoise en battant des mains.

Elle était comme folle. Elle venait de s'échapper de l'étreinte de son père, et elle riait, les bras en l'air. Enfin, ils arrivaient donc, et ils arrivaient à temps, puisque Dominique était encore là, debout !

Un feu de peloton terrible qui éclata comme un coup de foudre à ses oreilles, la fit se retourner. L'officier venait de murmurer :

— Avant tout, réglons cette affaire.

Et, poussant lui-même Dominique contre le mur d'un hangar, il avait commandé le feu. Quand Françoise se tourna, Dominique était par terre, la poitrine trouée de douze balles.

Elle ne pleura pas, elle resta stupide. Ses yeux devinrent fixes, et elle alla s'asseoir sous le hangar, à quelques pas du corps. Elle regardait, elle avait par moments un geste vague et enfantin de la main. Les Prussiens s'étaient emparés du père Merlier comme d'un otage.

Ce fut un beau combat. Rapidement, l'officier avait posté ses hommes, comprenant qu'il ne pouvait battre en retraite, sans se faire écraser. Autant valait-il vendre chèrement sa vie. Maintenant, c'étaient les Prussiens qui défendaient le moulin, et les Français qui l'attaquaient. La fusillade commença avec une violence inouïe. Pendant une demi-heure, elle ne cessa pas. Puis, un éclat sourd se fit entendre, et un boulet cassa une maîtresse branche de l'orme séculaire. Les Français avaient du canon. Une batterie, dressée juste au-dessus du fossé, dans lequel s'était caché Dominique, balayait la grande rue de Rocreuse. La lutte, désormais, ne pouvait être longue.

Ah ! le pauvre moulin ! Des boulets le perçaient de part en part. Une moitié de la toiture fut enlevée. Deux murs s'écroulèrent. Mais c'était surtout du côté de la Morelle que le désastre devint lamentable. Les lierres, arrachés des murailles ébranlées, pendaient comme des guenilles ; la rivière emportait des débris de toutes sortes, et l'on voyait, par une brèche, la chambre de Françoise, avec son lit, dont les rideaux blancs étaient soigneusement tirés. Coup sur coup, la vieille roue reçut deux boulets, et elle eut un gémissement suprême : les palettes furent charriées dans le courant, la carcasse s'écrasa. C'était l'âme du gai moulin qui venait de s'exhaler.

Puis, les Français donnèrent l'assaut. Il y eut un furieux combat à l'arme blanche. Sous le ciel couleur de rouille, le coupe-gorge de la vallée s'emplissait de morts. Les larges prairies semblaient farouches, avec leurs grands arbres isolés, leurs rideaux de peupliers qui les tachaient d'ombre. A droite et à gauche, les forêts étaient comme les murailles d'un cirque qui enfermaient les combattants, tandis que les sources, les fontaines et les eaux courantes prenaient des bruits de sanglots, dans la panique de la campagne.

Sous le hangar, Françoise n'avait pas bougé, accroupie en face du corps de Dominique. Le père Merlier venait d'être tué raide par une balle perdue. Alors, comme les Prussiens étaient exterminés et que le moulin brûlait, le capitaine français entra le premier dans la cour. Depuis le commencement de la campagne, c'était l'unique succès qu'il remportait. Aussi, tout enflammé, grandissant sa haute taille, riait-il de son air aimable de beau cavalier. Et, apercevant Françoise imbécile entre les cadavres de son mari et de son père, au milieu des ruines fumantes du moulin, il la salua galamment de son épée, en criant :

— Victoire ! victoire !

Boule de suif

par

GUY DE MAUPASSANT

Pendant plusieurs jours de suite des lambeaux d'armée en déroute avaient traversé la ville. Ce n'était point de la troupe, mais des hordes débandées. Les hommes avaient la barbe longue et sale, des uniformes en guenilles, et ils avançaient d'une allure molle, sans drapeau, sans régiment. Tous semblaient accablés, éreintés, incapables d'une pensée ou d'une résolution, marchant seulement par habitude, et tombant de fatigue sitôt qu'ils s'arrêtaient. On voyait surtout des mobilisés, gens pacifiques, rentiers tranquilles, pliant sous le poids du fusil ; des petits moblots alertes, faciles à l'épouvante et prompts à l'enthousiasme, prêts à l'attaque comme à la fuite ; puis, au milieu d'eux, quelques culottes rouges, débris d'une division moulue dans une grande bataille ; des artilleurs sombres alignés avec ces fantassins divers ; et, parfois, le casque brillant d'un dragon au pied pesant qui suivait avec peine la marche plus légère des lignards.

Des légions de francs-tireurs aux appellations héroïques : « les Vengeurs de la Défaite – les Citoyens de la Tombe – les Partageurs de la Mort » – passaient à leur tour, avec des airs de bandits.

Leurs chefs, anciens commerçants en drap ou en graines, ex-marchands de suif ou de savon, guerriers de circonstance, nommés officiers pour leurs écus ou la longueur de leurs moustaches, couverts d'armes, de flanelle et de galons, parlaient d'une voix retentissante, discutaient plans de campagne, et prétendaient soutenir seuls la France agonisante sur leurs épaules de fanfarons ; mais ils redoutaient parfois leurs propres soldats, gens de sac et de corde, souvent braves à outrance, pillards et débauchés.

Les Prussiens allaient entrer dans Rouen, disait-on.

La garde nationale qui, depuis deux mois, faisait des reconnaissances très prudentes dans les bois voisins, fusillant parfois ses propres sentinelles, et se préparant au combat quand un petit lapin remuait sous des broussailles, était rentrée dans ses foyers. Ses armes, ses uniformes, tout son attirail meurtrier dont elle épouvantait naguère les bornes des routes nationales à trois lieues à la ronde avaient subitement disparu.

Les derniers soldats français venaient enfin de traverser la Seine pour gagner Pont-Audemer par Saint-Sever et Bourg-Achard ; et, marchant après tous, le général désespéré, ne pouvant rien tenter avec ces loques disparates, éperdu lui-même dans la grande débâcle d'un peuple habitué à vaincre et désastreusement battu malgré sa bravoure légendaire, s'en allait à pied, entre deux officiers d'ordonnance.

Puis un calme profond, une attente épouvantée et silencieuse avaient plané sur la cité. Beaucoup de bourgeois bedonnants, émasculés par le commerce, attendaient anxieusement les vainqueurs, tremblant qu'on ne considérât comme une arme leurs broches à rôtir ou leurs grands couteaux de cuisine.

La vie semblait arrêtée, les boutiques étaient closes, la rue muette. Quelquefois un habitant, intimidé par ce silence, filait rapidement le long des murs.

L'angoisse de l'attente faisait désirer la venue de l'ennemi.

Dans l'après-midi du jour qui suivit le départ des troupes françaises, quelques uhlans, sortis on ne sait d'où, traversèrent la ville avec célérité. Puis, un peu plus tard, une masse noire descendit de la côte Sainte-Catherine, tandis que deux autres flots envahisseurs apparaissaient par les routes de Darnétal et de Bois-Guillaume. Les avant-gardes de trois corps, juste au même moment, se joignirent sur la place de l'Hôtel-de-Ville ; et, par toutes les rues voisines, l'armée allemande arrivait, déroulant ses bataillons qui faisaient sonner les pavés sous leur pas dur et rythmé.

Des commandements criés d'une voix inconnue et gutturale montaient le long des maisons qui semblaient mortes et désertes, tandis que, derrière les volets fermés, des yeux guettaient ces hommes victorieux, maîtres de la cité, des fortunes et des vies de par le « droit de la guerre ». Les habitants, dans leurs chambres assombries, avaient l'affolement que donnent les cataclysmes, les grands bouleversements meurtriers de la terre, contre lesquels toute sagesse et toute force sont inutiles. Car la même sensation reparaît chaque fois que l'ordre établi des choses est renversé, que la sécurité n'existe plus, que tout ce que protégeaient les lois des hommes ou celles de la nature se trouve à la merci d'une brutalité inconsciente et féroce. Le tremblement de terre écrasant sous les maisons croulantes un peuple entier ; le fleuve débordé qui roule les paysans noyés avec les cadavres des bœufs et les poutres arrachées aux toits, ou l'armée glorieuse massacrant ceux qui se défendent, emmenant les autres prisonniers, pillant au nom du sabre et remerciant un Dieu au son du canon, sont autant de fléaux effrayants qui déconcertent toute croyance à la justice éternelle, toute la confiance qu'on nous enseigne en la protection du ciel et la raison de l'homme.

Mais à chaque porte des petits détachements frappaient, puis disparaissaient dans les maisons. C'était l'occupation après l'invasion. Le devoir commençait pour les vaincus de se montrer gracieux envers les vainqueurs.

Au bout de quelque temps, une fois la première terreur disparue, un calme nouveau s'établit. Dans beaucoup de familles l'officier prussien mangeait à table. Il était parfois bien élevé, et, par politesse, plaignait la France, disait sa répugnance en prenant part à cette guerre. On lui était reconnaissant de ce sentiment ; puis on pouvait, un jour ou l'autre, avoir besoin de sa protection. En le ménageant on obtiendrait peut-être quelques hommes de moins à nourrir. Et pourquoi blesser quelqu'un dont on dépendait tout à fait ? Agir ainsi serait moins de la bravoure que de la témérité. – Et la témérité n'est plus un défaut des bourgeois de Rouen, comme au temps des défenses héroïques où s'illustra leur cité. – On se disait enfin, raison suprême tirée de l'urbanité française, qu'il demeurait bien permis d'être poli dans son intérieur pourvu qu'on ne se montrât pas familier en public, avec le soldat étranger. Au-dehors on ne se connaissait plus, mais dans la maison on causait volontiers, et l'Allemand demeurait plus longtemps, chaque soir, à se chauffer au foyer commun.

La ville même reprenait peu à peu son aspect ordinaire. Les Français ne sortaient guère encore, mais les soldats prussiens grouillaient dans les rues. Du reste, les officiers de hussards bleus, qui traînaient avec arrogance leurs grands outils de mort sur le pavé, ne semblaient pas avoir pour les simples citoyens énormément plus de mépris que les officiers de chasseurs, qui, l'année d'avant, buvaient aux mêmes cafés.

Il y avait cependant quelque chose dans l'air, quelque chose de subtil et d'inconnu, une atmosphère étrangère intolérable, comme une odeur répandue, l'odeur de l'invasion. Elle emplissait les demeures et les places publiques, changeait le goût des aliments, donnait l'impression d'être en voyage, très loin, chez des tribus barbares et dangereuses.

Les vainqueurs exigeaient de l'argent, beaucoup d'argent. Les habitants payaient toujours ; ils étaient riches d'ailleurs. Mais plus un négociant normand devient opulent et plus il souffre de tout sacrifice, de toute parcelle de sa fortune qu'il voit passer aux mains d'un autre.

Cependant, à deux ou trois lieues sous la ville, en suivant le cours de la rivière, vers Croisset, Dieppedalle ou Biessart, les mariniers et les pêcheurs ramenaient souvent du fond de l'eau quelque cadavre d'Allemand gonflé dans son uniforme, tué d'un coup de couteau ou de savate, la tête écrasée par une pierre, ou jeté à l'eau d'une poussée du haut d'un pont. Les vases du fleuve ensevelissaient ces vengeances obscures, sauvages et légitimes, héroïsmes inconnus, attaques muettes, plus périlleuses que les batailles au grand jour et sans le retentissement de la gloire.

Car la haine de l'Etranger arme toujours quelques intrépides prêts à mourir pour une Idée.

Enfin, comme les envahisseurs, bien qu'assujettissant la ville à leur inflexible discipline, n'avaient accompli aucune des horreurs que la renommée leur faisait commettre tout le long de leur marche triomphale, on s'enhardit, et le besoin du négoce travailla de nouveau le cœur des commerçants du pays. Quelques-uns avaient de gros intérêts engagés au Havre que l'armée française occupait, et ils voulurent tenter de gagner ce port en allant par terre à Dieppe où ils s'embarqueraient.

On employa l'influence des officiers allemands dont on avait fait la connaissance, et une autorisation de départ fut obtenue du général en chef.

Donc, une grande diligence à quatre chevaux ayant été retenue pour ce voyage, et dix personnes s'étant fait inscrire chez le voiturier, on résolut de partir un mardi matin, avant le jour, pour éviter tout rassemblement.

Depuis quelque temps déjà la gelée avait durci la terre, et le lundi, vers trois heures, de gros nuages noirs venant du nord apportèrent la neige qui tomba sans interruption pendant toute la soirée et toute la nuit.

A quatre heures et demie du matin les voyageurs se réunirent dans la cour de l'Hôtel de Normandie, où l'on devait monter en voiture.

Ils étaient encore pleins de sommeil, et grelottaient de froid sous leurs couvertures. On se voyait mal dans l'obscurité ; et l'entassement des lourds vêtements d'hiver faisait ressembler tous ces corps à des curés obèses avec leurs longues soutanes. Mais deux hommes se reconnurent, un troisième les aborda, ils causèrent : – « J'emmène ma femme », dit l'un. – « J'en fais autant. » – « Et moi aussi. » – Le premier ajouta : – « Nous ne reviendrons pas à Rouen, et si les Prussiens approchent du Havre nous gagnerons l'Angleterre. » – Tous avaient les mêmes projets, étant de complexion semblable.

Cependant on n'attelait pas la voiture. Une petite lanterne que portait un valet d'écurie sortait de temps à autre d'une porte obscure pour disparaître immédiatement dans une autre. Des pieds de chevaux frappaient la terre, amortis par le fumier des litières ; et une voix d'homme parlant aux bêtes et jurant s'entendait au fond du bâtiment. Un léger murmure de grelots annonça qu'on maniait les harnais ; ce murmure devint bientôt un frémissement clair et continu, rythmé par le mouvement de l'animal, s'arrêtant parfois, puis reprenant dans une brusque secousse qu'accompagnait le bruit mat d'un sabot ferré battant le sol.

La porte subitement se ferma. Tout bruit cessa.

Les bourgeois gelés s'étaient tus ; ils demeuraient immobiles et roidis.

Un rideau de flocons blancs ininterrompu miroitait sans cesse en descendant vers la terre ; il effaçait les formes, poudrait les choses d'une mousse de glace, et l'on n'entendait plus dans le grand silence de la ville calme et ensevelie sous l'hiver que ce froissement vague, innommable et flottant de la neige qui tombe, plutôt sensation que bruit, entremêlement d'atomes légers qui semblaient emplir l'espace, couvrir le monde.

L'homme reparut, avec sa lanterne, tirant au bout d'une corde un cheval triste qui ne venait pas volontiers. Il le plaça contre le timon, attacha les traits, tourna longtemps autour pour assurer les harnais, car il ne pouvait se servir que d'une main, l'autre portant sa lumière. Comme il allait chercher la seconde bête, il remarqua tous ces voyageurs immobiles, déjà blancs de neige, et leur dit : – « Pourquoi ne montez-vous pas dans la voiture, vous serez à l'abri, au moins. »

Ils n'y avaient pas songé, sans doute, et ils se précipitèrent. Les trois hommes installèrent leurs femmes dans le fond, montèrent ensuite ; puis les autres formes indécises et voilées prirent à leur tour les dernières places sans échanger une parole.

Le plancher était couvert de paille où les pieds s'enfoncèrent. Les dames du fond, ayant apporté des petites chaufferettes en cuivre avec un charbon chimique, allumèrent ces appareils, et, pendant quelque temps, à voix basse, elles en énumérèrent les avantages, se répétant des choses qu'elles savaient déjà depuis longtemps.

Enfin, la diligence étant attelée avec six chevaux au lieu de quatre à cause du tirage plus pénible, une voix du dehors demanda : – « Tout le monde est-il monté ? » – Une voix du dedans répondit : – « Oui. » – On partit.

La voiture avançait lentement, lentement, à tout petits pas. Les roues s'enfonçaient dans la neige ; le coffre entier geignait avec des craquements sourds ; les bêtes glissaient, soufflaient, fumaient ; et le fouet gigantesque du cocher claquait sans repos, voltigeait de tous les côtés, se nouant et se déroulant comme un serpent mince, et cinglant brusquement quelque croupe rebondie qui se tendait alors sous un effort plus violent.

Mais le jour imperceptiblement grandissait. Ces flocons légers qu'un voyageur, Rouennais pur sang, avait comparés à une pluie de coton, ne tombaient plus. Une lueur sale filtrait à travers de gros nuages obscurs et lourds qui rendaient plus éclatante la blancheur de la campagne où apparaissaient tantôt une ligne de grands arbres vêtus de givre, tantôt une chaumière avec un capuchon de neige.

Dans la voiture on se regardait curieusement, à la triste clarté de cette aurore.

Tout au fond, aux meilleures places, sommeillaient, en face l'un de l'autre, M. et Mme Loiseau, des marchands de vin en gros de la rue Grand-Pont.

Ancien commis d'un patron ruiné dans les affaires, Loiseau avait acheté le fonds et fait fortune. Il vendait à très bon marché de très mauvais vins aux petits débitants des campagnes, et passait parmi ses connaissances et ses amis pour un fripon madré, un vrai Normand plein de ruses et de jovialité.

Sa réputation de filou était si bien établie, qu'un soir, à la préfecture, M. Tournel, auteur de fables et de chansons, esprit mordant et fin, une gloire locale, ayant proposé aux dames qu'il voyait un peu somnolentes de faire une partie de « Loiseau vole », le mot lui-même vola à travers les salons du préfet, puis, gagnant ceux de la ville, avait fait rire pendant un mois toutes les mâchoires de la province.

Loiseau était en outre célèbre par ses farces de toute nature, ses plaisanteries bonnes ou mauvaises; et personne ne pouvait parler de lui sans ajouter immédiatement : – « Il est impayable ce Loiseau. »

De taille exiguë, il présentait un ventre en ballon surmonté d'une face rougeaude entre deux favoris grisonnants.

Sa femme, grande, forte, résolue, avec la voix haute et la décision rapide, était l'ordre et l'arithmétique de la maison de commerce qu'il animait par son activité joyeuse.

A côté d'eux se tenait, plus digne, appartenant à une caste supérieure, M. Carré-Lamadon, homme considérable, posé dans les cotons, propriétaire de trois filatures, officier de la Légion d'honneur, et membre du conseil général. Il était resté tout le temps de l'empire chef de l'opposition bienveillante, uniquement pour se faire payer plus cher son ralliement à la cause qu'il combattait avec des armes courtoises, selon sa propre expression. Mme Carré-Lamadon, beaucoup plus jeune que son mari, demeurait la consolation des officiers de bonne famille envoyés à Rouen en garnison.

Elle faisait vis-à-vis à son époux, toute petite, toute mignonne, toute jolie, pelotonnée dans ses fourrures, et regardait d'un œil navré l'intérieur lamentable de la voiture.

Ses voisins, le comte et la comtesse Hubert de Bréville, portaient un des noms les plus anciens et les plus nobles de Normandie. Le comte, vieux gentilhomme de grande tournure, s'efforçait d'accentuer, par les artifices de sa toilette, sa ressemblance naturelle avec le roy Henri IV qui, suivant une légende glorieuse pour la famille, avait rendu grosse une dame de Bréville dont le mari, pour ce fait, était devenu comte et gouverneur de province.

Collègue de M. Carré-Lamadon au conseil général, le comte Hubert représentait le parti orléaniste dans le département. L'histoire de son mariage avec la fille d'un petit armateur de Nantes était toujours demeurée mystérieuse. Mais comme la comtesse avait grand air, recevait mieux que personne, passait même pour avoir été aimée par un des fils de Louis-Philippe, toute la noblesse lui faisait fête, et son salon demeurait le premier du pays, le seul où se conservât la vieille galanterie, et dont l'entrée fût difficile.

La fortune des Bréville, toute en biens-fonds, atteignait, disait-on, cinq cent mille livres de revenu.

Ces six personnes formaient le fond de la voiture, le côté de la société rentée, sereine et forte, des honnêtes gens autorisés qui ont de la Religion et des Principes.

Par un hasard étrange toutes les femmes se trouvaient sur le même banc; et la comtesse avait encore pour voisines deux bonnes sœurs qui égrenaient de longs chapelets en marmottant des *Pater* et des *Ave*. L'une était vieille avec une face défoncée par la petite vérole comme si elle eût reçu à bout portant une bordée de mitraille en pleine figure. L'autre, très chétive, avait une tête jolie et maladive sur une poitrine de phtisique rongée par cette foi dévorante qui fait les martyrs et les illuminés.

En face des deux religieuses un homme et une femme attiraient les regards de tous.

L'homme, bien connu, était Cornudet le démoc, la terreur des gens respectables. Depuis vingt ans il trempait sa grande barbe rousse dans les bocks de tous les cafés démocratiques. Il avait mangé avec les frères et amis une assez belle fortune qu'il tenait de son père, ancien confiseur, et il attendait impatiemment la république pour obtenir enfin la place méritée par tant de consommations révolutionnaires. Au quatre septembre, par suite d'une farce peut-être, il s'était cru nommé préfet, mais quand il voulut entrer en fonctions, les garçons de bureau, demeurés seuls maîtres de la place, refusèrent de le reconnaître, ce qui le contraignit à la retraite. Fort bon garçon du reste, inoffensif et serviable, il s'était occupé avec une ardeur incomparable d'organiser la défense. Il avait fait creuser des trous dans les plaines, coucher tous les jeunes arbres des forêts voisines, semé des pièges sur toutes les routes, et, à l'approche de l'ennemi, satisfait de ses préparatifs, il s'était vivement replié vers la ville. Il pensait maintenant se rendre plus utile au Havre où de nouveaux retranchements allaient être nécessaires.

La femme, une de celles appelées galantes, était célèbre par son embonpoint précoce qui lui avait valu le surnom de Boule de suif. Petite, ronde de partout, grasse à lard, avec des doigts bouffis, étranglés aux phalanges, pareils à des chapelets de courtes saucisses; avec une peau luisante et tendue, une gorge énorme qui saillait sous sa robe, elle restait cependant appétissante et courue, tant sa fraîcheur faisait plaisir à voir. Sa figure était une pomme rouge, un bouton de pivoine prêt à fleurir ; et là-dedans s'ouvraient, en haut, deux yeux noirs magnifiques, ombragés de grands cils épais qui mettaient une ombre dedans ; en bas, une bouche charmante, étroite, humide pour le baiser, meublée de quenottes luisantes et microscopiques.

Elle était de plus, disait-on, pleine de qualités inappréciables.

Aussitôt qu'elle fut reconnue, des chuchotements coururent parmi les femmes honnêtes, et les mots de « prostituée », de « honte publique » furent chuchotés si haut qu'elle leva la tête. Alors elle promena sur ses voisins un regard tellement provoquant et hardi qu'un grand silence aussitôt régna, et tout le monde baissa les yeux à l'exception de Loiseau, qui la guettait d'un air émoustillé.

Mais bientôt la conversation reprit entre les trois dames que la présence de cette fille avait rendues subitement amies, presque intimes. Elles devaient faire, leur semblait-il, comme un faisceau de leurs dignités d'épouses en face de cette vendue sans vergogne ; car l'amour légal le prend toujours de haut avec son libre confrère.

Les trois hommes aussi, rapprochés par un instinct de conservateurs à l'aspect de Cornudet, parlaient argent d'un certain ton dédaigneux pour les pauvres. Le comte Hubert disait les dégâts que lui avaient fait subir les Prussiens, les pertes qui résulteraient du bétail volé et des récoltes perdues, avec une assurance de grand seigneur dix fois millionnaire que ces ravages gêneraient à peine une année. M. Carré-Lamadon, fort éprouvé dans l'industrie cotonnière, avait eu soin d'envoyer six cent mille francs en Angleterre, une poire pour la soif qu'il se ménageait à toute occasion. Quant à Loiseau, il s'était arrangé pour vendre à l'Intendance française tous les vins communs qui lui restaient en cave, de sorte que l'Etat lui devait une somme formidable qu'il comptait bien toucher au Havre.

Et tous les trois se jetaient des coups d'œil rapides et amicaux. Bien que de conditions différentes, ils se sentaient frères par l'argent de la grande franc-maçonnerie de ceux qui possèdent, qui font sonner de l'or en mettant la main dans la poche de leur culotte.

La voiture allait si lentement qu'à dix heures du matin on n'avait pas fait quatre lieues. Les hommes descendirent trois fois pour monter des côtes à pied. On commençait à s'inquiéter, car on devait déjeuner à Tôtes et l'on désespérait maintenant d'y parvenir avant la nuit. Chacun guettait pour apercevoir un cabaret sur la route, quand la diligence sombra dans un amoncellement de neige, et il fallut deux heures pour la dégager.

L'appétit grandissait, troublait les esprits; et aucune gargote, aucun marchand de vin ne se montraient, l'approche des Prussiens et le passage des troupes françaises affamées ayant effrayé toutes les industries.

Les messieurs coururent aux provisions dans les fermes au bord du chemin, mais ils n'y trouvèrent pas même de pain, car le paysan défiant cachait ses réserves dans la crainte d'être pillé par les soldats qui, n'ayant rien à se mettre sous la dent, prenaient par force ce qu'ils découvraient.

Vers une heure de l'après-midi, Loiseau annonça que décidément il se sentait un rude creux dans l'estomac. Tout le monde souffrait comme lui depuis longtemps; et le violent besoin de manger, augmentant toujours, avait tué les conversations.

De temps en temps quelqu'un bâillait; un autre presque aussitôt l'imitait; et chacun, à tour de rôle, suivant son caractère, son savoir-vivre et sa position sociale, ouvrait la bouche avec fracas ou modestement en portant vite sa main devant le trou béant d'où sortait une vapeur.

Boule de suif, à plusieurs reprises, se pencha comme si elle cherchait quelque chose sous ses jupons. Elle hésitait une seconde, regardait ses voisins, puis se redressait tranquillement. Les figures étaient pâles et crispées. Loiseau affirma qu'il payerait mille francs un jambonneau. Sa femme fit un geste comme pour protester ; puis elle se calma. Elle souffrait toujours en entendant parler d'argent gaspillé, et ne comprenait même pas les plaisanteries sur ce sujet. – « Le fait est que je ne me sens pas bien, dit le comte, comment n'ai-je pas songé à apporter des provisions ? » – Chacun se faisait le même reproche.

Cependant Cornudet avait une gourde pleine de rhum ; il en offrit ; on refusa froidement. Loiseau seul en accepta deux gouttes et, lorsqu'il rendit la gourde, il remercia : – « C'est bon tout de même, ça réchauffe et ça trompe l'appétit. » – L'alcool le mit en belle humeur et il proposa de faire comme sur le petit navire de la chanson : de manger le plus gras des voyageurs. Cette allusion indirecte à Boule de suif choqua les gens bien élevés. On ne répondit pas ; Cornudet seul eut un sourire. Les deux bonnes sœurs avaient cessé de marmotter leur rosaire, et, les mains enfoncées dans leurs grandes manches, elles se tenaient immobiles, baissant obstinément les yeux, offrant sans doute au ciel la souffrance qu'il leur envoyait.

Enfin, à trois heures, comme on se trouvait au milieu d'une plaine interminable, sans un seul village en vue, Boule de suif, se baissant vivement, retira de sous la banquette un large panier couvert d'une serviette blanche.

Elle en sortit d'abord une petite assiette de faïence,

une fine timbale en argent, puis une vaste terrine dans laquelle deux poulets entiers, tout découpés, avaient confit sous leur gelée ; et l'on apercevait encore dans le panier d'autres bonnes choses enveloppées, des pâtés, des fruits, des friandises, les provisions préparées pour un voyage de trois jours, afin de ne point toucher à la cuisine des auberges. Quatre goulots de bouteilles passaient entre les paquets de nourriture. Elle prit une aile de poulet et, délicatement, se mit à la manger avec un de ces petits pains qu'on appelle « Régence » en Normandie.

Tous les regards étaient tendus vers elle. Puis l'odeur se répandit, élargissant les narines, faisant venir aux bouches une salive abondante avec une contraction douloureuse de la mâchoire sous les oreilles. Le mépris des dames pour cette fille devenait féroce, comme une envie de la tuer, ou de la jeter en bas de la voiture, dans la neige, elle, sa timbale, son panier et ses provisions.

Mais Loiseau dévorait des yeux la terrine de poulet. Il dit : – « A la bonne heure, madame a eu plus de précaution que nous. Il y a des personnes qui savent toujours penser à tout. » – Elle leva la tête vers lui : – « Si vous en désirez, monsieur ? C'est dur de jeûner depuis le matin. » – Il salua : – « Ma foi, franchement, je ne refuse pas, je n'en peux plus. A la guerre comme à la guerre, n'est-ce pas, madame ? » – Et, jetant un regard circulaire, il ajouta : – « Dans des moments comme celui-ci on est bien aise de trouver des gens qui vous obligent. » – Il avait un journal qu'il étendit pour ne point tacher son pantalon et, sur la pointe d'un couteau toujours logé dans sa poche, il enleva une cuisse toute vernie de gelée, la dépeça des dents, puis la mâcha avec une satisfaction si évidente qu'il y eut dans la voiture un grand soupir de détresse.

Mais Boule de suif, d'une voix humble et douce, proposa aux bonnes sœurs de partager sa collation. Elles acceptèrent toutes les deux instantanément, et, sans lever les yeux, se mirent à manger très vite après avoir balbutié des remerciements. Cornudet ne refusa pas non plus les offres de sa voisine, et l'on forma avec les religieuses une sorte de table en développant des journaux sur les genoux.

Les bouches s'ouvraient et se fermaient sans cesse, avalaient, mastiquaient, engloutissaient férocement. Loiseau, dans son coin, travaillait dur, et, à voix basse, il engageait sa femme à l'imiter. Elle résista longtemps, puis, après une crispation qui lui parcourut les entrailles, elle céda. Alors son mari, arrondissant sa phrase, demanda à leur « charmante compagne » si elle lui permettait d'offrir un petit morceau à Mme Loiseau. Elle dit : – « Mais oui, certainement, monsieur », avec un sourire aimable, et tendit la terrine.

Un embarras se produisit lorsqu'on eut débouché la première bouteille de bordeaux : il n'y avait qu'une timbale. On se la passa après l'avoir essuyée. Cornudet seul, par galanterie sans doute, posa ses lèvres à la place humide encore des lèvres de sa voisine.

Alors, entourés de gens qui mangeaient, suffoqués par les émanations des nourritures, le comte et la comtesse de Bréville, ainsi que M. et Mme Carré-Lamadon souffrirent ce supplice odieux qui a gardé le nom de Tantale. Tout d'un coup la jeune femme du manufacturier poussa un soupir qui fit retourner les têtes ; elle était aussi blanche que la neige du dehors, ses yeux se fermèrent, son front tomba ; elle avait perdu connaissance. Son mari, affolé, implorait le secours de tout le monde. Chacun perdait l'esprit, quand la plus âgée des bonnes sœurs, soutenant la tête de la malade, glissa entre ses lèvres la timbale de Boule de suif et lui fit avaler quelques gouttes de vin. La jolie dame remua, ouvrit les yeux, sourit et déclara d'une voix mourante qu'elle se sentait fort bien maintenant. Mais afin que cela ne se renouvelât plus, la religieuse la contraignit à boire un plein verre de bordeaux, et elle ajouta : – « C'est la faim, pas autre chose. »

Alors Boule de suif, rougissante et embarrassée, balbutia en regardant les quatre voyageurs restés à jeun : – « Mon Dieu, si j'osais offrir à ces messieurs et à ces dames... » Elle se tut, craignant un outrage. Loiseau prit la parole : – « Eh parbleu ! dans des cas pareils tout le monde est frère et doit s'aider. Allons, mesdames, pas de cérémonie, acceptez, que diable ! Savons-nous si nous trouverons seulement une maison où passer la nuit ? Du train dont nous allons, nous ne serons pas à Tôtes avant demain midi. » – On hésitait, personne n'osant assumer la responsabilité du « oui ». Mais le comte trancha la question. Il se tourna vers la grosse fille intimidée, et prenant son grand air de gentilhomme, il lui dit :

« Nous acceptons avec reconnaissance, madame. »

Le premier pas seul coûtait. Une fois le Rubicon passé on s'en donna carrément. Le panier fut vidé. Il contenait encore un pâté de foie gras, un pâté de mauviettes, un morceau de langue fumée, des poires de crassane, un pavé de pont-l'évêque, des petits-fours et une tasse pleine de cornichons et d'oignons au vinaigre : Boule de suif, comme toutes les femmes, adorant les crudités.

On ne pouvait manger les provisions de cette fille sans lui parler. Donc on causa, avec réserve d'abord, puis, comme elle se tenait fort bien, on s'abandonna davantage. Mmes de Bréville et Carré-Lamadon, qui avaient un grand savoir-vivre, se firent gracieuses avec délicatesse. La comtesse surtout montra cette condescendance aimable des très nobles dames qu'aucun contact ne peut salir, et fut charmante. Mais la forte Mme Loiseau, qui avait une âme de gendarme, resta revêche, parlant peu et mangeant beaucoup.

On s'entretint de la guerre naturellement. On raconta des faits horribles des Prussiens, des traits de bravoure des Français; et tous ces gens qui fuyaient rendirent hommage au courage des autres. Les histoires personnelles commencèrent bientôt; et Boule de suif raconta, avec une émotion vraie, avec cette chaleur de parole qu'ont parfois les filles pour exprimer leurs emportements naturels, comment elle avait quitté Rouen : — « J'ai cru d'abord que je pourrais rester, disait-elle. J'avais ma maison pleine de provisions, et j'aimais mieux nourrir quelques soldats que m'expatrier je ne sais où. Mais quand je les ai vus, ces Prussiens, ce fut plus fort que moi! Ils m'ont tourné le sang de colère; et j'ai pleuré de honte toute la journée. Oh! si j'étais un homme, allez! Je les regardais de ma fenêtre, ces gros porcs avec leur casque à pointe, et ma bonne me tenait les mains pour m'empêcher de leur jeter mon mobilier sur le dos. Puis il en est venu pour loger chez moi; alors j'ai sauté à la gorge du premier. Ils ne sont pas plus difficiles à étrangler que d'autres! Et je l'aurais terminé, celui-là, si l'on ne m'avait pas tirée par les cheveux. Il a fallu me cacher après ça. Enfin, quand j'ai trouvé une occasion, je suis partie, et me voici. »

On la félicita beaucoup. Elle grandissait dans l'estime de ses compagnons qui ne s'étaient pas montrés si crânes; et Cornudet, en l'écoutant, gardait un sourire approbateur et bienveillant d'apôtre; de même un prêtre entend un dévot louer Dieu, car les démocrates à longue barbe ont le monopole du patriotisme comme les hommes en soutane ont celui de la religion. Il parla à son tour d'un ton doctrinaire, avec l'emphase apprise dans les proclamations qu'on collait chaque jour aux murs, et il finit par un morceau d'éloquence où il étrillait magistralement cette « crapule de Badinguet ».

Mais Boule de suif aussitôt se fâcha, car elle était bonapartiste. Elle devenait plus rouge qu'une guigne, et, bégayant d'indignation : – « J'aurais bien voulu vous voir à sa place, vous autres. Ça aurait été du propre, ah oui ! C'est vous qui l'avez trahi, cet homme ! On n'aurait plus qu'à quitter la France si l'on était gouverné par des polissons comme vous ! » – Cornudet impassible gardait un sourire dédaigneux et supérieur, mais on sentait que les gros mots allaient arriver quand le comte s'interposa et calma, non sans peine, la fille exaspérée, en proclamant avec autorité que toutes les opinions sincères étaient respectables. Cependant la comtesse et la manufacturière, qui avaient dans l'âme la haine irraisonnée des gens comme il faut pour la république, et cette instinctive tendresse que nourrissent toutes les femmes pour les gouvernements à panache et despotiques, se sentaient, malgré elles, attirées vers cette prostituée pleine de dignité, dont les sentiments ressemblaient si fort aux leurs.

Le panier était vide. A dix on l'avait tari sans peine, en regrettant qu'il ne fût pas plus grand. La conversation continua quelque temps, un peu refroidie néanmoins depuis qu'on avait fini de manger.

La nuit tombait, l'obscurité peu à peu devint profonde, et le froid, plus sensible pendant les digestions, faisait frissonner Boule de suif, malgré sa graisse. Alors Mme de Bréville lui proposa sa chaufferette dont le charbon depuis le matin avait été plusieurs fois renouvelé, et l'autre accepta tout de suite, car elle se sentait les pieds gelés. Mmes Carré-Lamadon et Loiseau donnèrent les leurs aux religieuses.

Le cocher avait allumé ses lanternes. Elles éclairaient d'une lueur vive un nuage de buée au-dessus de la croupe en sueur des timoniers et, des deux côtés de la route, la neige qui semblait se dérouler sous le reflet mobile des lumières.

On ne distinguait plus rien dans la voiture ; mais tout à coup un mouvement se fit entre Boule de suif et Cornudet ; et Loiseau, dont l'œil fouillait l'ombre, crut voir l'homme à la grande barbe s'écarter vivement comme s'il eût reçu quelque bon coup lancé sans bruit.

Des petits points de feu parurent en avant sur la route. C'était Tôtes. On avait marché onze heures, ce qui, avec les deux heures de repos laissées en quatre fois aux chevaux pour manger l'avoine et souffler, faisait quatorze. On entra dans le bourg et devant l'Hôtel du Commerce on s'arrêta.

La portière s'ouvrit ! Un bruit bien connu fit tressaillir tous les voyageurs ; c'étaient les heurts d'un fourreau de sabre sur le sol. Aussitôt la voix d'un Allemand cria quelque chose.

Bien que la diligence fût immobile personne ne descendait, comme si l'on se fût attendu à être massacré à la sortie. Alors le conducteur apparut tenant à la main une de ses lanternes qui éclaira subitement jusqu'au fond de la voiture les deux rangs de têtes effarées, dont les bouches étaient ouvertes et les yeux écarquillés de surprise et d'épouvante.

A côté du cocher se tenait, en pleine lumière, un officier allemand, un grand jeune homme excessivement mince et blond, serré dans son uniforme comme une fille en son corset, et portant sur le côté sa casquette plate et cirée qui le faisait ressembler au chasseur d'un hôtel anglais. Sa moustache démesurée, à longs poils droits, s'amincissant indéfiniment de chaque côté et terminée par un seul fil blond si mince qu'on n'en apercevait pas la fin, semblait peser sur les coins de sa bouche et, tirant la joue, imprimait aux lèvres un pli tombant.

Il invita en français d'Alsacien les voyageurs à sortir, disant d'un ton raide : – « Foulez-fous tescentre, messieurs et tames ? »

Les deux bonnes sœurs obéirent les premières avec une docilité de saintes filles habituées à toutes les soumissions. Le comte et la comtesse parurent ensuite, suivis du manufacturier et de sa femme, puis de Loiseau poussant devant lui sa grande moitié. Celui-ci, en mettant pied à terre, dit à l'officier : – « Bonjour monsieur », par un sentiment de prudence bien plus que de politesse. L'autre, insolent comme les gens tout-puissants, le regarda sans répondre.

Boule de suif et Cornudet, bien que près de la portière, descendirent les derniers, graves et hautains devant l'ennemi. La grosse fille tâchait de se dominer et d'être calme ; le démoc tourmentait d'une main tragique et un peu tremblante sa longue barbe roussâtre. Ils voulaient garder de la dignité, comprenant qu'en ces rencontres-là chacun représente un peu son pays ; et pareillement révoltés par la souplesse de leurs compagnons, elle, tâchait de se montrer plus fière que ses voisines les femmes honnêtes, tandis que lui, sentant bien qu'il devait l'exemple, continuait en toute son attitude sa mission de résistance commencée au défoncement des routes.

On entra dans la vaste cuisine de l'auberge, et

l'Allemand, s'étant fait présenter l'autorisation de départ signée par le général en chef et où étaient mentionnés les noms, le signalement et la profession de chaque voyageur, examina longuement tout ce monde, comparant les personnes aux renseignements écrits.

Puis il dit brusquement : – « C'est pien », et il disparut.

Alors on respira. On avait faim encore ; le souper fut commandé. Une demi-heure était nécessaire pour l'apprêter ; et, pendant que deux servantes avaient l'air de s'en occuper, on alla visiter les chambres. Elles se trouvaient toutes dans un long couloir que terminait une porte vitrée marquée d'un numéro parlant.

Enfin on allait se mettre à table, quand le patron de l'auberge parut lui-même. C'était un ancien marchand de chevaux, un gros homme asthmatique, qui avait toujours des sifflements, des enrouements, des chants de glaires dans le larynx. Son père lui avait transmis le nom de Follenvie.

Il demanda :

— « Mademoiselle Elisabeth Rousset ? »

Boule de suif tressaillit, se retourna :

— « C'est moi.

— Mademoiselle, l'officier prussien veut vous parler immédiatement.

— A moi ?

— Oui, si vous êtes bien mademoiselle Elisabeth Rousset. »

Elle se troubla, réfléchit une seconde, puis déclara carrément :

— « C'est possible, mais je n'irai pas. »

Un mouvement se fit autour d'elle ; chacun discutait, cherchait la cause de cet ordre. Le comte s'approcha :

— « Vous avez tort, madame, car votre refus peut

amener des difficultés considérables, non seulement pour vous, mais même pour tous vos compagnons. Il ne faut jamais résister aux gens qui sont les plus forts. Cette démarche assurément ne peut présenter aucun danger ; c'est sans doute pour quelque formalité oubliée. »

Tout le monde se joignit à lui, on la pria, on la pressa, on la sermonna, et l'on finit par la convaincre ; car tous redoutaient les complications qui pourraient résulter d'un coup de tête. Elle dit enfin :

— « C'est pour vous que je le fais, bien sûr ! »

La comtesse lui prit la main :

— « Et nous vous en remercions. »

Elle sortit. On l'attendit pour se mettre à table. Chacun se désolait de n'avoir pas été demandé à la place de cette fille violente et irascible, et préparait mentalement des platitudes pour le cas où on l'appellerait à son tour.

Mais au bout de dix minutes elle reparut, soufflant, rouge à suffoquer, exaspérée. Elle balbutiait : – « Oh la canaille ! la canaille ! »

Tous s'empressaient pour savoir, mais elle ne dit rien ; et comme le comte insistait, elle répondit avec une grande dignité : – « Non, cela ne vous regarde pas, je ne peux pas parler. »

Alors on s'assit autour d'une haute soupière d'où sortait un parfum de choux. Malgré cette alerte, le souper fut gai. Le cidre était bon, le ménage Loiseau et les bonnes sœurs en prirent, par économie. Les autres demandèrent du vin ; Cornudet réclama de la bière. Il avait une façon particulière de déboucher la bouteille, de faire mousser le liquide, de le considérer en penchant le verre, qu'il élevait ensuite entre la lampe et son œil pour bien apprécier la couleur. Quand il buvait, sa grande barbe, qui avait gardé la nuance de son breuvage

aimé, semblait tressaillir de tendresse; ses yeux lou-
chaient pour ne point perdre de vue sa chope, et il avait
l'air de remplir l'unique fonction pour laquelle il était
né. On eût dit qu'il établissait en son esprit un rappro-
chement et comme une affinité entre les deux grandes
passions qui occupaient toute sa vie : le Pale Ale et la
Révolution; et assurément il ne pouvait déguster l'un
sans songer à l'autre.

M. et Mme Follenvie dînaient tout au bout de la table.
L'homme, râlant comme une locomotive crevée, avait
trop de tirage dans la poitrine pour pouvoir parler en
mangeant; mais la femme ne se taisait jamais. Elle
raconta toutes ses impressions à l'arrivée des Prussiens,
ce qu'ils faisaient, ce qu'ils disaient, les exécrant
d'abord parce qu'ils lui coûtaient de l'argent, et, ensuite, parce qu'elle avait deux fils à l'armée. Elle
s'adressait surtout à la comtesse, flattée de causer avec
une dame de qualité.

Puis elle baissait la voix pour dire les choses délicates, et son mari, de temps en temps, l'interrompait : –
« Tu ferais mieux de te taire, madame Follenvie. » –
Mais elle n'en tenait aucun compte, et continuait : –
« Oui, madame, ces gens-là, ça ne fait que manger des
pommes de terre et du cochon, et puis du cochon et des
pommes de terre. Et il ne faut pas croire qu'ils sont
propres. – Oh non ! – Ils ordurent partout, sauf le respect que je vous dois. Et si vous les voyiez faire l'exercice pendant des heures et des jours; ils sont là tous
dans un champ : – et marche en avant, et marche en
arrière, et tourne par-ci, et tourne par-là. – S'ils culti-
vaient la terre au moins, ou s'ils travaillaient aux routes
dans leur pays ! – Mais non, madame, ces militaires ça
n'est pas profitable à personne ! Faut-il que le pauvre
peuple les nourrisse pour n'apprendre rien qu'à massa-

crer ! – Je ne suis qu'une vieille femme sans éducation, c'est vrai ; mais en les voyant qui s'esquintent le tempérament à piétiner du matin au soir, je me dis : – Quand il y a des gens qui font tant de découvertes pour être utiles, faut-il que d'autres se donnent tant de mal pour être nuisibles ? Vraiment, n'est-ce pas une abomination de tuer des gens, qu'ils soient Prussiens, ou bien Anglais, ou bien Polonais, ou bien Français ? – Si l'on se revenge sur quelqu'un qui vous a fait tort, c'est mal, puisqu'on vous condamne ; mais quand on extermine nos garçons comme du gibier, avec des fusils, c'est donc bien, puisqu'on donne des décorations à celui qui en détruit le plus ? – Non, voyez-vous, je ne comprendrai jamais ça ! »

Cornudet éleva la voix :

— « La guerre est une barbarie quand on attaque un voisin paisible ; c'est un devoir sacré quand on défend la patrie. »

La vieille femme baissa la tête :

— « Oui, quand on se défend, c'est autre chose ; mais si l'on ne devrait pas plutôt tuer tous les rois qui font ça pour leur plaisir ? »

L'œil de Cornudet s'enflamma :

— « Bravo, citoyenne », dit-il.

M. Carré-Lamadon réfléchissait profondément. Bien qu'il fût fanatique des illustres capitaines, le bon sens de cette paysanne le faisait songer à l'opulence qu'apporteraient dans un pays tant de bras inoccupés et par conséquent ruineux, tant de forces qu'on entretient improductives, si on les employait aux grands travaux industriels qu'il faudra des siècles pour achever.

Mais Loiseau, quittant sa place, alla causer tout bas avec l'aubergiste. Le gros homme riait, toussait, crachait ; son énorme ventre sautillait de joie aux plaisanteries de son voisin, et il lui acheta six feuillettes de bordeaux pour le printemps, quand les Prussiens seraient partis.

Le souper à peine achevé, comme on était brisé de fatigue, on se coucha.

Cependant Loiseau, qui avait observé les choses, fit mettre au lit son épouse, puis colla tantôt son oreille et tantôt son œil au trou de la serrure, pour tâcher de découvrir ce qu'il appelait : « les mystères du corridor ».

Au bout d'une heure environ, il entendit un frôlement, regarda bien vite, et aperçut Boule de suif qui paraissait plus replète encore sous un peignoir de cachemire bleu, bordé de dentelles blanches. Elle tenait un bougeoir à la main et se dirigeait vers le gros numéro tout au fond du couloir. Mais une porte, à côté, s'entrouvrit, et, quand elle revint, au bout de quelques minutes, Cornudet, en bretelles, la suivait. Ils parlaient bas, puis ils s'arrêtèrent. Boule de suif semblait défendre l'entrée de sa chambre avec énergie. Loiseau, malheureusement, n'entendait pas les paroles, mais à la fin, comme ils élevaient la voix, il put en saisir quelques-unes. Cornudet insistait avec vivacité. Il disait :

— « Voyons, vous êtes bête, qu'est-ce que ça vous fait ? »

Elle avait l'air indigné et répondit :

— « Non, mon cher, il y a des moments où ces choses-là ne se font pas ; et puis, ici, ce serait une honte. »

Il ne comprenait point, sans doute, et demanda pourquoi. Alors elle s'emporta, élevant encore le ton :

— « Pourquoi ? Vous ne comprenez pas pourquoi ? Quand il y a des Prussiens dans la maison, dans la chambre à côté peut-être ? »

Il se tut. Cette pudeur patriotique de catin qui ne se

laissait point caresser près de l'ennemi, dut réveiller en son cœur sa dignité défaillante, car, après l'avoir seulement embrassée, il regagna sa porte à pas de loup.

Loiseau, très allumé, quitta la serrure, battit un entrechat dans sa chambre, mit son madras, souleva le drap sous lequel gisait la dure carcasse de sa compagne qu'il réveilla d'un baiser en murmurant : – « M'aimes-tu, chérie ? »

Alors toute la maison devint silencieuse. Mais bientôt s'éleva quelque part, dans une direction indéterminée qui pouvait être la cave aussi bien que le grenier, un ronflement puissant, monotone, régulier, un bruit sourd et prolongé, avec des tremblements de chaudière sous pression. M. Follenvie dormait.

Comme on avait décidé qu'on partirait à huit heures le lendemain, tout le monde se trouva dans la cuisine, mais la voiture, dont la bâche avait un toit de neige, se dressait solitaire au milieu de la cour, sans chevaux et sans conducteur. On chercha en vain celui-ci dans les écuries, dans les fourrages, dans les remises. Alors tous les hommes se résolurent à battre le pays et ils sortirent. Ils se trouvèrent sur la place, avec l'église au fond et, des deux côtés, des maisons basses où l'on apercevait des soldats prussiens. Le premier qu'ils virent épluchait des pommes de terre. Le second, plus loin, lavait la boutique du coiffeur. Un autre, barbu jusqu'aux yeux, embrassait un mioche qui pleurait et le berçait sur ses genoux pour tâcher de l'apaiser ; et les grosses paysannes dont les hommes étaient à « l'armée de la guerre », indiquaient par signes à leurs vainqueurs obéissants le travail qu'il fallait entreprendre : fendre du bois, tremper la soupe, moudre du café ; un d'eux même lavait le linge de son hôtesse, une aïeule tout impotente.

Le comte, étonné, interrogea le bedeau qui sortait du

presbytère. Le vieux rat d'église lui répondit : – « Oh ! ceux-là ne sont pas méchants ; c'est pas des Prussiens à ce qu'on dit. Ils sont de plus loin ; je ne sais pas bien d'où ; et ils ont tous laissé une femme et des enfants au pays ; ça ne les amuse pas, la guerre, allez ! Je suis sûr qu'on pleure bien aussi là-bas après les hommes ; et ça fournira une fameuse misère chez eux comme chez nous. Ici, encore, on n'est pas trop malheureux pour le moment, parce qu'ils ne font pas de mal et qu'ils travaillent comme s'ils étaient dans leurs maisons. Voyez-vous, monsieur, entre pauvres gens, faut bien qu'on s'aide... C'est les grands qui font la guerre. »

Cornudet, indigné de l'entente cordiale établie entre les vainqueurs et les vaincus, se retira, préférant s'enfermer dans l'auberge. Loiseau eut un mot pour rire : – « Ils repeuplent. » M. Carré-Lamadon eut un mot grave : – « Ils réparent. » Mais on ne trouvait pas le cocher. A la fin on le découvrit dans le café du village, attablé fraternellement avec l'ordonnance de l'officier. Le comte l'interpella :

— « Ne vous avait-on pas donné l'ordre d'atteler pour huit heures ?

— Ah ! bien oui, mais on m'en a donné un autre depuis.

— Lequel ?

— De ne pas atteler du tout.

— Qui vous a donné cet ordre ?

— Ma foi ! le commandant prussien.

— Pourquoi ?

— Je n'en sais rien. Allez lui demander. On me défend d'atteler, moi je n'attelle pas. – Voilà.

— C'est lui-même qui vous a dit cela ?

— Non, monsieur, c'est l'aubergiste qui m'a donné l'ordre de sa part.

— Quand ça ?

— Hier soir, comme j'allais me coucher. »

Les trois hommes rentrèrent fort inquiets.

On demanda M. Follenvie, mais la servante répondit que Monsieur, à cause de son asthme, ne se levait jamais avant dix heures. Il avait même formellement défendu de le réveiller plus tôt, excepté en cas d'incendie.

On voulut voir l'officier, mais cela était impossible absolument, bien qu'il logeât dans l'auberge. M. Follenvie seul était autorisé à lui parler pour les affaires civiles. Alors on attendit. Les femmes remontèrent dans leurs chambres, et des futilités les occupèrent.

Cornudet s'installa sous la haute cheminée de la cuisine où flambait un grand feu. Il se fit apporter là une des petites tables du café, une canette, et il tira sa pipe qui jouissait parmi les démocrates d'une considération presque égale à la sienne, comme si elle avait servi la patrie en servant à Cornudet. C'était une superbe pipe en écume, admirablement culottée, aussi noire que les dents de son maître, mais parfumée, recourbée, luisante, familière à sa main, et complétant sa physionomie. Et il demeura immobile, les yeux tantôt fixés sur la flamme du foyer, tantôt sur la mousse qui couronnait sa chope ; et chaque fois qu'il avait bu, il passait d'un air satisfait ses longs doigts maigres dans ses longs cheveux gras pendant qu'il humait sa moustache frangée d'écume.

Loiseau, sous prétexte de se dégourdir les jambes, alla placer du vin aux débitants du pays. Le comte et le manufacturier se mirent à causer politique. Ils prévoyaient l'avenir de la France. L'un croyait aux d'Orléans, l'autre à un sauveur inconnu, un héros qui se révélerait quand tout serait désespéré : un Du Guesclin, une Jeanne d'Arc peut-être ? ou un autre Napoléon Ier ?

Ah ! si le prince impérial n'était pas si jeune ! Cornudet, les écoutant, souriait en homme qui sait le mot des destinées. Sa pipe embaumait la cuisine.

Comme dix heures sonnaient, M. Follenvie parut. On l'interrogea bien vite ; mais il ne put que répéter deux ou trois fois, sans une variante, ces paroles : – « L'officier m'a dit comme ça : "Monsieur Follenvie, vous défendrez qu'on attelle demain la voiture de ces voyageurs. Je ne veux pas qu'ils partent sans mon ordre. Vous entendez. Ça suffit." »

Alors on voulut voir l'officier. Le comte lui envoya sa carte où M. Carré-Lamadon ajouta son nom et tous ses titres. Le Prussien fit répondre qu'il admettrait ces deux hommes à lui parler quand il aurait déjeuné, c'est-à-dire vers une heure.

Les dames reparurent et l'on mangea quelque peu, malgré l'inquiétude. Boule de suif semblait malade et prodigieusement troublée.

On achevait le café quand l'ordonnance vint chercher ces messieurs.

Loiseau se joignit aux deux premiers ; mais comme on essayait d'entraîner Cornudet pour donner plus de solennité à leur démarche, il déclara fièrement qu'il entendait n'avoir jamais aucun rapport avec les Allemands ; et il se remit dans sa cheminée, demandant une autre canette.

Les trois hommes montèrent et furent introduits dans la plus belle chambre de l'auberge où l'officier les reçut, étendu dans un fauteuil, les pieds sur la cheminée, fumant une longue pipe de porcelaine, et enveloppé par une robe de chambre flamboyante, dérobée sans doute dans la demeure abandonnée de quelque bourgeois de mauvais goût. Il ne se leva pas, ne les salua pas, ne les regarda pas. Il présentait un magnifique

échantillon de la goujaterie naturelle au militaire victorieux.

Au bout de quelques instants il dit enfin :

— « Qu'est-ce que fous foulez ? »

Le comte prit la parole : – « Nous désirons partir,
monsieur.

— Non.

— Oserai-je vous demander la cause de ce refus ?

— Parce que che ne feux pas.

— Je vous ferai respectueusement observer, monsieur, que votre général en chef nous a délivré une
permission de départ pour gagner Dieppe ; et je ne
pense pas que nous ayons rien fait pour mériter vos
rigueurs.

— Che ne feux pas... foilà tout... Fous poufez tescen-
dre. »

S'étant inclinés tous les trois ils se retirèrent.

L'après-midi fut lamentable. On ne comprenait rien à
ce caprice d'Allemand ; et les idées les plus singulières
troublaient les têtes. Tout le monde se tenait dans la
cuisine et l'on discutait sans fin, imaginant des choses
invraisemblables. On voulait peut-être les garder
comme otages – mais dans quel but ? – ou les emmener
prisonniers ? ou, plutôt, leur demander une rançon
considérable ? A cette pensée une panique les affola.
Les plus riches étaient les plus épouvantés, se voyant
déjà contraints, pour racheter leur vie, de verser des
sacs pleins d'or entre les mains de ce soldat insolent. Ils
se creusaient la cervelle pour découvrir des mensonges
acceptables, dissimuler leurs richesses, se faire passer
pour pauvres, très pauvres. Loiseau enleva sa chaîne de
montre et la cacha dans sa poche. La nuit qui tombait
augmenta les appréhensions. La lampe fut allumée, et
comme on avait encore deux heures avant le dîner,

Mme Loiseau proposa une partie de trente-et-un. Ce serait une distraction. On accepta. Cornudet lui-même, ayant éteint sa pipe par politesse, y prit part.

Le comte battit les cartes – donna – Boule de suif avait trente et un d'emblée ; et bientôt l'intérêt de la partie apaisa la crainte qui hantait les esprits. Mais Cornudet s'aperçut que le ménage Loiseau s'entendait pour tricher.

Comme on allait se mettre à table, M. Follenvie reparut ; et de sa voix graillonnante il prononça : « L'officier prussien fait demander à Mlle Elisabeth Rousset si elle n'a pas encore changé d'avis. »

Boule de suif resta debout, toute pâle ; puis devenant subitement cramoisie, elle eut un tel étouffement de colère qu'elle ne pouvait plus parler. Enfin elle éclata : – « Vous lui direz à cette crapule, à ce saligaud, à cette charogne de Prussien, que jamais je ne voudrai ; vous entendez bien, jamais, jamais, jamais ! »

Le gros aubergiste sortit. Alors Boule de suif fut entourée, interrogée, sollicitée par tout le monde de dévoiler le mystère de sa visite. Elle résista d'abord ; mais l'exaspération l'emporta bientôt : – « Ce qu'il veut ?... ce qu'il veut ?... Il veut coucher avec moi ! » cria-t-elle. Personne ne se choqua du mot, tant l'indignation fut vive. Cornudet brisa sa chope en la reposant violemment sur la table. C'était une clameur de réprobation contre ce soudard ignoble, un souffle de colère, une union de tous pour la résistance, comme si l'on eût demandé à chacun une partie du sacrifice exigé d'elle. Le comte déclara avec dégoût que ces gens-là se conduisaient à la façon des anciens barbares. Les femmes surtout témoignèrent à Boule de suif une commisération énergique et caressante. Les bonnes sœurs, qui ne se montraient qu'aux repas, avaient baissé la tête et ne disaient rien.

On dîna néanmoins lorsque la première fureur fut apaisée ; mais on parla peu, on songeait.

Les dames se retirèrent de bonne heure ; et les hommes, tout en fumant, organisèrent un écarté auquel fut convié M. Follenvie qu'on avait l'intention d'interroger habilement sur les moyens à employer pour vaincre la résistance de l'officier. Mais il ne songeait qu'à ses cartes, sans rien écouter, sans rien répondre ; et il répétait sans cesse : « Au jeu, messieurs, au jeu. » Son attention était si tendue qu'il en oubliait de cracher, ce qui lui mettait parfois des points d'orgue dans la poitrine. Ses poumons sifflants donnaient toute la gamme de l'asthme, depuis les notes graves et profondes jusqu'aux enrouements aigus des jeunes coqs essayant de chanter.

Il refusa même de monter quand sa femme, qui tombait de sommeil, vint le chercher. Alors elle partit toute seule, car elle était « du matin », toujours levée avec le soleil, tandis que son homme était « du soir », toujours prêt à passer la nuit avec des amis. Il lui cria : « Tu placeras mon lait de poule devant le feu », et se remit à sa partie. Quand on vit bien qu'on n'en pourrait rien tirer on déclara qu'il était temps de s'en aller, et chacun gagna son lit.

On se leva encore d'assez bonne heure le lendemain, avec un espoir indéterminé, un désir plus grand de s'en aller, une terreur du jour à passer dans cette horrible petite auberge.

Hélas ! les chevaux restaient à l'écurie, le cocher demeurait invisible. On alla, par désœuvrement, tourner autour de la voiture.

Le déjeuner fut bien triste ; et il s'était produit comme un refroidissement vis-à-vis de Boule de suif, car la nuit, qui porte conseil, avait un peu modifié les

jugements. On en voulait presque à cette fille maintenant, de n'avoir pas été trouver secrètement le Prussien,
afin de ménager, au réveil, une bonne surprise à ses
compagnons. Quoi de plus simple ? Qui l'eût su
d'ailleurs ? Elle aurait pu sauver les apparences en
faisant dire à l'officier qu'elle prenait en pitié leur
détresse. Pour elle ça avait si peu d'importance !

Mais personne n'avouait encore ces pensées.

Dans l'après-midi, comme on s'ennuyait à périr, le
comte proposa de faire une promenade aux alentours du
village. Chacun s'enveloppa avec soin et la petite
société partit, à l'exception de Cornudet, qui préférait
rester près du feu, et des bonnes sœurs, qui passaient
leurs journées dans l'église ou chez le curé.

Le froid, plus intense de jour en jour, piquait cruel-
lement le nez et les oreilles ; les pieds devenaient si
douloureux que chaque pas était une souffrance ; et
lorsque la campagne se découvrit, elle leur apparut si
effroyablement lugubre sous cette blancheur illimitée
que tout le monde aussitôt retourna, l'âme glacée et le
cœur serré.

Les quatre femmes marchaient devant, les trois
hommes suivaient, un peu derrière.

Loiseau, qui comprenait la situation, demanda tout à
coup si cette « garce-là » allait les faire rester longtemps encore dans un pareil endroit. Le comte, toujours
courtois, dit qu'on ne pouvait exiger d'une femme un
sacrifice aussi pénible, et qu'il devait venir d'elle-
même. M. Carré-Lamadon remarqua que si les Français
faisaient, comme il en était question, un retour offensif
par Dieppe, la rencontre ne pourrait avoir lieu qu'à
Tôtes. Cette réflexion rendit les deux autres soucieux.
– « Si l'on se sauvait à pied », dit Loiseau. Le comte
haussa les épaules : – « Y songez-vous, dans cette

neige ? avec nos femmes ? Et puis nous serions tout de suite poursuivis, rattrapés en dix minutes, et ramenés prisonniers à la merci des soldats. » – C'était vrai ; on se tut.

Les dames parlaient toilette ; mais une certaine contrainte semblait les désunir.

Tout à coup, au bout de la rue, l'officier parut. Sur la neige qui fermait l'horizon il profilait sa grande taille de guêpe en uniforme, et marchait, les genoux écartés, de ce mouvement particulier aux militaires qui s'efforcent de ne point maculer leurs bottes soigneusement cirées.

Il s'inclina en passant près des dames, et regarda dédaigneusement les hommes qui eurent, du reste, la dignité de ne se point découvrir, bien que Loiseau ébauchât un geste pour retirer sa coiffure.

Boule de suif était devenue rouge jusqu'aux oreilles ; et les trois femmes mariées ressentaient une grande humiliation d'être ainsi rencontrées par ce soldat, dans la compagnie de cette fille qu'il avait si cavalièrement traitée.

Alors on parla de lui, de sa tournure, de son visage. Mme Carré-Lamadon, qui avait connu beaucoup d'officiers et qui les jugeait en connaisseur, trouvait celui-là pas mal du tout ; elle regrettait même qu'il ne fût pas français, parce qu'il ferait un fort joli hussard dont toutes les femmes assurément raffoleraient.

Une fois rentrés, on ne sut plus que faire. Des paroles aigres furent même échangées à propos de choses insignifiantes. Le dîner silencieux dura peu, et chacun monta se coucher, espérant dormir pour tuer le temps.

On descendit le lendemain avec des visages fatigués et des cœurs exaspérés. Les femmes parlaient à peine à Boule de suif.

Une cloche tinta. C'était pour un baptême. La grosse fille avait un enfant élevé chez des paysans d'Yvetot. Elle ne le voyait pas une fois l'an, et n'y songeait jamais ; mais la pensée de celui qu'on allait baptiser lui jeta au cœur une tendresse subite et violente pour le sien, et elle voulut absolument assister à la cérémonie.

Aussitôt qu'elle fut partie, tout le monde se regarda, puis on rapprocha les chaises, car on sentait bien qu'à la fin il fallait décider quelque chose. Loiseau eut une inspiration : il était d'avis de proposer à l'officier de garder Boule de suif toute seule, et de laisser partir les autres.

M. Follenvie se chargea encore de la commission, mais il redescendit presque aussitôt. L'Allemand, qui connaissait la nature humaine, l'avait mis à la porte. Il prétendait retenir tout le monde, tant que son désir ne serait pas satisfait.

Alors le tempérament populacier de Mme Loiseau éclata : – « Nous n'allons pourtant pas mourir de vieillesse ici. Puisque c'est son métier, à cette gueuse, de faire ça avec tous les hommes, je trouve qu'elle n'a pas le droit de refuser l'un plutôt que l'autre. Je vous demande un peu, ça a pris tout ce qu'elle a trouvé dans Rouen, même des cochers ! oui, madame, le cocher de la préfecture ! Je le sais bien, moi, il achète son vin à la maison. Et aujourd'hui qu'il s'agit de nous tirer d'embarras, elle fait la mijaurée, cette morveuse !... Moi, je trouve qu'il se conduit très bien, cet officier. Il est peut-être privé depuis longtemps ; et nous étions là trois qu'il aurait sans doute préférées. Mais non, il se contente de celle à tout le monde. Il respecte les femmes mariées. Songez donc, il est le maître. Il n'avait qu'à dire : "Je veux", et il pouvait nous prendre de force avec ses soldats. »

Les deux femmes eurent un petit frisson. Les yeux de

la jolie Mme Carré-Lamadon brillaient, et elle était un peu pâle, comme si elle se sentait déjà prise de force par l'officier.

Les hommes, qui discutaient à l'écart, se rapprochèrent. Loiseau, furibond, voulait livrer « cette misérable » pieds et poings liés à l'ennemi. Mais le comte, issu de trois générations d'ambassadeurs, et doué d'un physique de diplomate, était partisan de l'habileté : – « Il faudrait la décider », – dit-il.

Alors on conspira.

Les femmes se serrèrent, le ton de la voix fut baissé, et la discussion devint générale, chacun donnant son avis. C'était fort convenable du reste. Ces dames surtout trouvaient des délicatesses de tournures, des subtilités d'expression charmantes, pour dire les choses les plus scabreuses. Un étranger n'aurait rien compris, tant les précautions du langage étaient observées. Mais la légère tranche de pudeur dont est bardée toute femme du monde ne recouvrant que la surface, elles s'épanouissaient dans cette aventure polissonne, s'amusaient follement au fond, se sentant dans leur élément, tripotant de l'amour avec la sensualité d'un cuisinier gourmand qui prépare le souper d'un autre.

La gaieté revenait d'elle-même, tant l'histoire leur semblait drôle à la fin. Le comte trouva des plaisanteries un peu risquées, mais si bien dites qu'elles faisaient sourire. A son tour Loiseau lâcha quelques grivoiseries plus raides dont on ne se blessa point ; et la pensée brutalement exprimée par sa femme dominait tous les esprits : « Puisque c'est son métier à cette fille, pourquoi refuserait-elle celui-là plus qu'un autre ? » La gentille Mme Carré-Lamadon semblait même penser qu'à sa place elle refuserait celui-là moins qu'un autre.

On prépara longuement le blocus, comme pour une

forteresse investie. Chacun convint du rôle qu'il joue-
rait, des arguments dont il s'appuierait, des manœuvres
qu'il devrait exécuter. On régla le plan des attaques, les
ruses à employer, et les surprises de l'assaut, pour
forcer cette citadelle vivante à recevoir l'ennemi dans la
place.

Cornudet cependant restait à l'écart, complètement
étranger à cette affaire.

Une attention si profonde tendait les esprits, qu'on
n'entendit point rentrer Boule de suif. Mais le comte
souffla un léger : « Chut » qui fit relever tous les yeux.
Elle était là. On se tut brusquement, et un certain embarras empêcha d'abord de lui parler. La comtesse, plus
assouplie que les autres aux duplicités des salons,
l'interrogea : – « Etait-ce amusant, ce baptême ? »

La grosse fille, encore émue, raconta tout, et les figures et les attitudes, et l'aspect même de l'église. Elle
ajouta : – « C'est si bon de prier quelquefois. »

Cependant, jusqu'au déjeuner, ces dames se contentèrent d'être aimables avec elle, pour augmenter sa
confiance et sa docilité à leurs conseils.

Aussitôt à table, on commença les approches. Ce fut
d'abord une conversation vague sur le dévouement. On
cita des exemples anciens : Judith et Holopherne, puis,
sans aucune raison, Lucrèce avec Sextus, Cléopâtre
faisant passer par sa couche tous les généraux ennemis,
et les y réduisant à des servilités d'esclave. Alors se
déroula une histoire fantaisiste, éclose dans l'imagination de ces millionnaires ignorants, où les citoyennes
de Rome allaient endormir, à Capoue, Annibal entre
leurs bras, et, avec lui, ses lieutenants, et les phalanges
des mercenaires. On cita toutes les femmes qui ont
arrêté des conquérants, fait de leur corps un champ de
bataille, un moyen de dominer, une arme, qui ont vain-

cu par leurs caresses héroïques des êtres hideux ou détestés, et sacrifié leur chasteté, à la vengeance et au dévouement.

On parla même en termes voilés de cette Anglaise de grande famille qui s'était laissé inoculer une horrible et contagieuse maladie pour la transmettre à Bonaparte, sauvé miraculeusement, par une faiblesse subite, à l'heure du rendez-vous fatal.

Et tout cela s'était raconté d'une façon convenable et modérée, où parfois éclatait un enthousiasme voulu propre à exciter l'émulation.

On aurait pu croire, à la fin, que le seul rôle de la femme, ici-bas, était un perpétuel sacrifice de sa personne, un abandon continu aux caprices des soldatesques.

Les deux bonnes sœurs ne semblaient point entendre, perdues en des pensées profondes. Boule de suif ne disait rien.

Pendant toute l'après-midi on la laissa réfléchir. Mais au lieu de l'appeler « madame » comme on avait fait jusque-là, on lui disait simplement « mademoiselle », sans que personne sût bien pourquoi, comme si l'on avait voulu la faire descendre d'un degré dans l'estime qu'elle avait escaladée, lui faire sentir sa situation honteuse.

Au moment où l'on servit le potage, M. Follenvie reparut, répétant sa phrase de la veille : – « L'officier prussien fait demander à Mlle Elisabeth Rousset si elle n'a point encore changé d'avis. »

Boule de suif répondit sèchement : – « Non, monsieur. »

Mais au dîner la coalition faiblit. Loiseau eut trois phrases malheureuses. Chacun se battait les flancs pour découvrir des exemples nouveaux et ne trouvait rien,

quand la comtesse, sans préméditation peut-être, éprou-
vant un vague besoin de rendre hommage à la religion,
interrogea la plus âgée des bonnes sœurs sur les grands
faits de la vie des saints. Or beaucoup avaient commis
des actes qui seraient des crimes à nos yeux ; mais
l'Eglise absout sans peine ces forfaits quand ils sont
accomplis pour la gloire de Dieu, ou pour le bien du
prochain. C'était un argument puissant ; la comtesse en
profita. Alors, soit par une de ces ententes tacites, de
ces complaisances voilées, où excelle quiconque porte
un habit ecclésiastique, soit simplement par l'effet
d'une inintelligence heureuse, d'une secourable bêtise,
la vieille religieuse apporta à la conspiration un formidable appui. On la croyait timide, elle se montra hardie,
verbeuse, violente. Celle-là n'était pas troublée par les
tâtonnements de la casuistique ; sa doctrine semblait
une barre de fer ; sa foi n'hésitait jamais ; sa conscience
n'avait point de scrupules. Elle trouvait tout simple le
sacrifice d'Abraham, car elle aurait immédiatement tué
père et mère sur un ordre venu d'en haut ; et rien, à son
avis, ne pouvait déplaire au Seigneur quand l'intention
était louable. La comtesse, mettant à profit l'autorité
sacrée de sa complice inattendue, lui fit faire comme
une paraphrase édifiante de cet axiome de morale : « La
fin justifie les moyens. »

Elle l'interrogeait.

— « Alors, ma sœur, vous pensez que Dieu accepte
toutes les voies, et pardonne le fait quand le motif est pur.

— Qui pourrait en douter, madame ? Une action blâ-
mable en soi devient souvent méritoire par la pensée
qui l'inspire. »

Et elles continuaient ainsi, démêlant les volontés de
Dieu, prévoyant ses décisions, le faisant s'intéresser à
des choses qui, vraiment, ne le regardaient guère.

Tout cela était enveloppé, habile, discret. Mais chaque parole de la sainte fille en cornette faisait brèche dans la résistance indignée de la courtisane. Puis, la conversation se détournant un peu, la femme aux chapelets pendants parla des maisons de son ordre, de sa supérieure, d'elle-même, et de sa mignonne voisine la chère sœur Saint-Nicéphore. On les avait demandées au Havre pour soigner dans les hôpitaux des centaines de soldats atteints de la petite vérole. Elle les dépeignit, ces misérables, détailla leur maladie. Et tandis qu'elles étaient arrêtées en route par les caprices de ce Prussien, un grand nombre de Français pouvaient mourir qu'elles auraient sauvés peut-être ! C'était sa spécialité, à elle, de soigner les militaires, elle avait été en Crimée, en Italie, en Autriche, et, racontant ses campagnes, elle se révéla tout à coup une de ces religieuses à tambours et à trompettes qui semblent faites pour suivre les camps, ramasser des blessés dans les remous des batailles, et, mieux qu'un chef, dompter d'un mot les grands soudards indisciplinés ; une vraie bonne sœur Ran-tan-plan dont la figure ravagée, crevée de trous sans nombre, paraissait une image des dévastations de la guerre.

Personne ne dit rien après elle, tant l'effet semblait excellent.

Aussitôt le repas terminé on remonta bien vite dans les chambres pour ne descendre, le lendemain, qu'assez tard dans la matinée.

Le déjeuner fut tranquille. On donnait à la graine semée la veille le temps de germer et de pousser ses fruits.

La comtesse proposa de faire une promenade dans l'après-midi ; alors le comte, comme il était convenu, prit le bras de Boule de suif, et demeura derrière les autres, avec elle.

Il lui parla de ce ton familier, paternel, un peu dédaigneux, que les hommes posés emploient avec les filles, l'appelant : « ma chère enfant », la traitant du haut de sa position sociale, de son honorabilité indiscutée. Il pénétra tout de suite au vif de la question :

— « Donc vous préférez nous laisser ici, exposés comme vous-même à toutes les violences qui suivraient un échec des troupes prussiennes, plutôt que de consentir à une de ces complaisances que vous avez eues si souvent en votre vie. »

Boule de suif ne répondit rien.

Il la prit par la douceur, par le raisonnement, par les sentiments. Il sut rester « monsieur le comte », tout en se montrant galant quand il le fallut, complimenteur, aimable enfin. Il exalta le service qu'elle leur rendrait, parla de leur reconnaissance ; puis soudain, la tutoyant gaiement : – « Et tu sais, ma chère, il pourrait se vanter d'avoir goûté d'une jolie fille comme il n'en trouvera pas beaucoup dans son pays. »

Boule de suif ne répondit pas et rejoignit la société.

Aussitôt rentrée, elle monta chez elle et ne reparut plus. L'inquiétude était extrême. Qu'allait-elle faire ? Si elle résistait, quel embarras !

L'heure du dîner sonna ; on l'attendit en vain. M. Follenvie, entrant alors, annonça que Mlle Rousset se sentait indisposée, et qu'on pouvait se mettre à table. Tout le monde dressa l'oreille. Le comte s'approcha de l'aubergiste, et, tout bas : – « Ça y est ? » – » Oui. » – Par convenance il ne dit rien à ses compagnons, mais il leur fit seulement un léger signe de la tête. Aussitôt un grand soupir de soulagement sortit de toutes les poitrines, une allégresse parut sur les visages. Loiseau cria : – « Saperlipopette ! je paye du champagne si l'on en trouve dans l'établissement » ; – et Mme Loiseau eut une angoisse lorsque le patron revint avec quatre bouteilles aux mains. Chacun était devenu subitement communicatif et bruyant; une joie égrillarde emplissait les cœurs. Le comte parut s'apercevoir que Mme Carré-Lamadon était charmante, le manufacturier fit des compliments à la comtesse. La conversation fut vive, enjouée, pleine de traits.

Tout à coup, Loiseau, la face anxieuse et levant les bras, hurla : – « Silence ! » – Tout le monde se tut, surpris, presque effrayé déjà. Alors il tendit l'oreille en faisant « Chut » des deux mains, leva les yeux vers le plafond, écouta de nouveau, et reprit, de sa voix naturelle : – « Rassurez-vous, tout va bien. »

On hésitait à comprendre, mais bientôt un sourire passa.

Au bout d'un quart d'heure il recommença la même farce, la renouvela souvent dans la soirée ; et il faisait semblant d'interpeller quelqu'un à l'étage au-dessus, en lui donnant des conseils à double sens puisés dans son esprit de commis voyageur. Par moments il prenait un air triste pour soupirer : – « Pauvre fille » ; – ou bien il murmurait entre ses dents, d'un air rageur : – « Gueux de Prussien, va ! » – Quelquefois, au moment où l'on n'y songeait plus, il poussait d'une voix vibrante plusieurs : – « Assez ! assez ! » – et ajoutait, comme se parlant à lui-même : – « Pourvu que nous la revoyions ; qu'il ne l'en fasse pas mourir, le misérable ! »

Bien que ces plaisanteries fussent d'un goût déplorable, elles amusaient et ne blessaient personne, car l'indignation dépend des milieux comme le reste, et l'atmosphère qui s'était peu à peu créée autour d'eux était chargée de pensées grivoises.

Au dessert, les femmes elles-mêmes firent des allusions spirituelles et discrètes. Les regards luisaient ; on avait bu beaucoup. Le comte, qui conservait même en ses écarts sa grande apparence de gravité, trouva une comparaison fort goûtée sur la fin des hivernages au pôle et la joie des naufragés qui voient s'ouvrir une route vers le sud.

Loiseau, lancé, se leva, un verre de champagne à la main : – « Je bois à notre délivrance ! » – Tout le monde fut debout ; on l'acclamait. Les deux bonnes sœurs, elles-mêmes, sollicitées par ces dames, consentirent à tremper leurs lèvres dans ce vin mousseux dont elles n'avaient jamais goûté. Elles déclarèrent que cela ressemblait à la limonade gazeuse, mais que c'était plus fin cependant.

Loiseau résuma la situation.

— « C'est malheureux de ne pas avoir de piano, parce qu'on pourrait pincer un quadrille. »

Cornudet n'avait pas dit un mot, pas fait un geste ; il paraissait même plongé dans des pensées très graves, et tirait parfois, d'un geste furieux, sa grande barbe qu'il semblait vouloir allonger encore. Enfin, vers minuit, comme on allait se séparer, Loiseau qui titubait, lui tapa soudain sur le ventre et lui dit en bredouillant : – « Vous n'êtes pas farce, vous, ce soir ; vous ne dites rien, citoyen ? » – Mais Cornudet releva brusquement la tête, et parcourant la société d'un regard luisant et terrible : – « Je vous dis à tous que vous venez de faire une infamie ! » – Il se leva, gagna la porte, répéta encore une fois : « Une infamie ! » et disparut.

Cela jeta un froid d'abord. Loiseau interloqué restait bête ; mais il reprit son aplomb, puis, tout à coup, se tordit en répétant : – « Ils sont trop verts, mon vieux, ils sont trop verts. » – Comme on ne comprenait pas, il raconta les « mystères du corridor ». Alors il y eut une reprise de gaieté formidable. Ces dames s'amusaient comme des folles. Le comte et M. Carré-Lamadon pleuraient à force de rire. Ils ne pouvaient croire.

— « Comment. Vous êtes sûr ? Il voulait...

— Je vous dis que je l'ai vu.

— Et, elle a refusé...

— Parce que le Prussien était dans la chambre à côté.

— Pas possible ?

— Je vous le jure. »

Le comte étouffait. L'industriel se comprimait le ventre à deux mains. Loiseau continuait :

« Et, vous comprenez, ce soir, il ne la trouve pas drôle, mais pas du tout. »

Et tous les trois repartaient, malades, essoufflés, toussant.

On se sépara là-dessus. Mais Mme Loiseau, qui était de la nature des horties, fit remarquer à son mari, au moment où ils se couchaient, que « cette chipie » de petite Carré-Lamadon avait ri jaune toute la soirée : – « Tu sais, les femmes, quand ça en tient pour l'uniforme, qu'il soit français ou bien prussien ça leur est, ma foi, bien égal. Si ce n'est pas une pitié. Seigneur Dieu ! »

Et toute la nuit, dans l'obscurité du corridor coururent comme des frémissements, des bruits légers, à peine sensibles, pareils à des souffles, des effleurements de pieds nus, d'imperceptibles craquements. Et l'on ne dormit que très tard, assurément, car des filets de lumière glissèrent longtemps sous les portes. Le champagne a de ces effets-là ; il trouble, dit-on, le sommeil.

Le lendemain, un clair soleil d'hiver rendait la neige éblouissante. La diligence, attelée enfin, attendait devant la porte, tandis qu'une armée de pigeons blancs, rengorgés dans leurs plumes épaisses, avec un œil rosé, taché, au milieu, d'un point noir, se promenaient gravement entre les jambes des six chevaux, et cherchaient leur vie dans le crottin fumant qu'ils éparpillaient.

Le cocher, enveloppé dans sa peau de mouton, grillait une pipe sur le siège, et tous les voyageurs radieux faisaient rapidement empaqueter des provisions pour le reste du voyage.

On n'attendait plus que Boule de suif. Elle parut.

Elle semblait un peu troublée, honteuse ; et elle s'avança timidement vers ses compagnons, qui, tous, d'un même mouvement, se détournèrent comme s'ils ne l'avaient pas aperçue. Le comte prit avec dignité le bras de sa femme et l'éloigna de ce contact impur.

La grosse fille s'arrêta, stupéfaite ; alors, ramassant tout son courage, elle aborda la femme du manufacturier d'un : « bonjour, madame » humblement murmuré. L'autre fit de la tête seule un petit salut impertinent qu'elle accompagna d'un regard de vertu outragée. Tout le monde semblait affairé, et l'on se tenait loin d'elle comme si elle eût apporté une infection dans ses jupes. Puis on se précipita vers la voiture où elle arriva seule, la dernière, et reprit en silence la place qu'elle avait occupée pendant la première partie de la route.

On semblait ne pas la voir, ne pas la connaître ; mais Mme Loiseau, la considérant de loin avec indignation, dit à mi-voix à son mari : – « Heureusement que je ne suis pas à côté d'elle. »

La lourde voiture s'ébranla, et le voyage recommença.

On ne parla point d'abord. Boule de suif n'osait pas lever les yeux. Elle se sentait en même temps indignée contre tous ses voisins, et humiliée d'avoir cédé, souillée par les baisers de ce Prussien entre les bras duquel on l'avait hypocritement jetée.

Mais la comtesse, se tournant vers Mme Carré-Lamadon, rompit bientôt ce pénible silence.

— « Vous connaissez, je crois, Mme d'Étrelles ?

— Oui, c'est une de mes amies.

— Quelle charmante femme !

— Ravissante ! Une vraie nature d'élite, fort instruite d'ailleurs, et artiste jusqu'au bout des doigts ; elle chante à ravir et dessine dans la perfection. »

Le manufacturier causait avec le comte, et au milieu du fracas des vitres un mot parfois jaillissait : « Coupon – échéance – prime – à terme. »

Loiseau, qui avait chipé le vieux jeu de cartes de l'auberge engraissé par cinq ans de frottement sur les tables mal essuyées, attaqua un bésigue avec sa femme.

Les bonnes sœurs prirent à leur ceinture le long rosaire qui pendait, firent ensemble le signe de la croix, et tout à coup leurs lèvres se mirent à remuer vivement, se hâtant de plus en plus, précipitant leur vague murmure comme pour une course d'*oremus;* et de temps en temps elles baisaient une médaille, se signaient de nouveau, puis recommençaient leur marmottement rapide et continu.

Cornudet songeait, immobile.

Au bout de trois heures de route, Loiseau ramassa ses cartes : – « Il fait faim », dit-il.

Alors sa femme atteignit un paquet ficelé d'où elle fit sortir un morceau de veau froid. Elle le découpa proprement par tranches minces et fermes, et tous deux se mirent à manger.

— « Si nous en faisions autant », – dit la comtesse. On y consentit et elle déballa les provisions préparées pour les deux ménages. C'était, dans un de ces vases allongés dont le couvercle porte un lièvre en faïence, pour indiquer qu'un lièvre en pâté gît au-dessous, une charcuterie succulente, où de blanches rivières de lard traversaient la chair brune du gibier, mêlée à d'autres viandes hachées fin. Un beau carré de gruyère, apporté dans un journal, gardait imprimé : « faits divers » sur sa pâte onctueuse.

Les deux bonnes sœurs développèrent un rond de saucisson qui sentait l'ail ; et Cornudet, plongeant les deux mains en même temps dans les vastes poches de son paletot sac, tira de l'une quatre œufs durs et de l'autre le croûton d'un pain. Il détacha la coque, la jeta sous ses pieds dans la paille et se mit à mordre à même les œufs, faisant tomber sur sa vaste barbe des parcelles de jaune clair qui semblaient, là-dedans, des étoiles.

Boule de suif, dans la hâte et l'effarement de son lever, n'avait pu songer à rien ; et elle regardait, exaspérée, suffoquant de rage, tous ces gens qui mangeaient placidement. Une colère tumultueuse la crispa d'abord, et elle ouvrit la bouche pour leur crier leur fait avec un flot d'injures qui lui montait aux lèvres ; mais elle ne pouvait pas parler, tant l'exaspération l'étranglait.

Personne ne la regardait, ne songeait à elle. Elle se sentait noyée dans le mépris de ces gredins honnêtes qui l'avaient sacrifiée d'abord, rejetée ensuite, comme une chose malpropre et inutile. Alors elle songea à son grand panier tout plein de bonnes choses qu'ils avaient goulûment dévorées, à ses deux poulets luisants de gelée, à ses pâtés, à ses poires, à ses quatre bouteilles de bordeaux ; et sa fureur tombant soudain, comme une corde trop tendue qui casse, elle se sentit prête à pleurer. Elle fit des efforts terribles, se raidit, avala ses sanglots comme les enfants, mais les pleurs montaient, luisaient au bord de ses paupières, et bientôt deux grosses larmes se détachant des yeux roulèrent lentement sur ses joues. D'autres les suivirent plus rapides, coulant comme les gouttes d'eau qui filtrent d'une roche, et tombant régulièrement sur la courbe rebondie de sa poitrine. Elle restait droite, le regard fixe, la face rigide et pâle, espérant qu'on ne la verrait pas.

Mais la comtesse s'en aperçut et prévint son mari d'un signe. Il haussa les épaules comme pour dire : « Que voulez-vous, ce n'est pas ma faute. » Mme Loiseau eut un rire muet de triomphe et murmura : – « Elle pleure sa honte. »

Les deux bonnes sœurs s'étaient remises à prier après avoir roulé dans un papier le reste de leur saucisson.

Alors Cornudet, qui digérait ses œufs, étendit ses longues jambes sous la banquette d'en face, se renversa, croisa ses bras, sourit comme un homme qui vient de trouver une bonne farce, et se mit à siffloter *la Marseillaise*.

Toutes les figures se rembrunirent. Le chant populaire, assurément, ne plaisait point à ses voisins. Ils devinrent nerveux, agacés, et avaient l'air prêts à hurler comme des chiens qui entendent un orgue de barbarie. Il s'en aperçut, ne s'arrêta plus. Parfois même il fredonnait les paroles :

> Amour sacré de la patrie,
> Conduis, soutiens, nos bras vengeurs,
> Liberté, liberté chérie,
> Combats avec tes défenseurs !

On fuyait plus vite, la neige étant plus dure ; et jusqu'à Dieppe, pendant les longues heures mornes du voyage, à travers les cahots du chemin, par la nuit tombante, puis dans l'obscurité profonde de la voiture, il continua, avec une obstination féroce, son sifflement vengeur et monotone, contraignant les esprits las et exaspérés à suivre le chant d'un bout à l'autre, à se rappeler chaque parole qu'ils appliquaient sur chaque mesure.

Et Boule de suif pleurait toujours ; et parfois un sanglot qu'elle n'avait pu retenir passait, entre deux couplets, dans les ténèbres.

Sac au dos

par

J.-K. HUYSMANS

Socrate

par

Aussitôt que j'eus achevé mes études, mes parents jugèrent utile de me faire comparoir devant une table habillée de drap vert et surmontée de bustes de vieux messieurs qui s'inquiétèrent de savoir si j'avais appris assez de langue morte pour être promu au grade de bachelier.

L'épreuve fut satisfaisante. – Un dîner où tout l'arrière-ban de ma famille fut convoqué, célébra mes succès, s'inquiéta de mon avenir, et résolut enfin que je ferais mon droit.

Je passai tant bien que mal le premier examen et je mangeai l'argent de mes inscriptions de deuxième année avec une blonde qui prétendait avoir de l'affection pour moi, à certaines heures.

Je fréquentai assidûment le Quartier latin et j'y appris beaucoup de choses, entre autres à m'intéresser à des étudiants qui crachaient, tous les soirs, dans des bocks, leurs idées sur la politique, puis à goûter aux œuvres de George Sand et de Heine, d'Edgar Quinet et d'Henri Murger.

La puberté de la sottise m'était venue.

Cela dura bien un an ; je mûrissais peu à peu, les luttes électorales de la fin de l'empire me laissèrent froid ; je n'étais le fils ni d'un sénateur ni d'un proscrit, je n'avais qu'à suivre sous n'importe quel régime les traditions de médiocrité et de misère depuis longtemps adoptées par ma famille.

Le droit ne me plaisait guère. Je pensais que le Code avait été mal rédigé exprès pour fournir à certaines gens l'occasion d'ergoter, à perte de vue, sur ses moindres mots ; aujourd'hui encore, il me semble qu'une phrase clairement écrite ne peut raisonnablement comporter des interprétations aussi diverses.

Je me sondais, cherchant un état que je pusse embrasser sans trop de dégoût, quand feu l'empereur m'en trouva un ; il me fit soldat de par la maladresse de sa politique.

La guerre avec la Prusse éclata. A vrai dire, je ne compris pas les motifs qui rendaient nécessaires ces boucheries d'armées. Je n'éprouvais ni le besoin de tuer les autres ni celui de me faire tuer par eux. Quoi qu'il en fût, incorporé dans la garde mobile de la Seine, je reçus l'ordre, après être allé chercher une vêture et des godillots, de passer chez un perruquier et de me trouver à sept heures du soir à la caserne de la rue de Lourcine.

Je fus exact au rendez-vous. Après l'appel des noms, une partie du régiment se jeta sur les portes et emplit la rue. Alors la chaussée houla et les zincs furent pleins.

Pressés les uns contre les autres, des ouvriers en sarrau, des ouvrières en haillons, des soldats sanglés et guêtrés, sans armes, scandaient, avec le cliquetis des verres, *la Marseillaise* qu'ils s'époumonaient à chanter faux. Coiffés de képis d'une profondeur incroyable et ornés de visières d'aveugles et de cocardes tricolores en fer-blanc, affublés d'une jaquette d'un bleu noir avec col et parements garance, culottes d'un pantalon bleu de lin traversé d'une bande rouge, les mobiles de la Seine hurlaient à la lune avant que d'aller faire la conquête de la Prusse. C'était un hourvari assourdissant chez les mastroquets, un vacarme de verres, de bidons, de cris, coupé, çà et là, par le grincement des fenêtres que le vent battait. Soudain un roulement de tambour couvrit toutes ces clameurs. Une nouvelle colonne sortait de la caserne; alors ce fut une noce, une godaille indescriptible. Ceux des soldats qui buvaient dans les boutiques s'élancèrent dehors, suivis de leurs parents et de leurs amis qui se disputaient l'honneur de porter leur sac; les rangs étaient rompus, c'était un pêle-mêle de militaires et de bourgeois; des mères pleuraient, des pères plus calmes suaient le vin, des enfants sautaient de joie et braillaient, de toute leur voix aiguë, des chansons patriotiques!

On traversa tout Paris à la débandade, à la lueur des éclairs qui flagellaient de blancs zigzags les nuages en tumulte. La chaleur était écrasante, le sac était lourd, on buvait à chaque coin de rue; on arriva enfin à la gare d'Aubervilliers. Il y eut un moment de silence rompu par des bruits de sanglots, dominés encore par une hurlée de *Marseillaise*, puis on nous empila comme des bestiaux dans les wagons. « Bonsoir, Jules! à bientôt! sois raisonnable! écris-moi surtout! » – On se serra la main une dernière fois, le train siffla, nous avions quitté la gare.

Nous étions bien une pelletée de cinquante hommes dans la boîte qui nous roulait. Quelques-uns pleuraient à grosses gouttes, hués par d'autres qui, soûls perdus, plantaient des chandelles allumées dans leur pain de munition et gueulaient à tue-tête : « A bas Badinguet et vive Rochefort! » Plusieurs, à l'écart dans un coin, regardaient, silencieux et mornes, le plancher qui trépidait dans la poussière. Tout à coup le convoi fait halte, – je descends. – Nuit complète, – minuit vingt-cinq minutes.

De tous côtés, s'étendent des champs et, au loin, éclairés par les feux saccadés des éclairs, une maisonnette, un arbre, dessinent leur silhouette sur un ciel gonflé d'orage. On n'entend que le grondement de la machine dont les gerbes d'étincelles filant du tuyau s'éparpillent comme un bouquet d'artifice le long du train. Tout le monde descend, remonte jusqu'à la locomotive qui grandit dans la nuit et devient immense. L'arrêt dura bien deux heures. Les disques flambaient rouges, le mécanicien attendait qu'ils tournassent. Ils redevinrent blancs ; nous remontons dans les wagons, mais un homme qui arrive en courant et en agitant une lanterne, dit quelques mots au conducteur qui recule tout de suite jusqu'à une voie de garage où nous reprenons notre immobilité. Nous ne savions, ni les uns ni les autres, où nous étions. Je redescends de voiture et, assis sur un talus, je grignotais un morceau de pain et buvais un coup, quand un vacarme d'ouragan souffla au loin, s'approcha, hurlant et crachant des flammes, et un interminable train d'artillerie passa à toute vapeur, charriant des chevaux, des hommes, des canons dont les cous de bronze étincelaient dans un tumulte de lumières. Cinq minutes après, nous reprîmes notre marche lente, interrompue par des haltes de plus en plus longues. Le jour finit par se lever et, penché à la portière du wagon, fatigué par les secousses de la nuit, je regarde la campagne qui nous environne : une enfilade de plaines crayeuses et, fermant l'horizon, une bande d'un vert pâle comme celui des turquoises malades, un pays plat, triste, grêle, la Champagne pouilleuse !

Peu à peu le soleil s'allume, nous roulions toujours ; nous finîmes pourtant bien par arriver ! Partis le soir à huit heures, nous étions rendus le lendemain à trois heures de l'après-midi à Châlons. Deux mobiles étaient

restés en route, l'un qui avait piqué une tête du haut
d'un wagon dans une rivière ; l'autre qui s'était brisé la
tête au rebord d'un pont. Le reste, après avoir pillé les
cahutes et les jardins rencontrés sur la route, aux stations du train, bâillait, les lèvres bouffies de vin et les
yeux gros, ou bien jouait, se jetant d'un bout de la
voiture à l'autre des tiges d'arbustes et des cages à
poulets qu'ils avaient volés.

Le débarquement s'opéra avec le même ordre que le
départ. Rien n'était prêt : ni cantine, ni paille, ni manteaux, ni armes, rien, absolument rien. Des tentes seulement pleines de fumier et de poux, quittées à l'instant
par des troupes parties à la frontière. Trois jours durant,
nous vécûmes au hasard de Mourmelon, mangeant un
cervelas un jour, buvant un bol de café au lait un autre,
exploités à outrance par les habitants, couchant n'importe comment, sans paille et sans couverture. Tout cela
n'était vraiment pas fait pour nous engager à prendre
goût au métier qu'on nous infligeait.

Une fois installées, les compagnies se scindèrent ; les
ouvriers s'en furent dans les tentes habitées par leurs
semblables, et les bourgeois firent de même. La tente
où je me trouvais n'était pas mal composée, car nous
étions parvenus à expulser, à la force des litres, deux
gaillards dont la puanteur de pieds native s'aggravait
d'une incurie prolongée et volontaire.

Un jour ou deux s'écoulent ; on nous faisait monter la
garde avec des piquets, nous buvions beaucoup d'eau-
de-vie, et les claquedents de Mourmelon étaient sans
cesse pleins, quand subitement Canrobert nous passe en
revue sur le front de bandière. Je le vois encore, sur un
grand cheval, courbé en deux sur la selle, les cheveux
au vent, les moustaches cirées dans un visage blême.
Une révolte éclate. Privés de tout, et mal convaincus

par ce maréchal que nous ne manquions de rien, nous beuglâmes en chœur, lorsqu'il parla de réprimer par la force nos plaintes : « Ran, plan plan ! cent mille hommes par terre, à Paris ! à Paris ! »

Canrobert devint livide et il cria, en plantant son cheval au milieu de nous : « Chapeau bas devant un maréchal de France ! » De nouvelles huées partirent des rangs ; alors tournant bride, suivi de son état-major en déroute, il nous menaça du doigt, sifflant entre ses dents serrées : « Vous me le payerez cher, messieurs les Parisiens ! »

Deux jours après cet épisode, l'eau glaciale du camp me rendit tellement malade que je dus entrer d'urgence à l'hôpital. Je boucle mon sac après la visite du médecin, et sous la garde d'un caporal me voilà parti clopin-clopant, traînant la jambe et suant sous mon harnais. L'hôpital regorgeait de monde, on me renvoie. Je vais alors à l'une des ambulances les plus voisines, un lit restait vide, je suis admis. Je dépose enfin mon sac et, en attendant que le major m'interdise de bouger, je vais me promener dans le petit jardin qui relie le corps des bâtiments. Soudain surgit d'une porte un homme à la barbe hérissée et aux yeux glauques. Il plante ses mains dans les poches d'une longue robe couleur de cachou et me crie du plus loin qu'il m'aperçoit :

— Eh ! l'homme ! qu'est-ce que vous foutez là ?

Je m'approche, je lui explique le motif qui m'amène. Il secoue les bras et hurle :

— Rentrez ! vous n'aurez le droit de vous promener dans le jardin que lorsqu'on vous aura donné un costume.

Je rentre dans la salle, un infirmier arrive et m'apporte une capote, un pantalon, des savates et un bonnet. Je me regarde ainsi fagoté dans ma petite glace. Quelle figure et quel accoutrement, bon Dieu ! avec mes yeux culottés et mon teint hâve, avec mes cheveux coupés ras et mon nez dont les bosses luisent, avec ma grande robe gris souris, ma culotte d'un roux pisseux, mes savates immenses et sans talons, mon bonnet de coton gigantesque, je suis prodigieusement laid. Je ne puis m'empêcher de rire. Je tourne la tête du côté de mon voisin de lit, un grand garçon au type juif, qui crayonne mon portrait sur un calepin. Nous devenons tout de suite amis ; je lui dis m'appeler Eugène Lejantel, il me répond se nommer Francis Emonot. Nous connaissons l'un et l'autre tel et tel peintre, nous entamons des discussions d'esthétique et oublions nos infortunes. Le soir arrive, on nous distribue un plat de bouilli perlé de noir par quelques lentilles, on nous verse à pleins verres du coco clairet et je me déshabille, ravi de m'étendre dans un lit sans garder mes hardes et mes bottes.

Le lendemain matin je suis réveillé vers six heures par un grand fracas de porte et par des éclats de voix. Je me mets sur mon séant, je me frotte les yeux et j'aperçois le monsieur de la veille, toujours vêtu de sa houppelande couleur de cachou, qui s'avance majestueux, suivi d'un cortège d'infirmiers. C'était le major.

A peine entré, il roule de droite à gauche et de gauche à droite ses yeux d'un vert morne, enfonce ses mains dans ses poches et braille :

— Numéro I, montre ta jambe... ta sale jambe. Eh ! elle va mal, cette jambe, cette plaie coule comme une fontaine ; lotion d'eau blanche, charpie, demi-ration, bonne tisane de réglisse.

— Numéro 2, montre ta gorge... ta sale gorge. Elle va de plus en plus mal, cette gorge ; on lui coupera demain les amygdales.

— Mais, docteur...

— Eh ! je ne te demande rien, à toi ; si tu dis un mot, je te fous à la diète.

— Mais enfin...

— Vous foutrez cet homme à la diète. Ecrivez : diète, gargarisme, bonne tisane de réglisse.

Il passa ainsi la revue des malades, prescrivant à tous, vénériens et blessés, fiévreux et dysentériques, sa bonne tisane de réglisse.

Il arriva devant moi, me dévisagea, m'arracha les couvertures, me bourra le ventre de coups de poing, m'ordonna de l'eau albuminée, l'inévitable tisane et sortit, reniflant et traînant les pieds.

La vie était difficile avec les gens qui nous entouraient. Nous étions vingt et un dans la chambrée. A ma gauche couchait mon ami, le peintre, à ma droite un grand diable de clairon, grêlé comme un dé à coudre et jaune comme un verre de bile. Il cumulait deux professions, celle de savetier pendant le jour et celle de souteneur de filles pendant la nuit. C'était, au demeurant, un garçon cocasse, qui gambadait sur la tête, sur les mains, vous racontant le plus naïvement du monde la façon dont il activait à coups de souliers le travail de ses marmites, ou bien qui entonnait d'une voix touchante des chansons sentimentales :

> Je n'ai gardé dans mon malheur-heur,
> Que l'amitié d'une hirondelle !

Je conquis ses bonnes grâces en lui donnant vingt sous pour acheter un litre, et bien nous prit de n'être pas mal avec lui, car le reste de la chambrée, composée en partie de procureurs de la rue Maubuée, était fort disposé à nous chercher noise.

Un soir, entre autres, le 15 août, Francis Emonot menaça de gifler deux hommes qui lui avaient pris une serviette. Ce fut un charivari formidable dans le dortoir. Les injures pleuvaient, nous étions traités de « roule-en-cul » et de « duchesses ». Etant deux contre dix-neuf, nous avions la chance de recevoir une soigneuse raclée quand le clairon intervint, prit à part les plus acharnés, les amadoua et fit rendre l'objet volé. Pour fêter la réconciliation qui suivit cette scène, Francis et moi nous donnâmes trois francs chacun, et il fut entendu que le clairon, avec l'aide de ses camarades, tâcherait de se faufiler au-dehors de l'ambulance et rapporterait de la viande et du vin.

La lumière avait disparu à la fenêtre du major, le pharmacien éteignit enfin la sienne, nous rampons en dehors du fourré, examinons les alentours, prévenons les hommes qui se glissent le long des murs, ne rencontrent pas de sentinelles sur leur route, se font la courte échelle et sautent dans la campagne. Une heure après ils étaient de retour, chargés de victuailles ; ils nous les passent, rentrent avec nous dans le dortoir ; nous supprimons les deux veilleuses, allumons des bouts de bougie par terre et, autour de mon lit, en chemise, nous formons le cercle. Nous avions absorbé trois ou quatre litres et dépecé la bonne moitié d'un gigotin, quand un énorme bruit de bottes se fait entendre ; je souffle les bouts de bougie à coups de savate, chacun se sauve sous les lits. La porte s'ouvre, le major paraît, pousse un formidable « Nom de Dieu ! », trébuche dans l'obscu-rité, sort et revient avec un falot et l'inévitable cortège des infirmiers. Je profite du moment de répit pour faire disparaître les reliefs du festin ; le major traverse au pas accéléré le dortoir, sacrant, menaçant de nous faire tous empoigner et coller au bloc.

Nous nous tordons de rire sous nos couvertures, des

fanfares éclatent à l'autre bout du dortoir. Le major nous met tous à la diète, puis il s'en va, nous prévenant que nous connaîtrons dans quelques instants le bois dont il se chauffe.

Une fois parti nous nous esclaffons à qui mieux mieux ; des roulements, des fusées de rire grondent et pétillent ; le clairon fait la roue dans le dortoir, un de ses amis lui fait vis-à-vis, un troisième saute sur sa couche comme sur un tremplin et bondit et rebondit, les bras flottants, la chemise envolée ; son voisin entame un cancan triomphal ; le major rentre brusquement, ordonne à quatre lignards qu'il amène d'empoigner les danseurs et nous annonce qu'il va rédiger un rapport et l'envoyer à qui de droit.

Le calme est enfin rétabli ; le lendemain nous faisons acheter des mangeailles par les infirmiers. Les jours s'écoulent sans autres incidents. Nous commencions à crever d'ennui dans cette ambulance, quand à cinq heures, un jour, le médecin se précipite dans la salle, nous ordonne de reprendre nos vêtements de troupier et de boucler nos sacs.

Nous apprenons, dix minutes après, que les Prussiens marchent sur Châlons.

Une morne stupeur règne dans la chambrée. Jusque-là nous ne nous doutions pas des événements qui se passaient. Nous avions appris la trop célèbre victoire de Sarrebruck, nous ne nous attendions pas aux revers qui nous accablaient. Le major examine chaque homme ; aucun n'est guéri, tout le monde a été trop longtemps gorgé d'eau de réglisse et privé de soins. Il renvoie néanmoins dans leurs corps les moins malades et il ordonne aux autres de coucher tout habillés et le sac prêt.

Francis et moi nous étions au nombre de ces derniers.

La journée se passe, la nuit se passe, rien, mais j'ai toujours la colique et je souffre ; enfin vers neuf heures du matin apparaît une longue file de cacolets conduits par des tringlots. Nous grimpons à deux sur l'appareil. Francis et moi nous étions hissés sur le même mulet ; seulement, comme le peintre était très gras et moi très maigre, le système bascula : je montai dans les airs tandis qu'il descendait en bas sous la panse de la bête qui, tirée par-devant, poussée par-derrière, gigota et rua furieusement. Nous courions dans un tourbillon de poussière, aveuglés, ahuris, secoués, nous cramponnant à la barre du cacolet, fermant les yeux, riant et geignant. Nous arrivâmes à Châlons plus morts que vifs ; nous tombâmes comme un bétail harassé sur le sable, puis on nous empila dans les wagons et nous quittâmes la ville pour aller où ?... personne ne le savait.

Il faisait nuit ; nous volions sur les rails. Les malades étaient sortis des wagons et se promenaient sur les plates-formes. La machine siffle, ralentit son vol et s'arrête dans une gare, celle de Reims, je suppose, mais je ne pourrais l'affirmer. Nous mourions de faim, l'Intendance n'avait oublié qu'une chose : nous donner un pain pour la route. Je descends et j'aperçois un buffet ouvert. J'y cours, mais d'autres m'avaient devancé. On se battait alors que j'y arrivai. Les uns s'emparaient de bouteilles, les autres de viandes, ceux-ci de pain, ceux-là de cigares. Affolé, furieux, le restaurateur défendait sa boutique à coups de broc. Poussé par leurs camarades qui venaient en bande, le premier rang des mobiles se rue sur le comptoir qui s'abat, entraînant dans sa chute le patron du buffet et ses garçons. Ce fut alors un pillage réglé ; tout y passa, depuis les allumettes jusqu'aux cure-dents. Pendant ce temps une cloche sonne et le train part. Aucun de nous ne se dérange, et, tandis qu'assis sur la chaussée, j'explique au peintre, que ses bronches travaillent, la contexture du sonnet, le train recule sur ses rails pour nous chercher.

Nous remontons dans nos compartiments, et nous passons la revue du butin conquis. A vrai dire, les mets étaient peu variés : de la charcuterie, et rien que de la charcuterie ! Nous avions six rouelles de cervelas à l'ail, une langue écarlate, deux saucissons, une superbe tranche de mortadelle, une tranche au liséré d'argent, aux chairs d'un rouge sombre marbrées de blanc, quatre litres de vin, une demi-bouteille de cognac et des bouts de bougie. Nous fichâmes les lumignons dans le col de nos gourdes qui se balancèrent, retenues aux parois du wagon par des ficelles. C'était, par instants, quand le train sautait sur les aiguilles des embranchements, une pluie de gouttes chaudes qui se figeaient presque aussitôt en de larges plaques, mais nos habits en avaient vu bien d'autres !

Nous commençâmes immédiatement le repas qu'interrompaient les allées et venues de ceux des mobiles qui, courant sur les marchepieds, tout le long du train, venaient frapper au carreau et nous demandaient à boire. Nous chantions à tue-tête, nous buvions, nous trinquions ; jamais malades ne firent autant de bruit et ne gambadèrent ainsi sur un train en marche ! On eût dit d'une cour des Miracles roulante ; les estropiés sautaient à pieds joints, ceux dont les intestins brûlaient les arrosaient de lampées de cognac, les borgnes ouvraient les yeux, les fiévreux cabriolaient, les gorges malades beuglaient et pintaient, c'était inouï !

Cette turbulence finit cependant par se calmer. Je profite de cet apaisement pour passer le nez à la fenêtre. Il n'y avait pas une étoile, pas même un bout de lune, le ciel et la terre ne semblaient faire qu'un, et dans cette intensité d'un noir d'encre clignotaient, comme des yeux de couleurs différentes, des lanternes attachées à la tôle des disques. Le mécanicien jetait ses coups de sifflet, la machine fumait et vomissait sans relâche des flammèches. Je referme le carreau et je regarde mes compagnons. Les uns ronflaient ; les autres, gênés par les cahots du coffre, ronchonnaient et juraient, se retournant sans cesse, cherchant une place pour étendre leurs jambes, pour caler leur tête qui vacillait à chaque secousse.

A force de les regarder, je commençais à m'assoupir, quand l'arrêt complet du train me réveilla. Nous étions dans une gare, et le bureau du chef flamboyait comme un feu de forge dans la sombreur de la nuit. J'avais une jambe engourdie, je frissonnais de froid, je descends pour me réchauffer un peu. Je me promène de long en large sur la chaussée, je vais regarder la machine que l'on dételle et que l'on remplace par une autre, et, longeant le bureau, j'écoute la sonnerie et le tic-tac du télégraphe. L'employé, me tournant le dos, était un peu penché sur la droite, de sorte que, du point où j'étais placé, je ne voyais que le derrière de sa tête et le bout de son nez qui brillait, rose et perlé de sueur, tandis que le reste de la figure disparaissait dans l'ombre que projetait l'abat-jour d'un bec de gaz.

On m'invite à remonter en voiture, et je retrouve mes camarades tels que je les ai laissés. Cette fois, je m'endors pour tout de bon. Depuis combien de temps mon sommeil durait-il ? Je ne sais, quand un grand cri me réveille : « Paris ! Paris ! » Je me précipite à la portière. Au loin, sur une bande d'or pâle se détachent, en noir, des tuyaux de fabriques et d'usines. Nous étions à Saint-Denis, la nouvelle court de wagon en wagon. Tout le monde est sur pied. La machine accélère le pas. La gare du Nord se dessine au loin, nous y arrivons, nous descendons, nous nous jetons sur les portes, une partie d'entre nous parvient à s'échapper, l'autre est arrêtée par les employés du chemin de fer et par les troupes, on nous fait remonter de force dans un train qui chauffe, et nous revoilà partis Dieu sait pour où !

Nous roulons derechef, toute la journée. Je suis las de regarder ces ribambelles de maisons et d'arbres qui filent devant mes yeux, et puis j'ai toujours la colique et je souffre. Vers quatre heures de l'après-midi, la machine ralentit son essor et s'arrête dans un débarcadère où nous attendait un vieux général autour duquel s'ébattait une volée de jeunes gens, coiffés de képis roses, culottés de rouge et chaussés de bottes à éperons jaunes. Le général nous passe en revue et nous divise en deux escouades, l'une part pour le séminaire, l'autre est dirigée sur l'hôpital. Nous sommes, paraît-il, à Arras. Francis et moi, nous faisions partie de la première escouade. On nous hisse sur des charrettes bourrées de paille, et nous arrivons devant un grand bâtiment qui farde et semble vouloir s'abattre dans la rue. Nous montons au deuxième étage, dans une pièce qui contient une trentaine de lits ; chacun déboucle son sac, se peigne et s'assied. Un médecin arrive.

— Qu'avez-vous ? dit-il au premier.

— Un anthrax.

— Ah ! Et vous ?

— Une dysenterie.

— Ah ! Et vous ?

— Un bubon.

— Mais alors vous n'avez pas été blessés pendant la guerre ?

— Pas le moins du monde.

— Eh bien ! vous pouvez reprendre vos sacs. L'archevêque ne donne les lits des séminaristes qu'aux blessés.

Je remets dans mon sac les bibelots que j'en avais tirés, et nous repartons, cahin-caha, pour l'hospice de la ville. Il n'y avait plus de place. En vain les sœurs s'ingénient à rapprocher les lits de fer, les salles sont pleines. Fatigué de toutes ces lenteurs, j'empoigne un matelas, Francis en prend un autre, et nous allons nous étendre dans le jardin, sur une grande pelouse.

Le lendemain matin, je cause avec le directeur, un homme affable et charmant. Je lui demande pour le peintre et pour moi la permission de sortir dans la ville. Il y consent, la porte s'ouvre, nous sommes libres ! nous allons enfin déjeuner ! manger de la vraie viande, boire du vrai vin ! Ah ! nous n'hésitons pas, nous allons au plus bel hôtel de la ville. On nous sert un succulent repas. Il y a des fleurs sur la table, de magnifiques bouquets de roses et de fuchsias qui s'épanouissent dans des cornets de verre ! Le garçon nous apporte une entrecôte qui saigne dans un lac de beurre ; le soleil se met de la fête, fait étinceler les couverts et les lames des couteaux, blute sa poudre d'or au travers des carafes, et, lutinant le pommard qui se balance doucement dans les verres, pique d'une étoile sanglante la nappe damassée.

O sainte joie des bâfres ! j'ai la bouche pleine, et Francis est soûl ! Le fumet des rôtis se mêle au parfum des fleurs, la pourpre des vins lutte d'éclat avec la rougeur des roses, le garçon qui nous sert a l'air d'un idiot, nous, nous avons l'air de goinfres, ça nous est bien égal. Nous nous empiffrons rôtis sur rôtis, nous ingurgitons bordeaux sur bourgogne, chartreuse sur cognac. Au diable les vinasses et les trois-six que nous buvons depuis notre départ de Paris ! au diable ces ratas sans nom, ces gargotailles inconnues dont nous nous sommes si maigrement gavés depuis près d'un mois ! Nous sommes méconnaissables ; nos mines de faméliques rougeoient comme des trognes, nous braillons, le nez en l'air, nous allons à la dérive ! Nous parcourons ainsi toute la ville.

Le soir arrive, il faut pourtant rentrer ! La sœur qui surveillait la salle des vieux nous dit avec sa petite voix flûtée :

« Messieurs les militaires, vous avez eu bien froid la nuit dernière, mais vous allez avoir un bon lit. »

Et elle nous emmène dans une grande salle où fignolent au plafond trois veilleuses mal allumées. J'ai un lit blanc, je m'enfonce avec délices dans les draps qui sentent encore la bonne odeur de la lessive. On n'entend plus que le souffle ou le ronflement des dormeurs. J'ai bien chaud, mes yeux se ferment, je ne sais plus où je suis, quand un gloussement prolongé me réveille. J'ouvre un œil et j'aperçois, au pied de mon lit, un individu qui me contemple. Je me dresse sur mon séant. J'ai devant moi un vieillard, long, sec, l'œil hagard, les lèvres bavant dans une barbe pas faite. Je lui demande ce qu'il me veut. – Pas de réponse. – Je lui crie :

« Allez-vous-en, laissez-moi dormir ! »

Il me montre le poing. Je le soupçonne d'être un aliéné ; je roule une serviette au bout de laquelle je tortille sournoisement un nœud ! il avance d'un pas, je saute sur le parquet, je pare le coup de poing qu'il m'envoie, et lui assène en riposte, sur l'œil gauche, un coup de serviette à toute volée. Il en voit trente-six chandelles, se rue sur moi ; je me recule et lui décoche un vigoureux coup de pied dans l'estomac. Il culbute, entraîne dans sa chute une chaise qui rebondit ; le dortoir est réveillé ; Francis accourt en chemise pour me prêter main-forte, la sœur arrive, les infirmiers s'élancent sur le fou qu'ils fessent et parviennent à grand-peine à recoucher.

L'aspect du dortoir était éminemment cocasse. Aux lueurs d'un rose vague qu'épandaient autour d'elles les veilleuses mourantes, avait succédé le flamboiement de trois lanternes. Le plafond noir avec ses ronds de lumière qui dansaient au-dessus des mèches en combustion éclatait maintenant avec ses teintes de plâtre fraîchement crépi. Les malades, une réunion de guignols hors d'âge, avaient empoigné le morceau de bois qui pendait au bout d'une ficelle au-dessus de leurs lits, s'y cramponnaient d'une main, et faisaient de l'autre des gestes terrifiés. A cette vue, ma colère tombe, je me tords de rire, le peintre suffoque, il n'y a que la sœur qui garde son sérieux et arrive, à force de menaces et de prières, à rétablir l'ordre dans la chambrée.

La nuit s'achève tant bien que mal ; le matin, à six heures, un roulement de tambour nous réunit, le directeur fait l'appel des hommes. Nous partons pour Rouen.

Arrivés dans cette ville, un officier dit au malheureux qui nous conduisait que l'hospice était plein et ne pouvait nous loger. En attendant, nous avons une heure d'arrêt. Je jette mon sac dans un coin de la gare, et bien que mon ventre grouille, nous voilà partis, Francis et moi, errant à l'aventure, nous extasiant devant l'église de Saint-Ouen, nous ébahissant devant les vieilles maisons. Nous admirons tant et tant, que l'heure s'était écoulée depuis longtemps avant même que nous eussions songé à retrouver la gare.

« Il y a beau temps que vos camarades sont partis, nous dit un employé du chemin de fer ; ils sont à Evreux ! »

Diable ! le premier train ne part plus qu'à neuf heures. – Allons dîner ! – Quand nous arrivâmes à Evreux, la pleine nuit était venue. Nous ne pouvions nous présenter à pareille heure dans un hospice, nous aurions eu l'air de malfaiteurs. La nuit est superbe, nous traversons la ville, et nous nous trouvons en rase campagne. C'était le temps de la fenaison, les gerbes étaient en tas. Nous avisons une petite meule dans un champ, nous y creusons deux niches confortables, et je ne sais si c'est l'odeur troublante de notre couche ou le parfum pénétrant des bois qui nous émeuvent, mais nous éprouvons le besoin de parler de nos amours défuntes. Le thème était inépuisable ! Peu à peu, cependant, les paroles deviennent plus rares, les enthousiasmes s'affaiblissent, nous nous endormons. « Sacrebleu ! crie mon voisin qui s'étire, quelle heure peut-il bien être ? » Je me réveille à mon tour. Le soleil ne va pas tarder à se lever, car le grand rideau bleu se galonne à l'horizon de franges roses. Quelle misère ! il va falloir aller frapper à la porte de l'hospice, dormir dans des salles imprégnées de cette senteur fade sur laquelle revient, comme une ritournelle obstinée, l'âcre fleur de la poudre d'iodoforme !

Nous reprenons tout tristes le chemin de l'hôpital. On nous ouvre, mais, hélas ! un seul de nous est admis, Francis, – et moi on m'envoie au lycée.

La vie n'était plus possible, je méditais une évasion, quand un jour l'interne de service descend dans la cour. Je lui montre ma carte d'étudiant en droit ; il connaît Paris, le Quartier latin. Je lui explique ma situation. « Il faut absolument, lui dis-je, ou que Francis vienne au lycée, ou que j'aille le rejoindre à l'hôpital. » Il réfléchit, et, le soir, arrivant près de mon lit, me glisse ces mots dans l'oreille : « Dites, demain matin, que vous souffrez davantage. » Le lendemain, en effet, vers sept heures, le médecin fait son entrée ; un brave et excellent homme, qui n'avait que deux défauts : celui de puer des dents et celui de vouloir se débarrasser de ses malades, coûte que coûte. Tous les matins, la scène suivante avait lieu :

« Ah ! ah ! le gaillard, criait-il, quelle mine il a ! bon teint, pas de fièvre ; levez-vous et allez prendre une bonne tasse de café ; mais pas de bêtises, vous savez, ne courez pas après les jupes ; je vais vous signer votre *exeat*, vous retournerez demain à votre régiment. »

Malades ou pas malades, il en renvoyait trois par jour. Ce matin-là, il s'arrête devant moi et dit :

« Ah ! saperlotte, mon garçon, vous avez meilleure mine ! »

Je me récrie, jamais je n'ai tant souffert ! Il me tâte le ventre. « Mais ça va mieux, murmure-t-il, le ventre est moins dur. » – Je proteste. – Il semble étonné, l'interne lui dit alors tout bas :

« Il faudrait peut-être lui donner un lavement, et nous n'avons ici ni seringue ni clysopompe ; si nous l'envoyions à l'hôpital ?

— Tiens, mais c'est une idée », dit le brave homme, enchanté de se débarrasser de moi, et, séance tenante, il signe mon billet d'admission ; je boucle, radieux, mon sac et, sous la garde d'un servant du lycée, je fais mon entrée à l'hôpital. Je retrouve Francis ! Par une chance incroyable, le corridor Saint-Vincent où il couche, faute de place dans les salles, contient un lit vide près du sien ! Nous sommes enfin réunis ! En sus de nos deux lits, cinq grabats longent à la queue leu leu les murs enduits de jaune. Ils ont pour habitants un soldat de la ligne, deux artilleurs, un dragon et un hussard. Le reste de l'hôpital se compose de quelques vieillards fêlés et gâteux, de quelques jeunes hommes, rachitiques ou bancroches, et d'un grand nombre de soldats, épaves de l'armée de Mac-Mahon, qui, après avoir roulé d'ambulances en ambulances, étaient venus échouer sur cette berge. Francis et moi, nous sommes les seuls qui portions l'uniforme de la mobile de la Seine ; nos voisins de lit étaient d'assez gentils garçons, plus insignifiants, à vrai dire, les uns que les autres ; c'étaient, pour la plupart, des fils de paysans ou de fermiers rappelés sous les drapeaux lors de la déclaration de guerre.

Tandis que j'enlève ma veste, arrive une sœur, si frêle, si jolie, que je ne puis me lasser de la regarder ; les beaux grands yeux ! les longs cils blonds ! les jolies dents ! – Elle me demande pourquoi j'ai quitté le lycée ; je lui explique en des phrases nébuleuses comment l'absence d'une pompe foulante m'a fait renvoyer du collège. Elle sourit doucement et me dit :

« Oh ! monsieur le militaire, vous auriez pu nommer la chose par son nom, nous sommes habituées à tout. »

Je crois bien qu'elle devait être habituée à tout, la malheureuse, car les soldats ne se gênaient guère pour se livrer à d'indiscrètes propretés devant elle. Jamais d'ailleurs je ne la vis rougir ; elle passait entre eux, muette, les yeux baissés, semblait ne pas entendre les grossières facéties qui se débitaient autour d'elle.

Dieu ! m'a-t-elle gâté ! Je la vois encore, le matin, alors que le soleil cassait sur les dalles l'ombre des barreaux de fenêtres, s'avancer lentement, au fond du corridor, les grandes ailes de son bonnet battant sur son visage. Elle arrivait près de mon lit avec une assiette qui fumait et sur le bord de laquelle luisait son ongle bien taillé. « La soupe est un peu claire ce matin, disait-elle, avec son joli sourire, je vous apporte du chocolat ; mangez vite pendant qu'il est chaud ! »

Malgré les soins qu'elle me prodiguait, je m'ennuyais

à mourir dans cet hôpital. Mon ami et moi nous étions arrivés à ce degré d'abrutissement qui vous jette sur un lit, s'essayant à tuer, dans une somnolence de bête, les longues heures des insupportables journées. Les seules distractions qui nous fussent offertes consistaient en un déjeuner et un dîner composés de bœuf bouilli, de pastèque, de pruneaux et d'un doigt de vin, le tout en insuffisante quantité pour nourrir un homme.

Grâce à ma simple politesse vis-à-vis des sœurs et aux étiquettes de pharmacie que j'écrivais pour elles, j'obtenais heureusement une côtelette de temps à autre et une poire cueillie dans le verger de l'hôpital. J'étais donc, en somme, le moins à plaindre de tous les soldats entassés pêle-mêle dans les salles, mais, les premiers jours, je ne parvenais même point à avaler ma pitance le matin. C'était l'heure de la visite et le docteur choisissait ce moment pour faire ses opérations. Le second jour après mon arrivée, il fendit une cuisse du haut en bas; j'entendis un cri déchirant; je fermai les yeux, pas assez cependant pour que je ne visse une pluie rouge s'éparpiller en larges gouttes sur son tablier. Ce matin-là, je ne pus manger. Peu à peu, cependant, je finis par m'aguerrir; bientôt, je me contentai de détourner la tête et de préserver ma soupe.

En attendant, la situation devenait intolérable. Nous avions essayé, mais en vain, de nous procurer des journaux et des livres, nous en étions réduits à nous déguiser, à mettre pour rire la veste du hussard; mais cette gaieté puérile s'éteignait vite et nous nous étirions, toutes les vingt minutes, échangeant quelques mots, nous renfonçant la tête dans le traversin.

Il n'y avait pas grande conversation à tirer de nos camarades. Les deux artilleurs et le hussard étaient trop malades pour causer. Le dragon jurait des « Nom de

Dieu ! » sans parler, se levait à tout instant, enveloppé dans son grand manteau blanc et allait aux latrines dont il rapportait l'ordure gâchée par ses pieds nus. L'hôpital manquait de thomas ; quelques-uns des plus malades avaient cependant sous leur lit une vieille casserole que les convalescents faisaient sauter comme des cuisinières, offrant, par plaisanterie, le ragoût aux sœurs.

Restait donc seulement le soldat de la ligne : un malheureux garçon épicier, père d'un enfant, rappelé sous les drapeaux, battu constamment par la fièvre, grelottant sous ses couvertures.

Assis en tailleur sur nos lits, nous l'écoutions raconter la bataille où il s'était trouvé.

Jeté près de Frœschwiller, dans une plaine entourée de bois, il avait vu des lueurs rouges filer dans des bouquets de fumée blanche, et il avait baissé la tête, tremblant, ahuri par la canonnade, effaré par le sifflet des balles. Il avait marché, mêlé aux régiments, dans de la terre grasse, ne voyant aucun Prussien, ne sachant où il était, entendant à ses côtés des gémissements traversés par des cris brefs, puis les rangs des soldats placés devant lui s'étaient tout à coup retournés et, dans la bousculade d'une fuite, il avait été, sans savoir comment, jeté par terre. Il s'était relevé, s'était sauvé, abandonnant son fusil et son sac et, à la fin, épuisé par les marches forcées subies depuis huit jours, exténué par la peur et affaibli par la faim, il s'était assis dans un fossé. Il était resté là, hébété, inerte, assourdi par le vacarme des obus, résolu à ne plus se défendre, à ne plus bouger ; puis il avait songé à sa femme et, pleurant, se demandant ce qu'il avait fait pour qu'on le fît ainsi souffrir, il avait ramassé, sans savoir pourquoi, une feuille d'arbre qu'il avait gardée et à laquelle il tenait, car il nous la montrait souvent, séchée et ratatinée dans le fond de ses poches.

Un officier était passé, sur ces entrefaites, le revolver au poing, l'avait traité de lâche et menacé de lui casser la tête s'il ne marchait pas. Il avait dit : « J'aime mieux ça, ah ! que ça finisse ! » Mais l'officier, au moment où il le secouait pour le remettre sur ses jambes, s'était étalé, giclant le sang par la nuque. Alors, la peur l'avait repris, il s'était enfui et avait pu rejoindre une lointaine route, inondée de fuyards, noire de troupes, sillonnée d'attelages dont les chevaux emportés crevaient et broyaient les rangs.

On était enfin parvenu à se mettre à l'abri. Le cri de trahison s'élevait des groupes. De vieux soldats paraissaient résolus encore, mais les recrues se refusaient à continuer. « Qu'ils aillent se faire tuer, disaient-ils, en désignant les officiers, c'est leur métier à eux ! » « Moi, j'ai des enfants, c'est pas l'Etat qui les nourrira si je suis mort ! » Et l'on enviait le sort des gens un peu blessés et des malades qui pouvaient se réfugier dans les ambulances.

« Ah ! ce qu'on a peur et puis ce qu'on garde dans l'oreille la voix des gens qui appellent leur mère et demandent à boire », ajoutait-il, tout frissonnant. Il se taisait et, regardant le corridor d'un air ravi, il reprenait : « C'est égal, je suis bien heureux d'être ici ; et puis, comme cela, ma femme peut m'écrire », et il tirait de sa culotte des lettres, disant avec satisfaction : « Le petit a écrit, voyez », et il montrait au bas du papier, sous l'écriture pénible de sa femme, des bâtons formant une phrase dictée où il y avait des « J'embrasse papa » dans des pâtés d'encre.

Nous écoutâmes vingt fois au moins cette histoire, et nous dûmes subir pendant de mortelles heures les rabâchages de cet homme enchanté de posséder un fils. Nous finissions par nous boucher les oreilles et par tâcher de dormir pour ne plus l'entendre.

Cette déplorable vie menaçait de se prolonger, quand un matin Francis, qui, contrairement à son habitude, avait rôdé toute la journée de la veille dans la cour, me dit : « Eh ! Eugène, viens-tu respirer un peu l'air des champs ? » Je dresse l'oreille. « Il y a un préau réservé aux fous, poursuit-il ; ce préau est vide ; en grimpant sur le toit des cabanons, et c'est facile, grâce aux grilles qui garnissent les fenêtres, nous atteignons la crête du mur, nous sautons et nous tombons dans la campagne. A deux pas de ce mur s'ouvre l'une des portes d'Evreux. Qu'en dis-tu ?

— Je dis... je dis que je suis tout disposé à sortir ; mais comment ferons-nous pour rentrer ?

— Je n'en sais rien ; partons d'abord, nous aviserons ensuite. Lève-toi, on va servir la soupe, nous sautons sur le mur après. »

Je me lève. L'hôpital manquait d'eau, de sorte que j'en étais réduit à me débarbouiller avec de l'eau de Seltz que la sœur m'avait fait avoir. Je prends mon siphon, je vise le peintre qui crie feu, je presse la détente, la décharge lui arrive en pleine figure ; je me pose à mon tour devant lui, je reçois le jet dans la barbe, je me frotte le nez avec la mousse, je m'essuie. Nous sommes prêts, nous descendons. Le préau est désert ; nous escaladons le mur. Francis prend son élan et saute. Je suis assis à califourchon sur la crête, je jette un regard rapide autour de moi ; en bas, un fossé et de l'herbe ; à droite, une des portes de la ville ; au loin, une forêt qui moutonne et enlève ses déchirures d'or rouge sur une bande de bleu pâle. Je suis debout ; j'entends du bruit dans la cour, je saute ; nous rasons les murailles, nous sommes dans Evreux !

— Si nous mangions ?

— Adopté.

Chemin faisant, à la recherche d'un gîte, nous apercevons deux petites femmes qui tortillent des hanches ; nous les suivons et leur offrons à déjeuner ; elles refusent ; nous insistons, elles répondent non plus mollement ; nous insistons encore, elles disent oui. Nous allons chez elles, avec un pâté, des bouteilles, des œufs, un poulet froid. Ça nous paraît drôle de nous trouver dans une chambre claire, tendue de papier moucheté de fleurs lilas et feuillé de vert ; il y a, aux croisées, des rideaux en damas groseille, une glace sur la cheminée, une gravure représentant un Christ embêté par les Pharisiens, six chaises en merisier, une table ronde avec une toile cirée montrant les rois de France, un lit pourvu d'un édredon de percale rose. Nous dressons la table, nous regardons d'un œil goulu les filles qui tournent autour ; le couvert est long à mettre, car nous les arrêtons au passage pour les embrasser ; elles sont laides et bêtes, du reste. Mais, qu'est-ce que ça nous fait ? il y a si longtemps que nous n'avons flairé de la bouche de femme !

Je découpe le poulet, les bouchons sautent, nous buvons comme des chantres et bâfrons comme des ogres. Le café fume dans les tasses, nous le dorons avec du cognac ; ma tristesse s'envole, le punch s'allume, les flammes bleues du kirsch voltigent dans le saladier qui crépite, les filles rigolent, les cheveux dans les yeux et les seins fouillés ; soudain quatre coups sonnent lentement au cadran de l'église. Il est quatre heures. Et l'hôpital, Seigneur Dieu ! nous l'avions oublié ! Je deviens pâle, Francis me regarde avec effroi, nous nous arrachons des bras de nos hôtesses, nous sortons au plus vite.

« Comment rentrer ? dit le peintre.

— Hélas ! nous n'avons pas le choix ; nous arriverons à grand-peine pour l'heure de la soupe. A la grâce de Dieu, filons par la grande porte ! »

Nous arrivons, nous sonnons ; la sœur concierge vient nous ouvrir et reste ébahie. Nous la saluons, et je dis assez haut pour être entendu d'elle :

« Sais-tu, dis donc, qu'ils ne sont pas aimables à l'Intendance, le gros surtout nous a reçus plus ou moins poliment... »

La sœur ne souffle mot ; nous courons au galop vers la chambrée ; il était temps, j'entendais la voix de sœur Angèle qui distribuait les rations. Je me couche au plus vite sur mon lit, je dissimule avec la main un suçon que ma belle m'a posé le long du cou ; la sœur me regarde, trouve à mes yeux un éclat inaccoutumé et me dit avec intérêt :

« Souffrez-vous davantage ? »

Je la rassure et lui réponds :

« Au contraire, je vais mieux, ma sœur, mais cette oisiveté et cet emprisonnement me tuent. »

Quand je lui exprimais l'effroyable ennui que j'éprouvais, perdu dans cette troupe, au fond d'une province, loin des miens, elle ne répondait pas, mais ses lèvres se serraient, ses yeux prenaient une indéfinissable expression de mélancolie et de pitié. Un jour pourtant elle m'avait dit d'un ton sec : « Oh ! la liberté ne vous vaudrait rien », faisant allusion à une conversation qu'elle avait surprise entre Francis et moi, discutant sur les joyeux appas des Parisiennes ; puis elle s'était adoucie et avait ajouté avec sa petite moue charmante :

« Vous n'êtes vraiment pas sérieux, monsieur le militaire. »

Le lendemain matin nous convenons, le peintre et moi, qu'aussitôt la soupe avalée, nous escaladerons de nouveau les murs. A l'heure dite, nous rôdons autour du préau, la porte est fermée ! « Bast, tant pis ! dit Francis, en avant ! » et il se dirige vers la grande porte de l'hôpital. Je le suis. La sœur tourière nous demande où nous allons. « A l'Intendance. » La porte s'ouvre, nous sommes dehors.

Arrivés sur la grande place de la ville, en face de l'église, j'avise, tandis que nous contemplions les sculptures du porche, un gros monsieur, une face de lune rouge hérissée de moustaches blanches, qui nous regardait avec étonnement. Nous le dévisageons à notre tour, effrontément, et nous poursuivons notre route. Francis mourait de soif, nous entrons dans un café, et, tout en dégustant ma demi-tasse, je jette les yeux sur le journal du pays, et j'y trouve un nom qui me fait rêver. Je ne connaissais pas, à vrai dire, la personne qui le portait, mais ce nom rappelait en moi des souvenirs effacés depuis longtemps. Je me rappelais que l'un de mes amis avait un parent haut placé dans la ville d'Evreux. « Il faut absolument que je le voie », dis-je au peintre ; je demande son adresse au cafetier, il l'ignore ; je sors et je vais chez tous les boulangers et chez tous les pharmaciens que je rencontre. Tout le monde mange du pain et boit des potions ; il est impossible que l'un de ces industriels ne connaisse pas l'adresse de M. de Fréchêde. Je la trouve, en effet ; j'époussette ma vareuse, j'achète une cravate noire, des gants et je vais sonner doucement, rue Chartraine, à la grille d'un hôtel qui dresse ses façades de brique et ses toitures d'ardoise dans le fouillis ensoleillé d'un parc. Un domestique m'introduit. M. de Fréchêde est absent, mais Madame est là. J'attends, pendant quelques secondes, dans un salon ; la portière se soulève et une vieille dame paraît. Elle a l'air si affable que je suis rassuré. Je lui explique, en quelques mots, qui je suis.

« Monsieur, me dit-elle, avec un bon sourire, j'ai beaucoup entendu parler de votre famille ; je crois même avoir vu chez Mme Lezant, madame votre mère, lors de mon dernier voyage à Paris ; vous êtes ici le bienvenu. »

Nous causons longuement ; moi, un peu gêné, dissimulant avec mon képi le suçon de mon cou ; elle, cherchant à me faire accepter de l'argent que je refuse.

« Voyons, me dit-elle enfin, je désire de tout mon cœur vous être utile ; que puis-je faire ? » Je lui réponds : « Mon Dieu ! madame, si vous pouviez obtenir qu'on me renvoie à Paris, vous me rendriez un grand service ; les communications vont être prochainement intercep-tées, si j'en crois les journaux ; on parle d'un nouveau coup d'Etat ou du renversement de l'empire ; j'ai grand besoin de retrouver ma mère, et surtout de ne pas me laisser faire prisonnier ici, si les Prussiens y viennent. »

Sur ces entrefaites rentre M. de Fréchêde. Il est mis, en deux mots, au courant de la situation.

« Si vous voulez venir avec moi chez le médecin de l'hospice, me dit-il, nous n'avons pas de temps à perdre. »

— Chez le médecin ! bon Dieu ! et comment lui expliquer ma sortie de l'hôpital ? Je n'ose souffler mot ; je suis mon protecteur, me demandant comment tout cela va finir. Nous arrivons, le docteur me regarde d'un air stupéfait. Je ne lui laisse pas le temps d'ouvrir la bouche, et je lui débite avec une prodigieuse volubilité un chapelet de jérémiades sur ma triste position.

M. de Fréchêde prend à son tour la parole et lui demande, en ma faveur, un congé de convalescence de deux mois.

« Monsieur est, en effet, assez malade, dit le médecin, pour avoir droit à deux mois de repos ; si mes collègues et si le général partagent ma manière de voir, votre protégé pourra, sous peu de jours, retourner à Paris.

— C'est bien, réplique M. de Fréchêde ; je vous remercie, docteur ; je parlerai ce soir même au général. »

Nous sommes dans la rue, je pousse un soupir de soulagement, je serre la main de l'excellent homme qui veut bien s'intéresser à moi, je cours à la recherche de Francis. Nous n'avons que bien juste le temps de rentrer, nous arrivons à la grille de l'hôpital ; Francis sonne, je salue la sœur. Elle m'arrête :

« Ne m'avez-vous pas dit, ce matin, que vous alliez à l'Intendance ?

— Mais certainement, ma sœur.

— Eh bien ! le général sort d'ici. Allez voir le directeur et la sœur Angèle, ils vous attendent ; vous leur expliquerez, sans doute, le but de vos visites à l'Intendance. »

Nous remontons, tout penauds, l'escalier du dortoir. Sœur Angèle est là qui m'attend et qui me dit :

« Jamais je n'aurais cru pareille chose ; vous avez couru par toute la ville, hier et aujourd'hui, et Dieu sait la vie que vous avez menée !

— Oh ! par exemple », m'écriai-je.

Elle me regarda si fixement que je ne soufflai plus mot.

— Toujours est-il, poursuivit-elle, que le général vous a rencontrés aujourd'hui même sur la Grand-Place. J'ai nié que vous fussiez sortis, et je vous ai cherchés par tout l'hôpital. Le général avait raison, vous n'étiez pas ici. Il m'a demandé vos noms ; j'ai donné celui de l'un d'entre vous, j'ai refusé de livrer l'autre, et j'ai eu tort, bien certainement, car vous ne le méritez pas !

— Oh ! combien je vous remercie, ma sœur !... » Mais sœur Angèle ne m'écoutait pas, elle était indignée de ma conduite ! Je n'avais qu'un parti à prendre, me taire et recevoir l'averse sans même tenter de me mettre à l'abri. Pendant ce temps, Francis était appelé chez le directeur, et comme, je ne sais pourquoi, on le soupçonnait de me débaucher, et qu'il était d'ailleurs, à cause de ses gouailleries, au plus mal avec le médecin et avec les sœurs, il lui fut annoncé qu'il partirait le lendemain pour rejoindre son corps.

« Les drôlesses chez lesquelles nous avons déjeuné hier sont des filles en carte qui nous ont vendus, m'affirmait-il, furieux. C'est le directeur lui-même qui me l'a dit. »

Tandis que nous maudissions ces coquines et que nous déplorions notre uniforme qui nous faisait si facilement reconnaître, le bruit court que l'empereur est prisonnier et que la république est proclamée à Paris ; je donne un franc à un vieillard qui pouvait sortir et qui me rapporte un numéro du *Gaulois*. La nouvelle est vraie. L'hôpital exulte. « Enfoncé Badingue ! c'est pas trop tôt, v'là la guerre qui est enfin finie ! » Le lendemain matin, Francis et moi nous nous embrassons, et il part. « A bientôt, me crie-t-il en fermant la grille, et rendez-vous à Paris ! »

Oh ! les journées qui suivirent ce jour-là ! quelles souffrances ! quel abandon ! Impossible de sortir de l'hôpital ; une sentinelle se promenait, en mon honneur, de long en large, devant la porte. J'eus cependant le courage de ne pas m'essayer à dormir ; je me promenai comme une bête encagée, dans le préau. Je rôdai ainsi douze heures durant. Je connaissais ma prison dans ses moindres coins. Je savais les endroits où les pariétaires et la mousse poussaient, les pans de muraille qui flé- chissaient en se lézardant. Le dégoût de mon corridor, de mon grabat aplati comme une galette, de mon gei- gneux, de mon linge pourri de crasse, m'était venu. Je vivais, isolé, ne parlant à personne, battant à coups de pied les cailloux de la cour, errant comme une âme en peine sous les arcades badigeonnées d'ocre jaune ainsi que les salles, revenant à la grille d'entrée surmontée d'un drapeau, montant au premier où était ma couche, descendant au bas où la cuisine étincelait, mettant les éclairs de son cuivre rouge dans la nudité blafarde de la pièce. Je me rongeais les poings d'impatience, regar- dant, à certaines heures, les allées et venues des civils et des soldats mêlés, passant et repassant à tous les étages, emplissant les galeries de leur marche lente.

Je n'avais plus la force de me soustraire aux poursui- tes des sœurs, qui nous rabattaient le dimanche dans la chapelle. Je devenais monomane ; une idée fixe me hantait : fuir au plus vite cette lamentable geôle. Avec cela des ennuis d'argent m'opprimaient. Ma mère m'avait adressé cent francs à Dunkerque, où je devais me trouver, paraît-il. Cet argent ne revenait point. Je vis le moment où je n'aurais plus un sou pour acheter du tabac ou du papier.

En attendant, les jours se suivaient. Les de Fréchêde semblaient m'avoir oublié et j'attribuais leur silence à mes escapades, qu'ils avaient sans doute apprises. Bientôt à toutes ces angoisses vinrent s'ajouter d'horribles douleurs : mal soignées et exaspérées par les prétentaines que j'avais courues, mes entrailles flam- baient. Je souffris tellement que j'en vins à craindre de ne plus pouvoir supporter le voyage. Je dissimulais mes souffrances, craignant que le médecin ne me forçât à demeurer plus longtemps à l'hôpital. Je gardai le lit quelques jours ; puis, comme je sentais mes forces diminuer, je voulus me lever quand même et je descendis dans la cour. Sœur Angèle ne me parlait plus et, le soir, alors qu'elle faisait sa ronde dans les corridors et les chambrées, se détournant pour ne point voir le point de feu des pipes qui scintillait dans l'ombre, elle passait devant moi, indifférente, froide, détournant les yeux.

Une matinée, cependant, comme je me traînais dans la cour et m'affaissais sur tous les bancs, elle me vit si changé, si pâle, qu'elle ne put se défendre d'un mouvement de compassion. Le soir, après qu'elle eut terminé sa visite des dortoirs, je m'étais accoudé sur mon traversin et, les yeux grands ouverts, je regardais les traînées bleuâtres que la lune jetait par les fenêtres du couloir, quand la porte du fond s'ouvrit de nouveau, et j'aperçus, tantôt baignée de vapeurs d'argent, tantôt sombre et comme vêtue d'un crêpe noir, selon qu'elle passait devant les croisées ou devant les murs, sœur Angèle qui venait à moi. Elle souriait doucement. « Demain matin, me dit-elle, vous passerez la visite des médecins. J'ai vu Mme de Fréchêde aujourd'hui, il est probable que vous partirez dans deux ou trois jours pour Paris. » Je fais un saut dans mon lit, ma figure s'éclaire, je voudrais pouvoir sauter et chanter ; jamais je ne fus plus heureux. Le matin se lève, je m'habille et, inquiet cependant, je me dirige vers la salle où siège une réunion d'officiers et de médecins.

Un à un, les soldats étalaient des torses creusés de trous ou bouquetés de poils. Le général se grattait un ongle, le colonel de la gendarmerie s'éventait avec un papier, les praticiens causaient en palpant les hommes. Mon tour arrive enfin : on m'examine des pieds à la tête, on me pèse sur le ventre qui est gonflé et tendu comme un ballon, et, à l'unanimité des voix, le conseil m'accorde un congé de convalescence de soixante jours. Je vais enfin revoir ma mère ! retrouver mes bibelots, mes livres ! Je ne sens plus ce fer rouge qui me brûle les entrailles, je saute comme un cabri !

J'annonce à ma famille la bonne nouvelle. Ma mère m'écrit lettres sur lettres, s'étonnant que je n'arrive point. Hélas ! mon congé doit être visé à la Division de Rouen. Il revient après cinq jours ; je suis en règle, je vais trouver sœur Angèle, je la prie de m'obtenir, avant l'heure fixée pour mon départ, une permission de sortie afin d'aller remercier les de Fréchêde qui ont été si bons pour moi. Elle va trouver le directeur et me la rapporte ; je cours chez ces braves gens, qui me forcent à accepter un foulard et cinquante francs pour la route ; je vais chercher ma feuille à l'Intendance, je rentre à l'hospice, je n'ai plus que quelques minutes à moi. Je me mets en quête de sœur Angèle que je trouve dans le jardin, et je lui dis, tout ému :

« O chère sœur, je pars ; comment pourrai-je jamais m'acquitter envers vous ? »

Je lui prends la main qu'elle veut retirer, et je la porte à mes lèvres. Elle devient rouge. « Adieu ! murmure-t-elle, et me menaçant du doigt, elle ajoute gaiement : Soyez sage, et surtout ne faites pas de mauvaises rencontres en route !

— Oh ! ne craignez rien, ma sœur, je vous le promets ! » L'heure sonne, la porte s'ouvre, je me précipite vers la gare, je saute dans un wagon, le train s'ébranle, j'ai quitté Evreux.

La voiture est à moitié pleine, mais j'occupe heureusement l'une des encoignures. Je mets le nez à la fenêtre, je vois quelques arbres écimés, quelques bouts de collines qui serpentent au loin et un pont enjambant une grande mare qui scintille au soleil comme un éclat de vitre. Tout cela n'est pas bien joyeux. Je me renfonce dans mon coin, regardant parfois les fils du télégraphe qui règlent l'outremer de leurs lignes noires ; quand le train s'arrête, les voyageurs qui m'entourent descendent, la portière se ferme, puis s'ouvre à nouveau et livre passage à une jeune femme.

Tandis qu'elle s'assied et défripe sa robe, j'entrevois sa figure sous l'envolée du voile. Elle est charmante, avec ses yeux pleins de bleu de ciel, ses lèvres tachées de pourpre, ses dents blanches, ses cheveux couleur de maïs mûr.

J'engage la conversation ; elle s'appelle Reine et brode des fleurs : nous causons en amis. Soudain elle devient pâle et va s'évanouir ; j'ouvre les lucarnes, je lui tends un flacon de sels que j'ai emporté, lors de mon départ de Paris, à tout hasard ; elle me remercie, ce ne sera rien, dit-elle, et elle s'appuie sur mon sac pour tâcher de dormir. Heureusement que nous sommes seuls dans le compartiment, mais la barrière de bois qui sépare, en tranches égales, la caisse de la voiture ne s'élève qu'à mi-corps, et l'on voit et surtout on entend les clameurs et les gros rires des paysans et des paysannes. Je les aurais battus de bon cœur, ces imbéciles qui troublaient son sommeil ! Je me contentai d'écouter les médiocres aperçus qu'ils échangeaient sur la politique. J'en ai vite assez ; je me bouche les oreilles, j'essaye, moi aussi, de dormir ; mais cette phrase qui a été dite par le chef de la dernière station : « Vous n'arriverez pas à Paris, la voie est coupée à Mantes », revient dans toutes mes rêveries comme un refrain entêté. J'ouvre les yeux, ma voisine se réveille elle aussi : je ne veux pas lui faire partager mes craintes ; nous causons à voix basse, elle m'apprend qu'elle va rejoindre sa mère à Sèvres. « Mais, lui dis-je, le train n'entrera guère dans Paris avant onze heures du soir, vous n'aurez jamais le temps de regagner l'embarcadère de la rive gauche. – Comment faire, dit-elle, si mon frère n'est pas en bas, à l'arrivée ? »

O misère, je suis sale comme un peigne et mon ventre brûle ! je ne puis songer à l'emmener dans mon logement de garçon, et puis, je veux avant tout aller chez ma mère. Que faire ? Je regarde Reine avec angoisse, je prends sa main ; à ce moment, le train change de voie, la secousse la jette en avant, nos lèvres sont proches, elles se touchent, j'appuie les miennes bien vite, elle devient rouge. Seigneur Dieu ! sa bouche remue imperceptiblement, elle me rend mon baiser, un long frisson me court sur l'échine, au contact de ces braises ardentes je me sens défaillir : Ah ! sœur Angèle, sœur Angèle, on ne peut se refaire !

Et le train rugit et roule sans ralentir sa marche, nous filons à toute vapeur sur Mantes ; mes craintes sont vaines, la voie est libre. Reine ferme à demi ses yeux, sa tête tombe sur mon épaule, ses petits frisons s'emmêlent dans ma barbe et me chatouillent les lèvres, je soutiens sa taille qui ploie et je la berce. Paris n'est pas loin, nous passons devant les docks à marchandises, devant les rotondes où grondent, dans une vapeur rouge, les machines en chauffe ; le train s'arrête, on prend les billets. Tout bien réfléchi, je conduirai d'abord Reine dans mon logement de garçon. Pourvu que son frère ne l'attende pas à l'arrivée ! Nous descendons des voitures, son frère est là. Dans cinq jours, me dit-elle, dans un baiser, et le bel oiseau s'envole ! Cinq jours après j'étais dans mon lit atrocement malade, et les Prussiens occupaient Sèvres. Jamais plus depuis je ne l'ai revue.

J'ai le cœur serré, je pousse un gros soupir ; ce n'est pourtant pas le moment d'être triste ! Je cahote maintenant dans un fiacre, je reconnais mon quartier, j'arrive devant la maison de ma mère, je grimpe les escaliers, quatre à quatre, je sonne précipitamment, la bonne ouvre. C'est Monsieur ! et elle court prévenir ma mère qui s'élance à ma rencontre, devient pâle, m'embrasse, me regarde des pieds à la tête, s'éloigne un peu, me regarde encore et m'embrasse de nouveau. Pendant ce temps, la bonne a dévalisé le buffet. « Vous devez avoir faim, monsieur Eugène ? – Je crois bien que j'ai faim ! » Je dévore tout ce qu'on me donne, j'avale de grands verres de vin ; à vrai dire, je ne sais ce que je mange et ce que je bois !

Je retourne enfin chez moi pour me coucher ! – Je retrouve mon logement tel que je l'ai laissé. Je le parcours, radieux, puis je m'assieds sur le divan et je reste là, extasié, béat, m'emplissant les yeux de la vue de mes bibelots et de mes livres. Je me déshabille pourtant, je me nettoie à grande eau, songeant que pour la première fois depuis des mois, je vais entrer dans un lit propre avec des pieds blancs et des ongles faits. Je saute sur le sommier qui bondit, je m'enfouis la tête dans la plume, mes yeux se ferment, je vogue à pleines voiles dans le pays du rêve.

Il me semble voir Francis qui allume sa vaste pipe de bois, sœur Angèle qui me considère avec sa petite moue, puis Reine s'avance vers moi, je me réveille en sursaut, je me traite d'imbécile et me renfonce dans les oreillers, mais les douleurs d'entrailles un moment domptées se réveillent maintenant que les nerfs sont moins tendus et je me frotte doucement le ventre, pensant que toute l'horreur de la dysenterie qu'on traîne dans des lieux où tout le monde opère, sans pudeur, ensemble, n'est enfin plus ! Je suis chez moi, dans des cabinets à moi ! et je me dis qu'il faut avoir vécu dans la promiscuité des hospices et des camps pour apprécier la valeur d'une cuvette d'eau, pour savourer la solitude des endroits où l'on met culotte bas, à l'aise.

La saignée

_____

par

HENRY CÉARD

I

Dix heures du matin, un jour de la fin d'octobre, à Paris, pendant le siège. La veille, on s'est battu avec acharnement, là-bas, du côté de Saint-Denis, dans la boue. Les nouvelles sont mauvaises, les dépêches télégraphiques obscures, et dans les affiches blanches que vient de faire poser le gouvernement, on sent je ne sais quelle indécision, je ne sais quels mensonges. Les phrases sont confuses, ne disent rien. Sous l'apparente confiance des proclamations, on devine l'aveu involontaire d'un insuccès, la confession d'un désastre. Dans le brouillard, sous les crêpes mous d'un ciel en deuil, les marchands de journaux, comme de coutume, sont passés, criant les escarmouches, annonçant les rencontres, et leurs voix montent sinistrement le long des maisons noyées de brume. Encore une reculade, encore une défaite. Des canons sans gargousses, des renforts qui ne viennent pas, des avant-postes qu'on abandonne, des positions qu'on s'étonne d'avoir emportées et qu'on n'a pas l'air de s'être soucié de garder ; « Demandez la prise du Bourget par les Prussiens ! cinq centimes, un sou ». Et les femmes que la maigre espérance de 250 grammes de viande pour deux jours met en queue, les pieds dans l'eau, à la porte encombrée des boucheries ; les gardes nationaux qui rentrent des remparts, courbaturés, crachant noir, les yeux cernés par une nuit d'insomnie et de faction montée, tout ce qui passe dans la rue achète et dévore le laconique renseignement du rapport officiel : les francs-tireurs repoussés, le village définitivement au pouvoir de l'ennemi qui s'y fortifie, un bataillon de mobiles des Batignolles fait prisonnier, tout entier. Les journaux donnent d'autres détails plus circonstanciés, et leurs récits particuliers aggravent le récit atténué des états-majors. Les troupes se sont bien battues, mais elles n'étaient pas assez nombreuses. Les régiments engagés n'ont pas été soutenus par les réserves, et le feu de l'ennemi les a décimés. On ne donne pas le chiffre des morts, pas davantage le chiffre des blessés, mais l'un et l'autre, on estime qu'il est considérable. D'effrayants racontars circulent. La défense est désormais impossible. On parle de capitulation. Dans les carrefours, des gens soi-disant bien renseignés affirment que la nuit dernière M. Thiers est entré à Paris, porteur de propositions de paix. De bouche en bouche un mot court, un mot de désespérance et d'accusation : « Nous sommes trahis », et Paris tout entier le répète avec un accent farouche, au milieu du brouillard qui s'accroît.

L'émotion a gagné le général en chef. Des rapports de police lui ont appris tout à l'heure que là-haut, dans les faubourgs, l'émeute menace, et que les tambours parcourent les rues, battant la générale, de Belleville à Montmartre. Il a réuni ses officiers, tous sont là, ils écoutent. Avec lui, ils sont d'accord que tout a été fait de ce qu'on pouvait faire, ils jugent aussi que des discours suffiraient sans doute à calmer l'effervescence de la population. On propose d'afficher une nouvelle proclamation, et longtemps, dans la grande salle des séances, à l'hôtel de l'état-major, une plume a grincé, courant sur le papier. Au-dehors, l'obscurité augmente. De lointaines clameurs, des sonneries de clairon que domine le retentissant : « Aux armes citoyens ! » du refrain de *la Marseillaise*, traversent l'air plein d'humidité et, battant un instant les carreaux tremblants dans leur rainure de mastic, viennent mourir au milieu de la salle pleine d'ombre.

L'homme chamarré qui vient d'écrire, relève la tête. Il demande une lampe, et haussant l'abat-jour, il tousse légèrement, parle de sa responsabilité personnelle. Puis, prenant une à une les feuilles de son manuscrit qu'il numérote avec soin, il dit :

— Ainsi, messieurs, voici ce que je propose de faire afficher dans Paris.

Le général s'accoude et, lentement, détaillant ses phrases, soignant ses intonations, détachant les mots comme un acteur, il lit un long discours dans lequel il explique les sages raisons de ses temporisations, exalte ses retards, énumère les difficultés sans nombre, les chances possibles de la résistance. Quand il parle d'espoir, de succès définitif, de triomphe futur, un léger sourire d'ironie plisse sa lèvre moustachue. Devant lui, autour d'une grande table, l'état-major, par politesse ou reste inconscient de discipline, écoute, s'étudie à prendre de grands airs attentifs. Mais des mains distraites jouent avec des képis, des dragonnes de sabre, tourmentent sur les poitrines les rubans des décorations, la tresse d'or des aiguillettes, ou bien tournent et retournent sans fin, sur le tapis de drap vert, les plumes d'oie éparses et comme en déroute autour d'un gros encrier. Quelques-uns auxquels la patience échappe tordent rudement leur barbiche et, tour à tour, croisent et décroisent leurs jambes bottées dont les éperons mettent au milieu du silence un petit cri d'acier, le bruissement aigu d'une coccinelle. Dans un coin, debout, l'air railleur, le calepin à la main comme s'il prenait des notes, un jeune officier de mobiles croque au galop la charge de cette scène.

La proclamation est longue, interminablement. De temps en temps, le lecteur reprend haleine, et alors, malgré les fenêtres closes, les clameurs du dehors entrent plus violentes. Sur la place, des attelages roulent, des clairons sonnent, des commandements s'entrecroisent, une symphonie de cris et de piétinements s'élève hurlante, tandis que, là-bas, les lointaines canonnades des forts lui font une basse formidable, continue. Un instant l'état-major semble prêter l'oreille, puis la lecture reprend somnolente et morne, berçant d'une torpeur vague ces gens en uniforme qui s'efforcent de donner de la gravité à leur ennui, de l'expression et de l'intelligence à leurs visages de chiens battus. Bientôt, le général s'interrompt brusquement. Les vociférations montent plus terribles et comme portées par un vent de haine. Dix mille voix exaspérées hurlent à l'unisson et, à travers les notes braillantes de *la Marseillaise*, sur l'air des *Lampions*, un cri est répété, un cri de prière et de menace : La sortie ! la sortie !

Un officier se lève, d'un geste impatienté ouvre la fenêtre, et fait deux pas sur le balcon. Alors, au-dessous de lui, de toute la place de l'Hôtel-de-Ville bondée de képis, hérissée de baïonnettes dont les pointes d'acier étincellent vaguement en trouant le brouillard, et débordent à droite dans la rue de Rivoli ; en face, dans l'avenue Victoria où les arbres dépouillés mettent de fantastiques silhouettes ; à gauche, sur les quais bourrés de monde jusqu'aux parapets, un hurrah ironique éclate suivi d'une marée d'insultes. Certains, prenant l'officier pour le général en chef, l'injurient, et, l'interpellant avec des tutoiements, l'invitent à cacher « cette binette-là ». Dans la confusion, des voix rauques sont entendues qui demandent des armes ; d'autres veulent aller en avant, réclament la sortie en masse ; d'autres, croyant à un discours, hurlent pour imposer silence. Quelques-uns répètent « Délégués, Délégués », proposent d'envoyer une députation qui s'entendrait avec le gouvernement, tandis que des enthousiastes agitent fiévreusement leurs képis, et crient : « bravo », de toutes leurs forces, au hasard, sans savoir pourquoi. Le calme n'arrive pas à se rétablir, et, comme l'officier, un peu pâle, se retire sans rien dire, un cri unique, plus menaçant et plus fort, déchire l'air brumeux, résumant toutes les colères et toutes les fièvres de la foule : « Capitulards ! Capitulards ! »

— Ces bons escargots de rempart, dit l'officier en fermant la fenêtre, il faudra qu'on finisse par leur faire une saignée, autrement, ils ne seront jamais contents.

Et, ramenant entre ses jambes le sabre qui lui bat au côté, il se rassied tranquillement. Autour de lui un sourire court, le mot est trouvé très spirituel. Le général même l'approuve d'un signe de tête, puis, il remonte la lampe qui fume, hausse la mèche, et ânonnant entre ses dents la dernière phrase, celle où il a dû s'interrompre, il se dispose à reprendre sa lecture.

Soudain des petits coups discrets sont frappés à la porte, un murmure de voix est entendu, comme la vague querelle d'un importun qu'un huissier refuse de laisser entrer. Bientôt, les coups recommencent, l'état-major écoute : « Aux armes, citoyens ! formez vos bataillons ! », chante la foule sur la place, avec un accent de désespoir que n'assourdissent ni les boiseries, ni les tentures ; « Marchons ! marchons ! Qu'un sang impur abreuve nos sillons ! », et dans l'éclat suprême que les voix prennent, sur les dernières notes du refrain, la porte s'est ouverte, curieusement :

— Peut-on entrer ? Entre-t-on ? Bah ! tant pis, j'entre.

Alors, des talons de bottines résonnent sur le parquet au milieu d'un froufrou de jupons empesés, et une femme fait irruption dans la salle, souriante.

Son chapeau noir, de forme très simple, est orné d'une cocarde en rubans tricolores, et sous un voile de tulle blanc, très serré sur le nez, les traits de sa figure s'atténuent, la font paraître jeune. Elle est de haute taille, et marche d'un pas hardi, vêtue d'un grand manteau de fourrure qui porte au bras gauche l'insigne de la convention de Genève : la croix des ambulances, rouge sur un fond blanc.

— Salut, mon général.

Et, portant à son front sa main droite finement gantée, elle imite le salut militaire, gravement.

Puis, plus familière :

— Bonjour, vous tous, la coterie.

Alors, marchant autour de la table, gracieuse et délurée, elle fait aux uns un simple salut, aux autres elle donne de grandes poignées de main hommasses, suivant les connaissances, les sympathies, les amitiés. Et, à l'extrémité de la manche où blondit un bout de fourrure fauve, le petit gant de Suède jaune va, vient, se démène, quitte une main, en reprend une autre, disparaît tout entier dans la peau rude d'un gros gant d'ordonnance, réapparaît, puis disparaît à nouveau sous de grosses et galantes moustaches qui l'effleurent d'un baiser cérémonieux, tandis que, derrière lui, la robe remuée met une traînée d'odeur voluptueuse et d'élégance provocatrice.

— Hein ? Vous ne trouvez pas ? Comme c'est ennuyeux ce siège ? Je sors des ambulances. Ah ! mes enfants, vous n'avez pas l'idée de ce que ça sent mauvais là-dedans ! Vous permettez, n'est-ce pas ?

Sans attendre la réponse, elle envoie d'un geste son chapeau sur un fauteuil. Sa chevelure apparaît alors coiffée comme pour un bal, une étonnante chevelure d'un roux faux jusqu'à l'extravagance qui tire-bouchonne sur son dos, et frise sur son front, avec des entortillements de copeaux d'acajou. Puis, la face blanche de poudre de riz, les lèvres rouges de fard, les yeux avivés par le khôl, de son vêtement tombé, elle jaillit en robe de soie noire, pleine de volants et décolletée. Dans la large échancrure d'un corsage où s'attache aussi une cocarde de rubans aux couleurs nationales, les seins se montrent maintenus haut par le corset, veinés de bleu sous la dentelle, et du creux de sa poitrine nue, de ses bras qui passent nus au bout des manches où la croix de Genève éclate encore rouge et blanche au milieu des ruchés, des effilés et des dentelles, un fumet de femme mûre se dégage et de chair amoureuse délicieusement faisandée.

— Eh bien ! hein ? Quoi de neuf ? Toujours rien ?

Et apercevant la proclamation sur la table :

— Ah ! mais si, j'aurais dû m'en douter ! Des bavardages toujours ! Qu'est-ce que vous leur racontez encore aux Parisiens ? Vrai, il faut qu'ils aient bon caractère. Leur en faites-vous assez gober de ces blagues ! Voyons voir la nouvelle tartine ?

Penchée sur la table, le corps plié en deux, dans la féline attitude d'un sphinx, elle commence à lire. Au loin, le canon, par salves lentes, gronde à courts intervalles. L'émeute essoufflée, tait ses clameurs, étouffe ses chants, semble reprendre haleine. Mais aux incessants bruits de pas, aux commandements nombreux qui retentissent, au frissonnement humain qui s'agite sous les fenêtres dans l'humidité du brouillard, on devine que la foule augmente démesurément. De tous les coins de Paris en angoisse, de Montmartre impatient à Montrouge exaspéré, de Bercy qui gronde aux Ternes qui s'encolèrent, le populaire s'est mis en marche derrière le rappel des tambours et, recevant sans relâche des renforts, l'insurrection grandissante n'attend plus pour éclater que le commandement d'un chef, un mot d'ordre, ou simplement un hasard.

L'élégante femme lit toujours, puis soudain, lasse de tourner les feuillets qui s'accumulent :

— Et patati et patata. Et cætera pantoufle !

D'un geste de gaminerie elle jette tous les papiers, les fait voler en l'air, et elle chantonne le refrain de la chanson à la mode :

> C'est le sire de Fich-ton-khan
> Qui s'en va-t-en guerre.

L'état-major stupéfait regarde. Le général, interdit, tord fiévreusement sa moustache : il est si interloqué qu'il ne trouve pas une parole. Autour de la table, sous la lueur charbonnante de la lampe, tout le monde se tait, accablé par cette débauche d'inconvenance.

— Eh bien ! quoi ? c'est pour tout ça que vous êtes réunis ? Merci, là vrai, si vous vous croyez rigolos. Tenez, voulez-vous que je vous dise, vous vous courbaturez à faire semblant de prendre au sérieux des choses qui vous embêtent. Suffit, en place, repos ! Rompez les rangs !

Et prenant sur la table, au hasard, un képi galonné qui traîne, elle s'en coiffe audacieusement, et d'une voix grave de président, déclare la séance levée.

Le général en chef bondit ; il est tout pâle d'humiliation. Il marche vers l'envahissante visiteuse, les poings fermés, avec une colère blanche. Elle se recule, tourne autour de la table et lui rit au nez d'un rire clair, communicatif, qui commence à gagner l'état-major sérieux.

— M'attrapera, m'attrapera pas !

— Madame, dit le général d'une voix courroucée, madame.

— Oh ! va, tu peux m'appeler Huberte, ces messieurs ont beau être là, ils ne nous gênent pas.

— Madame, répète le général.

Il va la saisir. Déjà ses mains, qu'agitent un frisson de colère, un besoin de brutalité, ont effleuré le bras qui porte le brassard de Genève, rouge sur un fond blanc, quand d'un brusque mouvement d'épaules elle lui échappe, et se retranchant derrière un fauteuil comme derrière une barricade :

— Messieurs, crie-t-elle, messieurs, je vous en prie, laissez-nous seuls ; vous ne voyez donc pas, il a envie de me faire une scène.

Et s'adressant au général :

— Allons ! vas-y, mon ami, vas-y.

Les officiers consultent du regard leur chef qui tremble sous ses décorations, puis se lèvent, sortent silencieusement et, par la porte ouverte, dominant le cliquetis des éperons, le bondissement métallique des sabres sonnant sur les marches de l'escalier, *la Marseillaise*, chantée à plein gosier par les voix du dehors, dans une reprise formidable, emplit d'une bouffée de colère la salle déserte, où les jupons de la jeune femme bruissent, tout raides d'empois.

Elle s'est approchée du général, et les lèvres tendues, avec un mouvement du torse qui l'offre tout entière, elle essaye de l'embrasser. Il la repousse durement. Elle devient intolérable à la fin. Toujours elle se mêle de tout. Qu'est-ce qu'elle est venue faire au milieu du conseil ? Le compromettre, n'est-ce pas ? Exprès. Quel respect voulait-elle qu'il inspirât maintenant ? Ses officiers allaient rire de lui, il n'aurait plus d'influence sur ses subordonnés. Un jour ou l'autre, elle entendait, il faudrait bien que ces plaisanteries finissent, il y était décidé.

— Toi, fit-elle avec un mouvement de tête étonné et incrédule, toi, décidé ?

— Oui, elle tombait là, comme une bombe, au milieu des délibérations les plus graves, dérangeant tout, bousculant tout. Passe encore quand, dans l'intimité, elle l'assommait de conseils stratégiques et prétendait lui imposer d'invraisemblables plans de campagne. Personne n'en savait rien. Mais là, devant tout le monde, venir s'afficher ! Ah ! il avait eu bien tort de lui passer si complaisamment tous ses caprices.

Il parle en essayant de mettre des sévérités dans sa voix. Au fond, il a beau s'irriter et s'en défendre, il trouve la situation comique et l'idée d'une fantaisie adorable. Cette diablesse de Mme de Pahauën, on ne sait vraiment pas quelle folie lui coule dans les veines. Est-elle amusante cette guenon-là ! Sans doute il ne demandait pas mieux que de lui pardonner encore cette escapade ; mais vraiment, avec certains membres du conseil, elle s'est montrée d'une familiarité ! Ça lui déplaît, ça, et il ne le souffrira plus. Elle a compris, n'est-ce pas ?

Mme de Pahauën part d'un grand éclat de rire qui la secoue du haut en bas, fait bondir ses seins dans son corset, agite sa chaîne de montre et remue jusqu'à la dentelle de son jupon.

— Est-ce que tu serais jaloux, par hasard ?

Il ne répond pas, mais son attitude est telle que son silence a l'air d'un acquiescement.

— Toi ? Ah ! mon pauvre ami. Eh bien ! il ne te manquait plus que cela, tu les as tous, maintenant, les ridi-
cules.

— Ridicule ! Qui ? Lui ! Il était ridicule, et pourquoi,
s'il vous plaît ? Ce mot-là, il ne voulait pas l'entendre,
même de la bouche d'une femme. Ridicule ! Quel
ridicule avait-il ? Où ? Pourquoi ? Comment ? Il était un
brave officier, tout le monde le savait, les journaux
même qui l'attaquaient n'avaient jamais mis sa valeur
en doute. Les généraux inspecteurs l'avaient souvent
constaté dans leurs rapports particuliers ; il avait des
notes superbes, des états de services magnifiques, et,
vaniteusement, une à une, il citait ses campagnes,
montrait ses décorations, énumérait ses citations à
l'ordre du jour. L'armée tout entière le respectait ; il
avait publié sur les questions militaires des livres fort
remarqués, étant bon écrivain. Et elle prétendait qu'il
passait pour ridicule ! Ce mot, il le répétait sans cesse, il
revenait obstinément comme une obsession, servait de
conclusion à tous ses raisonnements. Ridicule !

Mais Mme de Pahauën, d'une voix flûtée, en femme
qui sait ce qu'elle dit, et dont l'opinion personnelle est
soutenue de l'avis général :

— Ah ! mon Dieu oui, ridicule ! quand tu diras.

Il fit un geste d'emportement et de dénégation suprême.

— Mais voyou, tu ne vois donc rien ? tu ne lis donc
rien ? tu n'entends donc rien ?

Alors, avec une taquinerie cruelle, avec des mouvements de main qui coupaient l'air, sèchement, et ap-
puyaient ses affirmations, elle lui rappela ses impuis-
sances, elle exagéra sa mauvaise chance, ses échecs
qu'elle aggravait, en les mettant férocement sur le
compte de son incapacité et de sa prétention. Elle lui dit

toutes les misères qu'il se défendait de prendre au
sérieux : les combattants sans ordres, l'armée sans
organisation, les batailles livrées au hasard et finissant
en défaites, toujours, les équipages en retard, les munitions qui manquaient, les ponts trop courts. Elle lui
montra Paris où toutes les bonnes volontés en armes
étaient immobilisées par son hésitation, paralysées par
ses défiances, et la garde nationale inutile derrière des
fortifications où elle mourait d'ennui dans l'impatience
et le désœuvrement. Les accusations défilaient serrées
et terribles, un réquisitoire indigné et moqueur qu'elle
détaillait avec une petite voix aigre-douce, tranquillement. A mesure qu'elle parlait, comme si elle se lassait
elle-même, elle avait abandonné ses gestes d'autorité, et
ses doigts, dégantés, jouaient avec ses bagues qu'elle
faisait passer de l'une à l'autre main, avec un petit
travail de dextérité très délicat. Elle en vint à lui reprocher la mort des soldats tombés dans les escarmouches,
les combats sérieux qu'elle qualifia de boucheries
organisées, les pauvres mobiles qu'elle voyait dans les
hôpitaux saigner dans les pansements et crier sous
l'acier des opérations. Même, elle l'accusa comme
d'un crime personnel de la mort d'un jeune capitaine
d'état-major, tué lors de la dernière affaire. Elle le
connaissait, ils s'étaient rencontrés, très souvent, dans
le monde.

— Un de tes amants, sans doute ?

Jusque-là il n'avait rien dit, baissant la tête, rageant
au-dedans de lui devant ces récriminations brutales,
dont, intimement, il sentait la justesse.

— Quand ce serait, répondit-elle, effrontément.

— Au fait, ça ne l'étonnait pas ! avec qui n'avait-elle
pas couché ? Son lit était une vraie guérite dont on
relevait les sentinelles toutes les heures. Alors éclatant

en mots furieux, donnant libre cours à l'amertume de
son cœur, un à un, il lui nommait ses amants. Il y en
avait de toutes les armes : des cavaliers, des fantassins,
des artilleurs, et jusqu'à des soldats de la mobile. Il
citait les corps, les grades, d'une voix dépitée, avec
emportement, car il mettait de la hiérarchie dans
l'amour, et se croyait compromis non pas tant par ses
infidélités que parce qu'elle les avait commises avec
des inférieurs.

Très calme, Mme de Pahauën écoutait cet orageux
défilé d'accusations, et doucement, comme par distraction, elle s'éventait le bas des jambes avec ses jupes
qu'elle remuait. De temps en temps, une date lui arrachait un grand éclat de rire narquois. Elle avait imaginé
de répondre : « Présent ! » à chaque nom qui passait, et
à certains, son visage vicieux s'illuminait. Sans doute
ils évoquaient des luxures compliquées, dont le souvenir même lui causait un ravissement.

Le général s'était arrêté, haletant, avec la sourde colère de l'homme dont la puissance est méconnue, la
force inutile. Elle se moquait de lui, cette femme ! Ne
pouvant se résigner à la battre, il était obligé de subir
ses sarcasmes, lui, qui pour une simple désobéissance
pouvait faire fusiller un homme et décimer un régiment ! Et afin de résister au besoin de brutalité qui le
prenait, il crispait les poings pour ne pas la gifler grossièrement, sur les deux joues, comme on corrige
l'impertinence d'une gamine mal élevée.

Maintenant, c'était elle qui parlait, c'était elle qui,
dans une confession ironique, lui jetait des noms au
hasard, pêle-mêle. Même, pour ajouter à son exaspération, elle exagérait, s'attribuait des amants qu'elle
n'avait jamais eus, des tendresses auxquelles elle
n'avait jamais pensé, et, prenant un temps, avec une

négligence préméditée, elle affecta même d'avoir cédé
à un membre du gouvernement. Clairement, elle le lui
désigna, sachant qu'il était son ennemi mortel.

— Lui ! cria-t-il avec un accent indigné, lui !

— Un peu, mon neveu.

Renversée dans son fauteuil, elle se passa la langue
sur les lèvres et balança sa tête avec un air de profonde
satisfaction, en femme qui savoure à nouveau une
ancienne bonne fortune.

— Lui ! répétait-il avec égarement, lui !

— Eh bien ! oui, et puis après ?

En ce moment une clameur plus haute domina toutes
les clameurs de la matinée. Dix mille voix d'un en-
rouement formidable ébranlèrent la salle, confondues
dans un cri unique et prolongé. Des portraits de généraux en tremblèrent sur les murs, dans leurs cadres ; les
girandoles de cristal des lustres s'entrechoquèrent et
rendirent un tintement d'harmonica, tandis que les
boiseries des portes, comme sous une poussée invisible,
craquaient. Et cependant, au milieu du vacarme, des
mots très distincts étaient entendus, toujours répétés :
« A bas ! à bas ! Démission ! démission ! »

Mme de Pahauën eut un grand geste de mépris. Eten-
dant magistralement la main vers la fenêtre, désignant
vaguement le populaire qui grondait en bas, dans le
brouillard, avec un port de tête hautain et un dédaigneux plissement de lèvres qui lui venait d'un début fait
jadis sur une scène théâtrale de dernier ordre :

— Ainsi, dit-elle, ton autorité, la voilà ; ni le peuple,
ni les femmes...

Il ne la laissa pas achever. Esprit indécis, aux résolutions lentes, il n'agissait jamais que sous la pression
immédiate des faits. Effrayé de la brutalité soudaine de
la réalité, comme un homme brusquement tiré de son

sommeil, de la tranquillité de ses hypothèses et du calme de ses rêveries, il sursautait à des décisions emportées et à des actes violents.

— Vous partirez demain, madame, dit-il, avec un accent d'autorité.

Sa voix n'avait plus de colère, elle était rassérénée, et il parlait d'un ton de commandement, le verbe tranchant, d'une sécheresse hautaine qui d'avance faisait taire la réplique sur les lèvres du contradicteur.

— Vous me chassez, alors ?

— Parfaitement.

— Et j'irai ?

— Où vous voudrez, peu m'importe. Il ajouta : L'important, c'est que vous partiez.

Elle le regarda fixement, dans les yeux, pour s'assurer qu'il disait bien vrai, pour voir s'il ne restait pas au-dedans de lui quelque chose d'un désir ou d'un regret qu'elle pourrait exploiter. Ses yeux étaient calmes, sans une lueur. Cependant, elle voulut essayer d'une dernière câlinerie, d'une de ces caresses qui, aux heures de leurs anciennes querelles, faisaient tomber les rancunes, étouffaient les récriminations ; mais il la prévint :

— Assez, n'est-ce pas ! Je ne veux pas de vos simagrées.

Néanmoins elle se rapprochait avec des ondulations de chatte, les lèvres tendues et comme frémissantes d'une promesse de luxure. Penchée sur lui elle essaya de l'embrasser. Mais d'un geste brusque il la repoussa.

— C'est moi le maître ! ici. Ce qui est dit est dit, foutez-moi la paix !

Ah ! c'était ainsi ! Secouée d'un continu frisson de colère, humiliée, elle mit son chapeau, avec des lenteurs calculées où le général trouvait encore des exaspéra-

tions. Ensuite, elle passa son manteau, mais ne trouvant
pas la manche gauche, sans rien dire, elle s'approcha de
lui, et, tout en maugréant, il dut l'aider à finir de
s'habiller. Puis elle se ganta, longuement, sans se
presser, avec des hochements de tête, appuyant une
série de raisonnements muets et de rancunes qu'elle
remuait en elle-même : le plan aigu, le complot mesquin et méchant d'une vengeance de femme. Comme
elle n'arrivait pas à boutonner le gant droit, elle lui
tendit la main. Dans l'ouverture de la manche, un peu
de peau se montrait, d'un rose appétissant. Il la repous-
sait, inquiet de ce coin de nudité, détournant la tête
comme devant une tentation trop forte.

— Allons, travaille, fit-elle d'un ton indifférent. Tu
vois bien, moi je ne peux pas.

Il dut se résigner à la complaisance, et un instant ses
mains peinèrent, cassant leurs ongles dans le gros effort
qu'elles faisaient pour accrocher les délicats boutons
toujours fuyant sous la peau des boutonnières. Quand il
eut fini :

— Ainsi on s'en va ? dit Mme de Pahauën. Vous me
chassez ?

Il répéta :

— Je vous chasse, certainement.

— Eh bien ! soit, on s'en va. Mais tu sais, mon petit,
j'irai là.

Elle avait marché vers la table, et du doigt, sur une
carte déployée, au milieu des teintes plates, du compli-
qué fouillis des hachures et des lignes figurant les
collines, les routes et les chemins de fer, elle indiqua
Versailles, et elle répétait avec un ton de menace :

— J'irai là, là.

— A votre aise.

Comme il n'avait pas l'air de s'indigner, elle appuya

pour se donner la satisfaction de lui causer un dernier mouvement de colère. D'un mot suprême, elle insulta son patriotisme, ravala son habileté.

— Oui, chez les Prussiens. Ils sont plus malins que toi. En voilà des gens forts, au moins ! Tandis que toi et tes généraux, tiens, veux-tu que je te dise, vous me faites suer.

Puis, s'inclinant dans une gracieuse révérence, ainsi qu'elle avait coutume de faire quand elle sortait de visite :

— Allons, au revoir, cher. Bonne chance.

Néanmoins, cédant à un intime besoin d'ironie, elle lui demanda :

— Hein ? tu n'as rien à faire dire.

— A qui ?

— A ces messieurs, là-bas.

Mais déjà il n'écoutait plus. Derrière elle, il venait de fermer la porte, et tout seul, il respirait à pleins poumons, avec cette satisfaction que laissent après eux les ouvrages malaisés et les résolutions difficiles à exécuter. Maintenant que Mme de Pahauën était partie, maintenant qu'il s'était enfin trouvé le courage de rompre avec elle, il renaissait à des libertés, à des volontés qu'elle avait annihilées, par l'ensorcellement de sa grâce, qu'elle avait amollies par la tendresse de son sourire. Un moment cependant, comme pour se défendre contre lui-même au cas où l'envie la prendrait de remonter l'escalier et de venir implorer son pardon, il ferma la serrure à double tour. Alors, dans la solitude, il se sentit redevenir fort. Il regarda sur les meubles : rien d'elle n'y restait plus. Il avait eu peur d'y rencontrer un nœud de ruban défait, une voilette oubliée, quelque chose d'un de ces ajustements féminins qui suffisent quelquefois pour raviver les désirs et réveiller les convoitises. Les fauteuils, vides, tendaient uniformément autour de la salle leurs sièges nus, leurs bras où des clous de cuivre fixaient l'étoffe verte de la moleskine. Seul, un léger parfum d'opopanax échappé des dessous secrets de la toilette de Mme de Pahauën, traînait dans l'air lourd. Alors pour échapper à l'obsession de cet arôme aimé, le général ouvrit une fenêtre. La place, en bas, lui apparut avec son moutonnement de têtes, ses remuements d'émeute, ses baïonnettes serrées qu'un pâle rayon de soleil accrochait et qui luisaient au milieu des menaces et des poings tendus vers lui, de toutes parts. Et il resta là quelques instants, grisé par son impopularité, jouissant des injures, heureux dans sa vanité de pouvoir ainsi bouleverser un monde, exaspérer toute une ville ; des fiertés lui venaient en songeant que bon gré mal gré, ces fureurs-là, il saurait les faire taire, et qu'il n'avait qu'un mot à dire, un ordre à donner, pour faire obéir ces révoltes et contraindre ces indisciplines.

Il se retourna, flairant l'appartement. La délicate et troublante odeur de femme avait fui. La lampe point remontée charbonnait, dégageant une âcre senteur de mèche rance et d'huile chauffée. En ce moment, un craquement se fit entendre pareil au bruit d'une grande pièce de soie qu'on déchirerait d'un bout à l'autre. Pardessus les clameurs, serrée et crépitante, une fusillade éclata. Des balles ricochèrent sur les pierres de la façade qui s'effritaient en éclats secs, et tombaient comme des écailles, en bas, dans une fumée épaisse striée de flammes rouges, çà et là. Aussi calme que s'il eût été à la parade, le général ferma la fenêtre. Il tournait le bouton doré de la crémone, quand, auprès de lui, des morceaux de vitre dégringolèrent, sonnant à ses pieds, sur le parquet. Une balle traversant le carreau

avait été se loger dans le mur en face, et un des portraits
dans son cadre d'or montrait son uniforme percé d'un
trou noir, en plein dans la poitrine. Alors, passant le
bras à travers le châssis vide, le général montra le poing
à la foule.

— A nous deux, maintenant.

La voix résonna brutale dans le grand salon désolé.

Au loin, le canon des forts, par salves désespérées,
tonnait sans discontinuer.

II

Le lendemain, l'émeute vaincue, les chefs emprison-
nés, les journaux supprimés, Mme de Pahauën arrêtée,
était conduite sous bonne escorte au-delà des lignes
françaises.

Le général demeurait triste. Il accueillit sans satisfaction l'officier d'ordonnance qui vint lui annoncer
l'exécution de ses ordres. Et malgré lui, à travers les
routes défoncées, les villages occupés, le navrant pay-
sage de ruine que l'invasion mettait autour de Paris, son
esprit suivait obstinément l'élégante femme aux cheveux roux, dont la possession l'avait tant charmé.
Maintenant, la colère passée, son départ le peinait. Il
considérait que, volontairement, il avait amoindri son
prestige et diminué sa toute-puissance. Quelque chose
lui manquait qui gâtait son succès.

Jadis, mis à l'écart par les soupçons de l'empire,
boudeur, dans sa retraite irritée d'écrivain et de soldat,
il avait fiellé des articles nombreux contre les turpitudes
et les hontes du règne, mais cependant jamais il n'avait
pu se défendre d'un mouvement d'émotion et d'une
minute d'envie, quand les journaux apportaient jusqu'à
lui les échos des grandes fêtes de Compiègne, les récits
des grandes débauches de Saint-Cloud. Ses désirs de

jouissance le rongeaient dans l'austérité vaniteuse de son exil. Souvent même, dans les heures troubles que connaissent les plus forts, il avait senti vaciller sa conscience, faiblir son honnêteté. Plus d'une fois il avait songé à faire sa soumission, décidé intérieurement par ces sophistiques raisons qui déterminent les lâchetés, convaincu qu'au milieu de l'excès des platitudes ambiantes, sa platitude, à lui, passerait inaperçue. Mais il avait été soutenu par son orgueil. Son ambition aussi l'avait empêché de tomber à des complaisances et à des servilités. Il s'était dit, que ceux-là seuls sont les maîtres un jour qui se raidissent dans une attitude et savent prendre, parmi les courants des hommes et les momentanés entraînements des faits, une position immobile et méprisante. Puis, par nature, les médiocrités lui répugnaient : il n'aurait trouvé aucun plaisir dans l'accomplissement des vilenies vulgaires. Se vendre, quoi ? lui aussi ! mais tout le monde s'était vendu, et avec une science de corruption qu'il ne fallait pas espérer pouvoir dépasser. Du reste, il aurait rougi d'être un plagiaire de bassesse, et si des capitulations lui semblaient désirables, c'étaient celles qui mettent leur auteur dans une apothéose et l'immortalisent par la grandeur de leur gloire ou la profondeur de leur infamie. Il se croyait né pour les avenirs éclatants, taillé pour les immenses célébrités, musclé pour les efforts considérables et, renfonçant ses besoins de domination, luttant contre ses appétits, il avait attendu, honnête par calcul, incorruptible par volonté. Si bien que le peuple, sans rien deviner de ses impatiences et de ses fièvres sourdes, l'admirait comme un martyr et, lui soupçonnant des capacités excessives ainsi que des talents méconnus, s'apprêtait à le saluer comme une puissance.

La chute de l'empire, du jour au lendemain, l'avait

fait sauter à une situation qui dépassait ses rêves. C'était entre ses mains que Paris, tremblant de l'approche des Prussiens, uniformément vainqueurs depuis un mois, remettait toute la puissance presque. De son obscurité lointaine, il montait bruyamment au poste de dictateur et, dès le début, les obéissances se faisaient faciles pour ce maître volontaire en qui se confiaient toutes les espérances de la patrie, désespérément. On ne lui demandait rien, sinon d'agir vite : les bonnes volontés, d'avance, souscrivaient à tout ce qu'il pourrait commander, pourvu que les ordres fussent brefs, les décisions rapides, les résultats sensibles, immédiats. Or, comme il arrive à tous les théoriciens dont la brusquerie des faits contrarie toujours la lenteur savante des combinaisons, il ne sut pas tirer le parti convenable des éléments nerveux qu'il trouvait autour de lui. Aux impatiences, aux grands élans de la foule, il opposait ses temporisations, et immobilisait par la sécheresse de ses calculs, les vibrants enthousiasmes qui ne demandaient qu'à marcher. Continuant dans son commandement militaire la pratique d'inertie à laquelle il devait la réussite de sa vie, il restait sans agir, dans Paris assiégé, attendant du hasard la chance d'une bonne fortune, comptant sur des secours du dehors, incapable de rien improviser, jugeant les situations nouvelles avec des idées préconçues et des points de vue anciens. Toute son autorité, il l'employait non pas à exciter les ardeurs, au contraire, il la dépensait fiévreusement à maintenir les initiatives et à empêcher les audaces. Correct, précis, mais savant sans profondeur, intelligent sans élévation, et tenace jusqu'à la sottise, il se détendait seulement dans l'intimité avec Mme de Pahauën, dont les remuements, les gentillesses, les gamineries d'écureuil échappé, fouettaient ses sens lassés par la fatigue de plusieurs campagnes, contrastaient le plus avec la mathématique lourdeur de son cerveau.

Mme de Pahauën avait été mariée, plusieurs fois, à des individus dont aucun ne lui avait laissé son nom. Dans la galanterie du monde impérial, dont elle avait fait l'éclat, les mieux renseignés affirmaient que le nom qu'elle portait n'était qu'un nom de guerre, ramassé dans un roman, ou trouvé parmi les personnages secondaires d'un drame du boulevard. Ses maris n'avaient guère été que des passants, lesquels n'encombraient guère son lit, et si peu gênants qu'ils ne dérangeaient même pas son état civil de fantaisie. C'étaient ordinairement des Durand, des Bernard, des Dumont, employés de ministère aux figures louches, aux appétits voraces. Vieillards tout en vices, ou jeunes gens tout en ambitions, ils consentaient à la tirer enceinte des bras de son amant (un haut personnage qui s'engageait à les protéger), la voyaient quelque temps après la célébration du mariage, et puis une séparation à l'amiable survenait. Un jour, les deux époux s'en allaient chacun de son côté, et ne s'occupaient plus l'un de l'autre. L'employé donnait son nom à l'enfant, obtenait dans son bureau des gratifications nombreuses, des avancements rapides, et vieillissait décoré, ayant aux lèvres des phrases sur l'honnêteté, la bonne conduite, le travail qui mène à tout, le savoir qui élève et qui distingue. Pendant ce temps, Mme de Pahauën, indifférente et libre, courait les bals, les réceptions, était de tous les petits couchers, de tous les grands soupers. Amazone, les jours de chasse, elle galopait le voile au vent dans les taillis de Compiègne pleins des abois des chiens, du roulement des voitures et des fanfares des piqueurs. Dans les tableaux vivants, son maillot de soie couleur de chair, inondé de lumières oxydriques, elle étalait la largeur de ses hanches, l'ampleur de sa gorge et, des talons jusqu'au sourire, la grasse et provocante impudeur de son corps de statue. Dame de charité, on avait l'occasion de la voir, les jours de vente au profit des pauvres, offrir volontiers tout ce que sa toilette laissait passer de peau aux baisers des messieurs dont ses complaisances vidaient les porte-monnaie. Puis, subitement, elle disparaissait. Ses meilleures amies disaient qu'elle s'enterrait ; d'autres prétendaient qu'elle tombait à de grandes dévotions, et qu'elle allait suivre, dans des couvents bien famés, des retraites très austères. La vérité était qu'elle s'enfermait, par caprice de débauche blasée, avec des petits jeunes gens que son plaisir était de dépraver. Alors on la rencontrait promenant dans les églises un deuil mensonger et luxueux. Toujours accompagnée d'une bonne, elle rentrait dans une petite maison des Batignolles ou de Passy, et les fruitières, les concierges, toutes les commères qui s'asseyent sur le pas de leurs portes et surveillent le va-et-vient de la rue, avaient de hautes et profondes pitiés pour une pauvre jeune femme si subitement devenue veuve. Ses générosités servaient à dissimuler les écarts secrets de sa conduite, empêchaient les soupçons, au besoin même, faisaient taire les médisances. Quelquefois, quand les doutes devenaient trop forts, les affirmations trop précises, brusquement, elle donnait congé et déménageait à temps, ce qui empêchait les inductions de s'affermir et les preuves de se contrôler. Alors, elle partait, laissant encore derrière elle une suffisante odeur de sainteté, avec une longue traînée de bonnes œuvres.

C'était son plaisir de duper le public, en cachant des vices excessifs et des raffinements qui allaient jusqu'à la bestialité, sous l'apparence d'une petite existence de bourgeoise vertueuse et tranquille, puis de reprendre, en s'affichant avec un amant, le tumulte d'une vie affolée. La cour pendant ses absences se désolait. Elle seule jetait une gaieté envahissante dans ce monde d'aventuriers, toujours inquiet, au milieu de ses fêtes, comme des escrocs qui, en mangeant le produit de leur vol, tremblent à tout moment d'entendre frapper à la porte et de voir entrer le commissaire. Toutes les folies étaient les siennes. Son vice même prenait des grandeurs tellement il s'étalait sous la flamme des lustres, sans pudeur et sans hypocrisie. Certaines de ses excentricités étaient demeurées célèbres : un soir, dans un souper, elle était sortie absolument nue d'un pâté colossal dont la croûte gigantesque s'arrondissait sur la table ; la première elle avait pris ces bains de champagne qu'imitèrent depuis les cabotines en quête de fantaisie, à court d'imagination, et la démocratie ne lui avait jamais pardonné d'avoir, au théâtre, un soir de première représentation, pour mieux passer dans le premier rang des fauteuils de balcon, jeté effrontément son paquet empesé de jupons par-dessus la balustrade et d'avoir gagné sa place, marchant, devant les spectateurs, les jambes à l'air, les cuisses à nu.

Quand Paris avait été investi, elle était restée, par curiosité. Elle n'avait pu résister au désir de voir de près ce spectacle nouveau pour elle, une ville de deux cent mille âmes, enveloppée, affamée, réduite à ses propres ressources. Volontiers, elle avait accepté les difficultés probables de la vie du siège, afin de contempler ce drame extraordinaire, espérant des situations neuves qui égayeraient un peu son ennui de belle corrompue blasée. Dans les premiers jours du mois de septembre, tandis que ses amies, profitant des dernières voies laissées libres, emballaient leurs robes et se

bousculaient aux guichets des gares encombrées pour
aller attendre, soit à l'étranger, soit dans une province
écartée, la fin des événements, elle, payant de sa personne, était bravement entrée dans ce personnel
d'ambulances recruté spécialement parmi les femmes
désœuvrées, et parmi celles-là surtout qui désiraient
conserver leurs chevaux ; les autres, ceux du reste de la
population, étant réquisitionnés pour les canons, les
transports, la boucherie. Et la jolie, et coquette, et
souriante ambulancière qu'elle était ! La souffrance, la
mort, tout ce qui hurle et pue, tout ce qui suinte et salit
dans les salles où les combats entassaient les blessés, où
la dysenterie couchait les malades, tout cela n'était pour
elle qu'un prétexte à élégances. Avec quelle joie, le
matin, elle se contemplait dans la glace, décolletée,
avec une toilette de ville si provocante qu'elle ressemblait à une toilette de bal. Comme jadis elle s'habillait
pour le spectacle d'une première représentation, elle
s'habillait, se faisait désirable pour le spectacle de la
mort, promenait autour des lits empuantis et criants
dans l'angoisse des agonies, l'éclair de ses diamants, le
froufrou de ses dentelles, et les soldats expiraient,
remerciant avec des paroles confuses et des balbutie-
ments les tendresses de cette infirmière extraordinaire
qui mettait dans leurs derniers moments toute la séduc-
tion d'une femme, tous les petits soins d'une garde-
malade dévouée. Elle adoucissait les agonies, encoura-
geait les convalescences. Point bégueule, elle retrouvait
au milieu de ces hommes ces familiarités que les femmes du peuple ont naturellement pour les malades. Elle
les appelait « mon vieux, ma vieille », gourmandait
leurs défaillances avec des mots crus, des épiphonèmes
gras où perçaient de grosses bienveillances ; et les
douleurs des pansements disparaissaient, emportées

qu'elles étaient par les paroles canaillement câlines de son bagou d'ancienne modiste farceuse.

Fille des faubourgs, dans ce milieu d'ouvriers récemment enrôlés, elle respirait comme un relent de son air natal apporté là, par hasard, dans les vêtements, les habitudes, les conversations; elle renaissait à sa vie d'ouvrière lâchée, se frottant aux hommes dans la promenade des nocturnes faubourgs ou les quadrilles des bastringues populaciers, et, très à l'aise, elle traitait d'égale à égal. Elle leur payait des liqueurs, du tabac, trinquait, fumait des cigarettes qu'ils lui offraient, volontiers. Même elle les tutoyait comme des camarades. Souvent aussi sa sympathie les suivait au-delà de l'hôpital, les accompagnait après leur guérison, dans les tranchées des ouvrages avancés, dans les grand-gardes qui surveillaient l'ennemi.

Plus d'une fois, les officiers supérieurs avaient eu l'occasion de voir arriver dans leurs baraquements et dans leurs bivouacs une voiture qui levait toutes les consignes. Le cocher disait un mot, et quand la sentinelle hésitait, par la portière, une petite main frémissante et bien gantée tendait un laissez-passer devant lequel tombaient les résistances et reculaient les disciplines. Mme de Pahauën descendait : un instant, entre elle et l'état-major, c'était un échange de saluts, de politesses. Elle minaudait, sans doute faisait à la faveur de son sourire des demandes impossibles, car les fronts des militaires se ridaient d'impatience, soudainement rembrunis et des mains coupaient l'air, sèchement, tandis que les képis, sur les têtes, remuaient de gauche à droite avec des insistances de refus. Mais la même petite main fouillait dans les poches de la robe, en tirait un mince portefeuille d'où un petit papier sortait et où il rentrait aussitôt. Alors les difficultés semblaient apla-

nies, la discussion continuait plus calme et comme
indifférente, jusqu'au moment où, amené par un plan-
ton envoyé exprès, quelque simple soldat, ou chasseur à
pied ou mobile, arrivait très gêné, et rougissant un peu
sous la visière de son képi, saluait ses chefs. Mme de
Pahauën lui sautait au cou, l'appelait son fils, l'embrassait avec un débordement de maternité, une exagération
de tendresse. Un instant après, au milieu des fusillades,
des crachements de mitrailleuses, du tintamarre meurtrier des avant-postes qu'on attaque, la voiture levant
toujours les consignes d'un mot de son cocher, d'un
geste de sa propriétaire, emportait vers Paris Mme de
Pahauën, dont les jambes, sous la couverture, serraient
d'une étreinte passionnée le pantalon d'ordonnance de
son amant momentané. Derrière eux, dans l'état-major,
des conversations s'élevaient, pleines de blâmes, lourdes de craintes.

Les officiers parlaient de Mme de Pahauën, en faisant
précéder son nom du *la,* de cet article par lequel
s'exhalent les mépris pour les filles bien en vue et les
courtisanes trop célèbres. Ils l'appelaient la Pahauën,
tout étonnés au-dedans d'eux par cette étrange et obscure puissance de la femme dont les sourires faisaient
obéir les plus forts, et dont la grâce pouvait, au gré de
son caprice, détruire les gouvernements et ruiner les
villes. Dans l'accablement de leur stupéfaction, ils
n'arrivaient pas à comprendre comment le général en
chef avait pu s'acoquiner avec ces jupons désordonnés
dont les dentelles, autour d'eux, apportaient invinci-
blement une menace de désastre.

Et c'était justement à cause de la frénésie de sa gaieté
et de l'exubérance de sa fantaisie que le général avait
choisi Mme de Pahauën. Avec ses envolées, ses gamineries sensuelles, ses bavardages de perruche lâchée, elle

le délassait au milieu de la gravité de ses occupations, lui faisait oublier le poids de ses responsabilités. Et maintenant qu'elle est partie, négligeant les affaires urgentes, laissant s'accumuler devant lui les dépêches télégraphiques auxquelles il ne daigne pas faire une réponse, triste et grave, il songe. Il revoit les premiers jours de sa liaison, la douceur des premières rencontres, les attendrissements de sa lune de miel dans la ville en armes, leurs promenades dans ce Paris debout et frémissant sous les premières bordées du canon des forts.

Le hasard avait fait la présentation. Un jour, dans son cabinet, elle l'était venue trouver, brusquant les domestiques avec un bon mot, forçant les portes avec un sourire. Oh! mon Dieu, oui, elle devenait solliciteuse. Mais ce qu'elle demandait ce n'était pas pour elle. Non, elle n'avait besoin de rien, seulement une de ses amies redoutait les extrémités d'un long investissement. Elle avait un bébé, il fallait des soins, du lait, alors elle avait songé à demander un sauf-conduit pour aller à la campagne, vivre paisiblement. Une femme, voyons, ce n'est pas très utile dans une ville où l'on se bat. Mais elle ne connaissait personne. Comment faire? Mme de Pahauën s'était dévouée, et le général n'avait pas su se défendre de l'ensorcellement qui montait de cette femme.

Sur le bureau, elle avait pris une feuille de papier, l'avait poussée devant lui, et trempant une plume dans l'encre, la lui avait mise entre les doigts. Et pendant que, sous son regard, il rédigeait le précieux laissez-passer, de sa poitrine penchée qui frôlait un peu son uniforme des effluves sortaient puis l'envahissaient tout entier, il ne savait quelle chaude émanation de désir, si intense et si pénétrante que sa main tremblait, traçant sur le papier des lignes incorrectes. Avec son parfum, avec sa parole, elle entrait en lui par tous les pores. Une fascination se dégageait d'elle qui le remuait au plus profond de sa sensualité ; elle prenait possession de tout son être, s'imposait à sa chair.

Il n'ignorait point son histoire, ses aventures, en quelles grandes folies elle s'était dépensée dans la cour impériale. Alors une vanité s'éveillait qui faisait taire toutes les sagesses de l'homme : l'ambitieux paraissait, et c'était une âpre et délicieuse joie pour ce dictateur et pour ce tout-puissant, d'ajouter cette femme à sa domination, de joindre au pouvoir suprême une débauche qu'il jugeait considérable, et de compléter ses rêves en mordant à même dans ce vivant restant d'empire.

Facilement Mme de Pahauën se rendait à ses sollicitations de vieux militaire amoureux. Par une complication savante, elle cédait, irritant encore ses désirs par des stratagèmes de fausse pudeur, et puis un beau jour devenait sa maîtresse, brusquement, comme si elle s'abandonnait.

A partir de ce moment, cet homme qui tenait dans sa main la destinée de toute une ville, qui pouvait décider du succès et changer la face de l'histoire, hautain et suprême pour tout le monde, était secrètement manié par la capricieuse et fantaisiste main d'une femme. Et il ne savait au juste quel plaisir était le plus grand, ou celui de donner des ordres à l'armée qui ne pouvait discuter ses décisions, ou d'obéir lui-même à cette déréglée petite cervelle de Mme de Pahauën, qui, dans le siège, ne voyait qu'un prétexte à amusement, et trouvait une satisfaction à faire joujou avec la guerre.

Partout elle l'accompagnait. Il était rare qu'on vît passer le général tout seul. Derrière lui, à une légère distance, un coupé discret s'avançait toujours, où ses cheveux rouges éclatant comme une énorme fleur sur les capitonnages de soie mauve, une femme sortait de l'engoncement de ses fourrures et passait, de temps en temps, à la portière une tête curieuse et des yeux interrogateurs. On la rencontrait dans tous les retranchements, partout où l'on remuait de la terre, partout où le génie essayait d'élever des redoutes et d'improviser une défense. On la connaissait, et, à la longue, des légendes se racontaient à son sujet. Du Moulin-Sacquet au Mont-Valérien, de Bobigny à Bagneux, les imaginations militaires déréglées par de vieux souvenirs de romans-feuilletons, s'ingéniaient à la comparer à quelque héroïne des temps passés, à quelque Jeanne d'Arc ou Jeanne Hachette, venue au milieu des camps pour exciter les courages et assurer la victoire.

Les journaux aussi parlèrent de Mme de Pahauën. Ils évoquèrent autour de son désœuvrement les souvenirs des femmes romaines, les dévouements des épouses de Lacédémone ; un poète l'appela : l'Ange des avant-postes, et bien qu'au fond, les moins clairvoyants lui soupçonnassent quelque liaison amoureuse, bien que les sceptiques ne dissimulassent guère qu'elle étalait simplement une honte éclatante, son laisser-aller, sa bonhomie, sa blague avec les soldats, les rations de vin qu'elle faisait distribuer par-ci par-là, en supplément, lui gagnaient tous les cœurs. Des vivats souvent accompagnaient sa voiture au départ, et la mode de l'époque étant à l'exaltation des individus nés dans les provinces envahies, la garde nationale, se mêlant au concert de bénédictions qui montait des avant-postes et des forts, l'admirait comme une grande dame alsacienne. On en causait le long des remparts. La plupart ne doutaient pas qu'au jour de la bataille elle irait au feu, carrément, comme un homme. Du reste, il n'y avait pas à contester son tempérament guerrier et ses qualités militaires. On avait pu la voir, un jour, grimpant hardiment le long des talus des bastions, sans demander le bras de personne, et près des pièces de canon qui tendaient leur cou de bronze dans la fente gazonnée des embrasures, longuement, elle s'était fait expliquer par les servants les détails de la manœuvre, avait paru s'intéresser vivement aux ailettes de zinc des obus, à la mathématique de la trajectoire. Un jour même elle avait poussé la bonne grâce jusqu'à jouer au bouchon. Une heure tout entière, ses jupons ramenés entre ses jambes de façon à former culotte et à ne pas gêner ses mouvements, elle fit la partie avec une escouade de gardes nationaux. Autour d'elle les postes voisins quittant leurs baraquements s'étaient groupés, la pipe à la bouche, émerveillés de la générosité avec laquelle elle jouait vingt francs contre deux sous, à tous les coups. Par diplomatie, pour accroître sa popularité elle avait eu la malice de perdre et, le soir, avec l'argent de son enjeu, tant de bouteilles furent bues dans les cantines, tant de toasts furent portés en son honneur, des voix avinées répétèrent si bruyamment les paroles de patriotique encouragement qu'elle avait prononcées tout en jetant ses palets, que Mme de Pahauën, universellement, fut reconnue comme une sorte de divinité. Les courtes intelligences populaires, toujours portées à la glorification et au symbolisme, voyaient en elle on ne savait quel personnage extraordinaire incarnant dans la ville en armes la gaieté française résistant à tous les échecs, triomphant de tous les désastres, répondant ironiquement aux éclats d'obus par des éclats de rire. Maintenant cette prostitution glorieuse contrebalançait l'influence morale du képi même de M. Victor Hugo.

Aussi, les jours qui suivirent le départ de Mme de Pahauën, les bastions s'attristèrent. Il y avait moins d'entrain le long des remparts, et les gardes nationaux, en sentinelle, bâillaient, regardant désespérément si le chemin désert à perte de vue n'allait pas leur ramener la voiture armoriée d'où descendait autrefois l'élégante femme, au sourire de laquelle ils présentaient les armes, galamment, comme à une puissance. Seuls des caissons défilaient, le sinistre va-et-vient des ambulances. Ou bien encore c'étaient des canons, des convois cahotants, tirés avec lenteur par l'agonie trébuchante des rosses maigres, invraisemblablement.

Certains jours la tristesse désolée du chemin de ronde s'animait du brouhaha de nombreux bataillons en marche, du tumulte des sorties projetées. Les soldats passaient, bien alignés, suivis par des adieux. Il y avait dans l'air des claquements de baisers, des souhaits de victoire, et les régiments marchaient avec plus d'entrain, comme si un peu d'espérance leur revenait au cœur. Puis les mêmes efforts donnaient les mêmes résultats, toujours. Des coups de canon étaient entendus, longtemps, très loin. Des dépêches télégraphiques arrivaient, lentes, contradictoires ; l'angoisse à mesure envahissait Paris où l'ombre tombait comme une tenture de deuil. Puis aux clartés vacillantes des lampes de pétrole installées pour remplacer le gaz, les troupes rentraient, débandées, avec une défaite de plus et des canons de moins, tandis que derrière elles, à cheval, un peu en avant de son état-major, le général, pensif sous les galons de son képi, passait, désirant follement le retour de Mme de Pahauën, comme si son écervelée maîtresse pouvait, dans les plis de sa robe et les fossettes de ses joues, lui rapporter son énergie d'homme, exilée avec la gaieté de la courtisane, comme si ses baisers avaient dû consolider ce pouvoir qu'il sentait vaciller à mesure sous les sanglantes ironies de Paris quotidiennement vaincu.

III

A Versailles, Mme de Pahauën n'avait rien retrouvé de sa vie envolée des belles époques de l'empire. Son récent prestige de maîtresse favorite disparaissait également. Sans autorité, presque sans argent, elle menait une existence maussade, vexée au plus profond de sa vanité d'être confondue avec la masse des femmes entretenues que la peur d'un bombardement, ou simplement un naturel espoir de gain facile avaient attirées au milieu des Prussiens.

Son arrivée avait été plus que modestie humble. Tout d'abord, elle avait été désorientée parmi le brouhaha guerrier de cette ville si majestueusement morte, à laquelle l'invasion donnait un mouvement extraordinaire et comme une résurrection d'un instant. Avenue de Saint-Cloud, dans un petit hôtel meublé plein d'officiers en casque, d'ordonnances au langage rude, aux éperons sonnant continuellement sur les marches des escaliers, elle avait eu assez de peine à se procurer une chambre étroite, avec un mesquin cabinet de toilette, où elle faisait coucher sa femme de chambre qui rechignait. La propriétaire, profitant de l'occasion, et tirant un lucratif parti des malheurs de ses compatriotes, lui avait loué ce campement un prix exagéré : 30 francs par jour, sans compter les frais journaliers du service. Et la bonne dame, sanglée dans son corset, éplorée sous son bonnet à larges rubans roses, avec des larmoiements d'usurier et des clignements d'yeux d'entremetteuse, lui avait fait remarquer qu'elle consentait à des concessions inouïes. Elle ne lui en faisait pas un reproche, mais là, vraiment, une location à ce prix-là, elle y perdait. Heureusement pour Mme de Pahauën qu'elle était française, sans quoi, elle n'aurait jamais conclu un marché à ce prix, qu'elle considérait comme tout à fait dérisoire. Songez donc, une chambre au troisième, à peine, car l'entresol n'était pas très haut, avec vue sur la rue, encore. Un officier prussien qui désirait y habiter en avait offert une somme double. Mais, il faut bien s'entraider les uns les autres, n'est-ce pas? Elle, elle tenait pour le dévouement mutuel. Du reste, au rez-de-chaussée de sa maison, elle avait ouvert une petite boutique où elle débitait du vin, des liqueurs; et vendant du champagne frelaté, des eaux-de-vie avariées qu'elle baptisait audacieusement du nom de cognac et de fine champagne, Mme Worimann, alsacienne, rattrapait sur les ennemis qui venaient boire en sa maison, les soi-disant pertes qu'elle éprouvait, en logeant à des prix excessifs les Français ou Françaises, Parisiens ou Parisiennes que le bonheur d'un sauf-conduit amenait à Versailles, cherchant un exil commode où l'on mangerait du pain blanc à l'abri des obus, sans cependant être trop loin des curiosités et des nouvelles de Paris assiégé.

A ces industries de logeuse en garni et de débitante de liqueurs, Mme Worimann, secrètement, joignait une profession dont les seuls revenus dépassaient de plus du triple les revenus déjà exagérés de ses commerces officiels. Ex-sage-femme qui s'était séparée de son mari et avait vendu sa maison avec son enseigne de fer-

blanc peint, figurant un nourrisson qu'une dame bien
mise découvrait dans un carré de choux et de roses
trémières, après un procès en avortement, d'où elle était
sortie acquittée faute de preuves suffisantes, Juliette
Worimann, lors de l'arrivée des Prussiens, conçut
immédiatement l'idée d'exploiter les vices de l'invasion. Après trois ans passés dans l'inaction, la conduite
régulière et une hypocrite dévotion qui la menait tous
les dimanches, à l'église Saint-Louis, écouter des
messes, subir des sermons et faire brûler des cierges,
l'ancienne matrone, au milieu du désordre de la guerre
et de la détente de la surveillance policière, se reprenait
à ce métier d'entremetteuse où jadis elle avait trouvé les
plus clairs bénéfices de sa maison d'accouchement.
Avec les Prussiens, elle n'avait à craindre ni procureurs,
ni poursuites, ni cour d'assises. Dégagée de préjugés,
profitant de la profonde connaissance de cette langue
allemande qu'elle avait parlée, longtemps à Strasbourg,
dans sa jeunesse, elle fournissait aux officiers bien
rentés, le logement, la nourriture et l'amour. Ainsi,
familière avec les généraux, complaisante avec les
états-majors, elle avait échappé aux réquisitions que les
Prussiens imposaient aux habitants. Protégée, à cause
des services particuliers qu'elle rendait par son industrie, dans le désastre général, elle amassait des rentes.
Pour elle, le Prussien n'était plus un ennemi qu'on hait,
un exploiteur dont on se défend : c'était un client qu'on
accueille avec un sourire, un consommateur qui rapporte et qu'on tâche de retenir avec des bonnes grâces.
Intimement, Mme Worimann souhaitait la perpétuité de
l'invasion. Douce avec tout le monde, affable par
nécessité, répandue en bonnes paroles, elle n'avait de
dureté que pour ce Paris lointain dont les incessantes
canonnades lui faisaient craindre une sortie victorieuse.

Alors, c'étaient les Prussiens chassés, Versailles redevenant français, son commerce tué pour toujours. Aussi,
elle affectait de ne pas croire à l'efficacité de la résistance et, tremblant pour son intérêt, elle donnait le
change en accusant journellement le gouvernement de
faire massacrer les gens sans raison.

— A quoi tout cela servait-il ? je vous demande un
peu ?

Sur le pas de sa porte, quand des blessés faits prisonniers passaient saignants, mutilés, criant dans les
cahots des voitures d'ambulance, Mme Worimann exhalait des pitiés si bruyantes, plaignait tellement les pauvres enfants « envoyés à la boucherie », ou « sacrifiés
pour une cause perdue », que, dans le quartier, sa réputation en profitait. Assurément, comme femme, c'était
une pas grand-chose, on en tombait d'accord, oui, mais
aussi, elle avait un cœur d'or. Cela était également
indiscutable. Puis elle rentrait, et ces mêmes tendresses,
elle les prodiguait aux consommateurs bavarois, saxons
ou poméraniens, commercialement.

Les mêmes circonstances qui avaient été favorables
à Mme Worimann, rendaient désastreuse la position de
Mme de Pahauën. Les femmes n'étaient pas rares sur la
place, à Versailles, et la notoriété qu'elle pouvait apporter dans sa prostitution, la célébrité qu'elle avait à Paris,
cessaient là, dans cette ville où les officiers ne savaient
rien de la splendeur de ses relations antérieures, ignoraient tout de ses excentricités et de la fantaisie de ses
caprices. Pour la première fois, Mme de Pahauën s'aperçut qu'elle vieillissait.

Autour d'elle, à la promenade, les désirs ne parlaient
pas bien haut. En vain quand elle rentrait, elle interrogeait sa femme de chambre : ni lettres d'amour, ni
envois de bouquets. Personne n'était venu. Ils ne ve-

naient pas davantage les billets poétiques et parfumés dissimulant la concupiscence secrète qu'ils expriment sous des formules de politesse et sous des exagérations du sentiment. Tous les matins, son lot d'hommages lui manquait, et le soir, elle restait seule au coin de son feu maigre, sans cour d'adorateurs, sans conversations d'amis, tandis qu'au loin les canons tonnaient, et qu'elle écoutait leurs décharges qui sonnaient dans la nuit, lugubrement d'accord avec ses pensées. Rien, pas même la lettre brutale, offrant de l'argent, sèche comme un calcul et brève comme un prospectus.

La vie se faisait dure à Mme de Pahauën. L'argent qu'elle avait emporté avec elle diminuait vite, et quand il serait épuisé, comment et où s'en procurer ? Jamais elle n'avait fait d'économies, elle n'avait de compte chez aucun banquier. Elle dut s'adresser à Mme Worimann. Celle-ci se montra bienveillante, et tout en l'exploitant et en lui prêtant à des taux invraisemblables, profita de l'occasion pour lui donner quelques conseils.

— Pardieu, elle en avait connu d'autres, et des grandes dames encore, qui s'étaient trouvées dans des embarras aussi grands, et même plus. Eh bien ! elles s'en étaient tirées. L'important, par exemple, était de ne pas manquer d'initiative ou alors, si soi-même on n'osait pas, d'ailleurs elle comprenait ça, il y a des fois où la chose est assez difficile, eh bien ! on s'adressait à une personne de confiance qui se chargeait de...

Et, dans une fin de phrase où elle essayait de dissimuler avec des mots délicats l'énormité de sa proposition, elle offrit ses services. Du reste, elle demandait pardon à Madame, mais au fond, elle avait lieu d'être flattée, Madame avait été remarquée l'autre jour par un officier supérieur.

— Quel officier? demanda Mme de Pahauën, je n'entends rien à ce que vous voulez dire. Expliquez-vous, voyons?

— Un de ceux qui sont auprès de l'empereur Guillaume. Ils ont un nom. Ma fois je ne sais plus comment.

— Eh bien! ce monsieur, que veut-il?

Alors Mme Worimann, croyant d'avance au consentement de Mme de Pahauën, la voix basse, les yeux brillants, lui apprit ce qu'on désirait d'elle, et le prix qu'on était décidé à mettre pour la possession de sa personne.

Pour la première fois, Mme de Pahauën eut conscience de son infamie, sa vie tout entière à ces mots lui apparut méprisable et turpide. Tout le décor de luxe, l'apothéose de féerie dans lequel elle avait trôné, triomphante, accumulant les impudicités et compliquant les débauches, d'un coup, s'écroula. Dans une évocation soudaine, elle se revit passant au milieu des salles des Tuileries. Les orchestres, cachés, chantaient sous des fleurs; on dansait et il y avait d'un bout à l'autre, sous l'éclatante lumière des lustres, des ondoiements d'épaules blanches où ruisselaient des diamants. Des généraux, des diplomates, dont les noms jetés par les valets à l'entrée des salons, sonnaient majestueux et célèbres par-dessus tous les autres, inspirant le respect aux gens mêmes qui les prononçaient, s'empressaient autour d'elle, briguant la faveur d'un regard, heureux de pouvoir être admis à ramasser son éventail; et ceux-là considéraient dans la suite avoir été l'objet d'une distinction suprême, qu'elle avait autorisés à faire, avec elle, un tour de valse, par hasard. On la consultait pour la conduite du cotillon, elle réglait les figures; et quand l'envie lui en prenait, elle avait des inventions prodi-

gieuses qui bouleversaient le bal et dont les retentisse-
ments étaient si lointains que des ministres même, dans
la suite, en demeuraient ébranlés.

Elle s'apercevait encore rayonnant dans les feux
d'artifice, chantée dans tous les *Te Deum*, et autour
d'elle, comme autour de l'incarnation féerique de la
corruption et du détraquement d'une époque, les chants
des prêtres montaient, mêlant leurs hosannas aux flammes de Bengale. Puis, quand l'empire croulait, par la
toute-puissance de son sexe et l'omnipotence de sa
dépravation, elle dominait encore !

Trois mois durant, elle avait été maîtresse de Paris, et
jamais d'un bout à l'autre de la ville enserrée dans ses
bastions, il n'y avait eu une volonté contre sa volonté.
Elle avait commandé aux généraux, fait ployer les
disciplines, et que de fois des ordres avaient été donnés
qui obéissaient à ses caprices. C'était sa fantaisie qui
tout à l'heure avait fait livrer des batailles ; quand il lui
avait plu, elle avait fait de la gaieté ; quand il lui avait
plu aussi, elle avait fait de la mort. Et maintenant voilà
qu'on osait lui offrir le lit d'un Prussien, voici que la
misère venait qui allait la forcer à toutes les soumissions.
Alors elle se révolta. Elle consentait bien à être la courtisane éclatante que maudissaient les Juvénals, et qui,
malgré tout, sent l'admiration des badauds soulevée
autour d'elle avec la poussière de sa voiture, quand elle
passe si majestueusement insolente que le doute vient aux
honnêtes gens et qu'un désir mauvais gonfle le cœur des
humbles. Mais quoi donc, maintenant, elle tombait à ce
point qu'on la prenait pour une prostituée vulgaire et
qu'on offrait de son sourire et de sa chair un prix déter-
miné, elle qui, jadis, sur la promesse d'un baiser, avait
ruiné des familles et amené la faillite de banquiers !

Il lui sembla comprendre. Assurément quelque chose

d'épouvantable s'était passé, quelque chose dont sa tête écervelée ne s'était pas rendu compte. Si elle était déchue ainsi, un cataclysme terrible avait certainement frappé autour d'elle, quelque part. Dans ses malheurs personnels, elle eut la notion d'infortunes générales : elle entrevit la misère de la catastrophe commune, et dans la déroute de son opulence elle devina des infinis de désastres, d'irréparables immensités de ruines. Ainsi, c'était donc ça l'invasion, c'était donc ça la guerre !

D'un bout à l'autre de la France, Mme de Pahauën rêva de femmes comme elle, abandonnées, sans le sou, s'endettant dans la nudité sale des chambres d'hôtel, au milieu du marchandage des luxures et du trafic des entremetteuses. La patrie envahie lui apparut comme un endroit de désolation où les courtisanes même n'avaient plus la liberté de leur corps et le choix de leurs amants. La douleur lui donna un peu d'intelligence. Un élan d'enthousiasme patriotique lui fit soudainement admirer ceux-là qu'elle n'avait pas remarqués d'abord, ces soldats improvisés, armés au hasard, et qui luttaient désespérément. Le spectacle qu'elle avait contemplé avec le laisser-aller d'une belle dame, s'éventant bien à l'aise dans sa loge, lui apparut alors dans toute l'horreur de son développement, dans toute la grandeur de son humanité féroce. Elle seule, jusqu'à présent, n'avait point souffert de la souffrance générale.

Elle était passée souriante au milieu des morts, et des pudeurs lui vinrent pour cette insouciance et cette tranquillité dans lesquelles elle avait vécu si longtemps. Elle sentit qu'à son tour l'heure du sacrifice était venue ; elle aussi voulut se dévouer comme la femme de Paris, qu'elle revoyait maintenant grelottant à la porte des boucheries, sur les boulevards, où tombaient des obus ; comme celles-là qui, dans les défenses de la ville, prenaient un fusil et faisaient le coup de feu. Alors, oubliant sa misère, ses poches vides, son train de maison réduit, sa femme de chambre grognant et réclamant sans cesse l'arriéré de ses gages, Mme de Pahauën repoussa avec dédain les offres de Mme Worimann. Elle, se vendre aux Prussiens ? Allons donc, jamais !

Mme Worimann insistant, elle éclata en injures, lui reprocha le métier qu'elle faisait : une Alsacienne !

— Il ne fallait pas être française pour consentir à de pareils trafics.

— Ainsi vous refusez ! Pourquoi ?

Mme de Pahauën prit un grand air de dignité. Et tandis que tout se mélangeait en elle, son amour pour Paris, ses exagérations de femme et ses gestes anciens appris quand elle jouait les grandes dames sur les planches d'un petit théâtre, elle répondit :

— Parce que je suis parisienne, parbleu ! et que les Parisiennes ne font pas, comme vous, des lâchetés.

Et tournant brusquement les talons, elle sortit. Derrière elle les portes claquaient. Mme Worimann, qui la regardait s'en aller d'un air de douce pitié, répétait :

— Ce n'est point la peine de faire tant d'embarras. Tu y viendras, ma petite, tu y viendras, et peut-être encore plus tôt que tu ne crois.

En attendant, elle crut de sa dignité de ne plus échanger un mot avec sa locataire.

Des journées se passèrent, des journées, encore des journées. La vie de Mme de Pahauën s'écoulait morne et désolée. Maintenant elle était seule, sa femme de chambre l'avait quittée après une grande dispute. Elle éprouvait ce surcroît de tristesse d'être obligée de faire son ménage elle-même. Par vengeance, Mme Worimann refusait de l'aider, et tous les matins elle traînait dans sa chambre, en peignoir, les cheveux dénoués, s'y reprenant à deux ou trois fois pour faire son lit. Les matelas à remuer fatiguaient ses reins peu habitués aux fatigues domestiques ; elle avait des maladresses constantes et les précautions continuelles qu'elle prenait pour ne point salir la blancheur de ses mains, les gants qu'elle mettait pour les préserver, la rendaient si malhabile qu'elle cassait tous les menus objets fragiles auxquels elle touchait. Son élégance même l'abandonnait.

Jadis, elle avait été la vivante figure de la mode. Sur son dos, les toilettes doublaient de grâce, sur sa tête les chapeaux prenaient des imprévus de coquetterie. Maintenant, les costumes luxueux, les coiffures délicatement étranges dont elle avait fait la fortune et amené le succès, semblaient avoir perdu toute leur jeunesse et toute leur fraîcheur. Les rubans flottaient mous, sans éclat, avec des cassures de rubans fanés ; les traînes sur les trottoirs ondulaient avec un frou-frou mélancolique et fatigué, et les failles, les satins, les cachemires, tout le coûteux falbala apporté avec soin dans le papier de soie des malles, semblait, sous le ciel de Versailles, le déballage misérable d'une maison de confection vendue après faillite.

En même temps que sa toilette, Mme de Pahauën vieillissait : son âge apparaissait avec ses rides. Là, dans sa chambre d'hôtel, elle n'avait plus ces crayons, ces dentifrices, ces fards, ces poudres de riz, cette pharmacie d'ingrédients avec lesquels, tous les matins, une heure et demie durant, elle rechampissait ses charmes et consolidait sa beauté. Depuis longtemps le carmin dont elle se teignait les lèvres diminuait dans sa boîte, et, quotidiennement, elle l'économisait, faisant des prodiges d'invention pour se conserver longtemps encore le peu qui restait, épouvantée du jour, de plus en plus proche, où sa bouche éclaterait dans toute l'horreur de sa flétrissure, et où son sourire, derrière des lèvres gercées, découvrirait des dents jaunissantes et point poncées. Pourtant, c'était aujourd'hui son unique satisfaction : s'habiller.

Désœuvrée, rongée d'ennui, perdue d'inquiétudes, dérangée par des remords vagues, elle essayait de combattre la persistance de ses spleens par des ajustements de toilettes compliquées. Longuement elle se tenait devant sa glace étroite, un peu haussée sur la pointe de ses bottines, afin de se voir par-dessus le globe de verre dominant la pendule sur la cheminée. Par une recherche de coiffure, par un nœud de rubans, par un bijou retrouvé, elle essayait de revivre cette existence d'autrefois et de ressusciter pendant une demi-journée ce passé de luxe dont le souvenir la hantait. Puis, quand elle était prête, pimpante et correcte des bottines au chapeau, elle ne pouvait rester dans sa chambre. Tourmentée du besoin de sortir, du désir de se montrer, elle se promenait à pied, seule.

Alors dans la ville sinistre, aux fenêtres fermées, dans les rues où les habitants cédaient le pas aux uniformes et aux casques, tandis que les bourgeois ne mettaient le pied dehors que pour les courses indispensables, la toilette de Mme Pahauën prenait d'indéfinissables intensités de tristesse. Sa grâce devenait lugubre à faire pleurer, sa prétention tournait à l'épouvante. Les rares Versaillais qu'elle rencontrait se retournaient, riant sur son passage. Des quolibets suivaient le murmure empesé des jupons sales frissonnant sous la robe, l'incohérence malheureuse et savante de cette mise tapageuse. Des gouailleurs la comparaient au décrochez-moi ça des filles de maisons publiques, les jours de sortie. Et, à la vérité, c'était une chose comique et navrante que ce spectre de femme à la beauté fuyante, aux cheveux rouges redevenant noirs par suite du manque de la teinture périodique, qui, au milieu de la Prusse, au milieu de l'armée ennemie triomphante, semblait le spectre des élégances mondaines et comme le fantôme des splendeurs de Paris.

Bientôt Mme de Pahauën dut renoncer à ces promenades d'où elle revenait insultée, bernée comme une fille. Elle enferma ses robes dans ses malles et, calfeutrée dans sa chambre, vêtue d'un simple peignoir, désespérée, elle attendit. Qui sait ? peut-être un jour la fortune des armes lui serait-elle favorable, peut-être à la fin, Paris vainqueur lui ouvrirait-il ses portes ? Et prise d'un accès de dévotion, elle pria, demandant à Dieu avec ferveur de donner aux Français une victoire qui lui rendrait sa tranquillité à elle, ses domestiques, son hôtel, et son train de maison, et son luxe ancien.

Mais la victoire était lente à venir pour les armes françaises. Chaque combat livré n'amenait que des défaites. Mme de Pahauën, navrée jusques au fond du cœur, frémissait de colère, quand, sous ses fenêtres, les Allemands défilaient avec des hurrahs répétés, célébrant leurs succès. L'hiver s'allongeait désespérément rude. Là-bas, Paris, tenace dans la défaite, luttait toujours, et les nuits étaient pleines du sourd grondement de ses canons acharnés. Oh ! comme elle l'aimait maintenant ce Paris lointain et terrible. C'était vers lui que convergeaient toutes ses espérances, et les dernières joies de la vieille courtisane étaient quand il emplissait l'horizon du fracas de ses forts et du tonnerre de ses remparts. A chaque bordée elle s'imaginait qu'un chemin allait s'ouvrir tout large, par lequel elle pourrait rentrer, et dans le craquement des mitrailleuses et les détonations stridentes des feux de peloton, elle imaginait des luttes définitives qui allaient décider de la France et changer la face des choses. La nuit venait, mettait sur ces journées d'angoisse la tristesse de ses ténèbres, la monotonie de sa neige, et rien n'arrivait. Dans la rue, les clairons prussiens sonnaient toujours la mélodie mélancolisante de la retraite, invariablement. Des régiments passaient, jouant les singulières et sourdes batteries de tambours qu'accompagne l'aigre chanson des fifres, et jamais au grand jamais dans la ville solennelle et morne, dans les longues avenues, dans les échos endormis du château tout rempli de statues des héros, de la gloire française, figées sur leurs socles dans leur immobilité de marbre, jamais au grand jamais il ne semblait que les clairons aimés retentiraient encore, jouant *la Casquette au père Bugeaud*.

Et pourtant, des cancans apportés dans la chambre de Mme de Pahauën avec le coup de plumeau du garçon d'hôtel, avec les kilos de charbon de terre du charbonnier du coin, avec les rares visites que lui faisaient les femmes entretenues, ses voisines, ne représentaient pas les forces ennemies comme bien considérables. Le bruit courait que leurs fortifications étaient souvent dérisoires, leurs retranchements si inexpugnables, simulés. A peine avaient-ils quelques batteries sérieuses, vraiment garnies de pièces à longue portée et largement approvisionnées de munitions. Le reste se composait de tuyaux de poêle, de tuyaux d'égout, dont l'ouverture braquée sur Paris, au loin, dans les verres des lorgnettes, donnait l'illusion de gueules de pièces de siège. On citait les endroits, en même temps aussi les gens qui s'étaient aperçus de ce stratagème. On les nommait à voix basse, les ennemis étant très soupçonneux. Peut-être les récits exagéraient-ils la faiblesse des défenses improvisées, on en était généralement d'accord; mais assurément tout n'était pas faux dans ce qu'on racontait.

Ces histoires, souvent répétées, entretenaient les illusions de Mme de Pahauën. Certaines nuits même elle pouvait croire que son rêve de délivrance allait se réaliser. Paris crachait de toutes ses bouches à feu, et Versailles s'allumait, tout entier, d'une grande lueur. Dans les rues, des estafettes couraient, autour des troupes pesamment massées, des commandements s'échangeaient. Les fenêtres des maisons s'éclairaient et, tandis que les troupes s'éloignaient dans la ville soudainement abandonnée et pleine de silence, les questions commençaient. Les Prussiens, vigoureusement attaqués à l'improviste, n'allaient pas pouvoir se défendre, c'était la sortie, la sortie en masse, la sortie victorieuse. D'enthousiastes espérances s'échauffaient en bonnet de nuit sur le pas des portes, chacun tendait l'oreille, interprétant tous les bruits dans un sens favorable. Le fracas des caissons, roulant là-bas dans les ténèbres, était pris pour celui des bagages du roi Guillaume qu'on emmenait pour les sauver du désastre certain et les ravir à la capture. On regardait le château, aucune lumière n'y brillait, et dans l'accès d'optimisme qui secouait la population, chacun concluait nécessairement que l'état-major allemand, saisi de peur, s'était enfui.

Mme de Pahauën était belle, surtout dans ces circonstances où l'imagination débordait. Fille du peuple, nourrie de la lecture des romans-feuilletons, l'esprit hanté par ces conceptions saugrenues qui se déroulent dans la folie de l'absurde et se dénouent avec des complications extraordinaires, elle avait des affirmations bouleversantes qu'elle débitait avec un imperturbable aplomb. Ainsi, elle donnait comme certain que le château de Versailles était miné. Les Parisiens attendaient seulement le moment favorable : une étincelle électrique, et v'lan, le roi Guillaume, avec son état-major, sautait en l'air, d'un seul coup, Elle était sûre, également, que des souterrains passant sous la Seine, passant aussi sous les collines conduisaient d'Auteuil à la place d'Armes. Il n'y avait pas à en douter, la sortie devait s'exécuter de ce côté-là. Les Français marcheraient à couvert, et l'on rirait bien tout à l'heure, quand tambours battants et clairons sonnants, ils déboucheraient au milieu de Versailles délivré, en plein.

Elle disait ces niaiseries sérieusement ; elle-même y croyait éperdument. Elle prétendait même entendre sous la terre des pas sourds, cadencés comme ceux des bataillons en marche. Et les plus sceptiques écoutaient, ébranlés par l'autorité de sa confiance. Oui, il leur semblait qu'on percevait quelque chose d'inusité. Souvent ce n'était que le tapage d'un cheval à l'attache dont les fers grattaient le pavé, dans une écurie voisine. Parfois c'était moins encore, le murmure du vent dans les arbres des avenues s'enfonçant dans la nuit. Le plus ordinairement ils n'entendaient rien, sinon ces imaginaires sonorités que les vives espérances font bourdonner dans les oreilles attentives.

Le matin se levait, mettait ses clartés malades le long des maisons anxieuses, et les Versaillais, les yeux tout brouillés d'une nuit d'insomnie, le corps courbaturé par l'espérance continue de cette délivrance qui n'arrivait pas, voyaient rentrer les troupes ennemies. Elles chantaient bien en rang, comme si elles fussent revenues d'une inspection ou d'une revue. L'attaque des assiégés était repoussée encore une fois, et Mme de Pahauën tout en larmes, pleurant sur elle-même, tout en ayant l'air de pleurer sur la France, écoutait par-dessus la cadence des bottes marchant ensemble, rythmiquement, les canons essoufflés qui, dans le bleu livide d'une aurore d'hiver, tiraient à longs intervalles. Et leurs salves semblaient sonner le glas funèbre de Paris à l'agonie.

Paris, c'était maintenant l'obsession permanente de Mme de Pahauën. Elle le sentait à l'horizon, elle avait pour la ville immense les tendresses que, dans l'éloignement, on éprouve pour les personnes gravement malades. Un jour même, elle n'y tint plus, elle voulut le revoir, se mit en marche. Longtemps elle erra, repoussée par les sentinelles, chassée par toutes les consignes. Elle allait, errant sur les collines, à travers les bois dépouillés, glissant sur les restes de neige sans parvenir à apercevoir ce Paris colossal qui semblait se refuser. Pourtant, un instant, sur les hauteurs qui dominent Meudon, elle s'arrêta. A travers l'entrecroisement des branches qui mettaient sur le ciel des dessins fins et déliés comme des traits d'eau-forte, dans une courte échappée, la ville lui apparut.

Il était quatre heures du soir, la nuit était déjà venue. L'ombre autour s'épaississait, et Paris, confondu avec les ténèbres, n'était qu'un tas énorme d'obscurité. Mme de Pahauën tressaillit. A peine si elle le reconnaissait, dans cette masse noire étagée, là-bas, au fond du grand trou creusé entre les collines. Ce n'était plus le Paris illuminé et féerique qui, le soir des promenades d'été, était aperçu à l'horizon, débordant de lumière et de vie, poussant vers le ciel plein d'étoiles le souffle de ses poumons, le murmure de ses rues, et dont les innombrables becs de gaz semblaient mettre sur la terre le reflet de tous les astres du firmament. Maintenant la buée rouge qui flottait au-dessus de lui avait disparu. L'activité paraissait avoir abandonné cette ville sans gaz, qui gisait dans le pli du vallon, avec les refroidissements sinistres d'un astre à jamais éteint. A peine si, de-ci de-là, dans les profondeurs de son horizon d'ombre, une pauvre clarté oscillait, lointaine, tremblante, et cette rare lumière faisait songer Mme de Pahauën. Malgré elle,

elle la comparait à ces bougies qu'on allume pieusement au chevet des morts.

Tout à coup, sous ses pieds le sol trembla, secoué par des détonations successives : les oreilles lui tintèrent douloureusement. A sa droite, à sa gauche, une lueur immense courut, l'amphithéâtre des collines s'alluma des lueurs d'un immense incendie, un épouvantable fracas de mitraille éclata, des projectiles sifflèrent. Dans Paris, soudainement éclairé, des obus éclataient de place en place. C'était le bombardement. Les bordées suivaient, calmes, réglées, mathématiques, tandis que là-bas, Paris, dans une immobilité cataleptique, ne ripostait pas. Rien ! Pas un coup de fusil aux avant-postes, pas un coup de canon aux bastions. Si bien que, dans les intervalles de silence, on entendait comme des écroulements de maisons, distinctement.

Alors, Mme de Pahauën se trouva lâche. Elle eut honte d'avoir fui la ville désolée, elle se reprocha d'être à l'abri, pendant que ses concitoyens souffraient, maigris par la famine, décimés par les combats, nuit et jour. L'effroi augmentant l'intensité de ses sensations, elle s'imagina que chaque coup portait, et que, dans cette ombre funéraire, toute décharge ruinait un quartier, tout éclat de bombe faisait un mort. Paris lui apparut alors comme une ville de massacre et de décombres, et son spectre la hantait comme un remords. Elle détourna la tête, et faisant un effort pour s'arracher du sol où la clouait l'épouvante, mettant de temps en temps la main devant ses yeux comme pour échapper à l'obsession sinistre de cette vision, à travers champs, elle courut jusqu'à Versailles.

Maintenant, son parti était pris : coûte que coûte, elle irait à Paris. Il lui fallait sa place au milieu des misères ; elle voulait sa part de souffrance, demandait son mor-

ceau de danger. Et puis, si tout était fini, si Paris devait
crouler et avec lui l'empire, vingt ans de corruption,
elle se figura qu'elle manquait au dénouement. Comme
les cabotines, à la scène finale, au milieu des jets de
lumière électrique et des flammes de Bengale du dernier acte d'une féerie, il lui sembla qu'elle devait réappa-
raître et tenir son emploi dans cette funéraire apothéose.
Elle songea aussi qu'elle pourrait exaspérer les résistances, fouetter les colères, animer enfin cette défense
somnolente et lui souffler des audaces. Oui, elle irait. Elle
dirait de combien peu de troupes disposait l'ennemi. Elle
dénoncerait ses forces dispersées, ses armements insuffi-
sants, ses fortifications fictives, la pauvreté de son corps
d'investissement, et qui sait? peut-être arriverait-elle à
secouer les torpeurs et à décider les hésitations.

Le bombardement entendu au loin continuait, correct,
effroyable. Paris se taisait toujours, résigné.

Alors elle rêva de choses immenses : les forts tonnant
à sa parole, l'armée marchant sous son impulsion, et le
souvenir romanesque de ses lectures se mêlant à
l'exaltation de ses nerfs, elle s'imaginait qu'un jour elle
tiendrait sa place, dans l'histoire, à côté des héroïnes
célèbres dont le courage et la volonté avaient affranchi
des peuples et délivré des patries.

Résolue à tout, dans sa fièvre de patriotisme, de retour à Versailles, elle alla trouver Mme Worimann. Elle
se fit humble, travailla par de doucereuses paroles à
rentrer dans les bonnes grâces de l'entremetteuse, puis,
brusquement, comme gênée par ses bassesses, elle lui
déclara qu'elle acceptait.

— Quoi? qu'est-ce que vous acceptez? demanda hypocritement Mme Worimann.

— Ce que vous m'avez proposé l'autre jour, vous
savez.

Mme Worimann fit un geste qui signifiait : je savais bien que vous y viendriez.

— Seulement, continua Mme de Pahauën, je mets une condition expresse. Vous m'entendez. Le lendemain j'exige que les moyens me soient facilités pour rentrer à Paris. Autrement, il n'y a rien de fait.

Longtemps, Mme de Pahauën attendit la réponse. Deux jours passés, et elle était encore là, dans sa chambre, marchant à grands pas, tremblant que cet officier de l'entourage de l'empereur Guillaume n'eût changé d'avis et ne la refusât, à cette heure. La glace lui jeta son visage. Elle se trouva laide, et s'avoua à elle-même qu'elle n'était plus guère désirable. Alors la vieille courtisane s'ingénia. Elle employa tous les artifices pour rétablir, ne fût-ce qu'un jour, sa croulante beauté. Ses pots de fard grattés jusqu'au fond rendirent à son visage une jeunesse momentanée, le rose revint aux lèvres avec un peu de pommade. Un bout de crayon retrouvé dessina l'arc fuyant des sourcils, un rien de khol bleuit à nouveau sous la paupière, ravivant les flammes éteintes de l'œil, et Mme de Pahauën, la célèbre et l'adorable, ressuscita, parce qu'elle le voulait.

Quand Mme Worimann entra dans sa chambre, à peine si elle reconnut sa locataire.

— Jésus Dieu ! s'écria-t-elle, comme...

Mme de Pahauën lui coupa la parole, et d'une voix brève :

— Eh bien ?

— C'est entendu.

— Tout ? Absolument tout ?

— Absolument tout.

Puis, après avoir scrupuleusement indiqué l'heure et l'endroit :

— Vous n'avez plus besoin de rien ?

— De rien.

— Alors, adieu, madame.

Mme de Pahauën s'étira, étendit les bras comme une femme qui échappe enfin à une longue courbature, et poussant un soupir de satisfaction :

— Enfin ! Maintenant nous allons donc rire.

En bas, Mme Worimann, devant sa caisse, venait d'ouvrir son porte-monnaie. Elle prenait un à un les thalers qui lui avaient été comptés pour prix de sa proxénétique intervention, et, tandis qu'elle les contemplait longuement, des éclairs de cupidité satisfaite s'allumaient dans les yeux louches de l'entremetteuse.

IV

C'est le cent douzième jour du siège. Le matin, des affiches ont été posées encore : le rationnement de la viande a été réduit de nouveau, et le pain tout noir, quand on le coupe, met sous le couteau des hérissements de brosse, quand on le mange, sous la dent, des craquements de caillou. Maintenant, les boulangers sont remplacés par des chimistes : d'empiriques préparations suppléent à la farine qui manque. Dans les greniers vides, on balaye avec soin les épluchures de céréales, les débris d'avoine, les grains de blé fermentés et salis, et cette pâte-là se vend très cher qui contient encore quelques vestiges des matières avec lesquelles le pain se confectionne ordinairement. La viande de cheval est devenue mauvaise. On la prend où l'on peut, dans les écuries de plus en plus désertes : l'équarrisseur aujourd'hui fournit la boucherie, et sur la table, la viande échauffée, coupée sur la carcasse des rosses maladives et affamées, fait monter au nez des convives un âcre et pestilentiel fumet qui lève le cœur, empêche l'appétit.

De grandes dépenses se font. A prix d'or on se dispute chez les marchands les dernières boîtes de viandes conservées, on s'arrache les comestibles très rares qu'improvise l'ingéniosité des estomacs affamés. Les chiens, les chats, les rats sont achetés avec répugnance, apprêtés sans beurre, mangés avec dégoût, et les gastrites, de tous les côtés, s'aggravent. Plus de lait. Les nouveau-nés sucent péniblement des biberons rapidement séchés. De temps en temps, dans les rues, un bataillon qui passe, sur un commandement, se met au port d'armes, et des bières d'enfants défilent, couvertes d'un drap blanc. Et le même honneur se rend souvent, sur le même boulevard, pendant une marche d'une demi-heure. Les statistiques constatent que les maladies augmentent, et avec elles le nombre des décès, incessamment : les rues sont pleines de femmes en deuil, de gardes nationaux un crêpe au képi. Guère de famille qui n'ait son mort : toutes ont leurs angoisses.

La nuit, le bombardement jette sur des coins entiers de la ville le déchirement de ses obus, l'épouvante de sa tuerie anonyme ; le jour, on guette en vain dans les profondeurs neigeuses du ciel le vol espéré d'un pigeon voyageur apportant sous ses ailes l'annonce, au moins, d'une victoire lointaine, un renseignement, même vague, sur ce que deviennent les parents là-bas, dans la province qu'on imagine dévastée, en proie à toutes les horreurs. Mais les ballons s'en vont emportant de jour en jour des lettres éternellement sans réponse. Le froid, le givre, les balles prussiennes terriblement adroites rendent toujours plus rares les rentrées des ramiers au colombier, et la soif de nouvelles est si grande, l'anxiété telle, qu'on achète des journaux, trois, quatre même, en vingt-quatre heures. Tous se répètent, et pourtant, quand un marchand passe criant : « Demandez les dernières nouvelles, les détails précis sur la sortie », des têtes apparaissent aux fenêtres des maisons ensuairées de brume, des appels retentissent, des femmes, des enfants descendent, donnent leur sou, et, debout dans la rue, lisent la feuille imprimée, fiévreusement. La feuille redit ce qu'a conté la feuille précédente, reproduit les mêmes renseignements, copie les mêmes dépêches et, cependant, tout à l'heure encore, on se pressera à la porte des mairies, quêtant sous le grillage en fer où l'on colle les placards administratifs, l'aumône d'on ne sait quoi d'officiel qui serait une nouvelle. L'espoir a tellement abandonné les cœurs qu'on ne compte plus sur l'annonce d'un succès : on demande seulement un changement d'ennui.

L'enthousiasme s'abat, les élans faiblissent, la ville apathique fait machinalement son métier militaire. A la longue la garde nationale s'est lassée de cette dépense de bonne volonté et d'efforts qui toujours ont été inutiles. Paris cependant continue à résister par la toute-puissance de la force d'inertie. Une agitation quasi somnambulesque emplit les rues : les clairons sonnent, les gardes se montent, on relève les sentinelles, les canons tonnent, mais sans résultat, sans intérêt, automatiquement et par habitude.

L'abandon, la courbature morale de la ville ont gagné jusqu'au général en chef. Ses proclamations jadis si nombreuses sont devenues plus rares ; jadis si verbeuses, si dogmatiquement prolixes, elles sont devenues brèves et concises, extraordinairement. Sa stratégie, du reste, n'agit pas plus que sa plume. Il ne tente plus rien, il attend. La misère de ses dernières sorties a aiguillonné contre lui l'ironie de la population et il s'en venge. Il impute à tout le monde, à toutes choses, la fréquence de ses insuccès. Des fureurs hiérarchiques le secouent, hantent son cerveau, mènent sa main ; sa colère s'exhale contre ces boutiquiers et ces citadins qui se permettent d'apprécier les actes d'un militaire, d'un général. Il vient de signer le rapport quotidien, le renseignement officiel qui sera communiqué à tous les journaux ; il y est dit ; « Des obus sont tombés au Point-du-Jour, des civils seulement ont été atteints », et il s'applaudit, il trouve l'ironie finement cruelle.

De temps en temps, dans la déroute de ses stratagèmes, convaincu de son impuissance, un vieux reste de dévotion lui revient. Il éprouve le besoin de croire en Dieu : il voudrait qu'elles fussent encore possibles ces grandes victoires des Gédéons intervenant avec des poteries qui repoussaient l'ennemi, ces grands renforts de Samsons faisant, d'un coup de poing, crouler les villes sur les assiégeants, et vaguement, se laissant aller à d'invraisemblables légendes, il rêve de triomphants libérateurs, comme ceux-là qui apparaissent soudainement dans les batailles des époques bibliques. Il espère la vision de Constantin, le labarum sacré entrevu dans les nuages promettant la victoire, et se souvenant d'Attila que les histoires représentent comme s'éloignant de Paris sur les prières d'une bergère, à tout hasard il a recours à sainte Geneviève et vient de songer à faire une neuvaine. Autour de lui, les dépêches télégraphiques s'accumulent, toujours mauvaises, il en manie distraitement le papier bleu, il se demande si vraiment il serait prudent d'en donner communication au public. Déjà la veille, par un jeune homme qui a réussi à traverser les lignes prussiennes, des détails lui sont arrivés, lamentables. Il ne les a pas divulgués. Et il reste là, abattu, ployant sous le chagrin de ses propres défaites, accablé aussi sous les désastres de province.

Maintenant le doute même n'est plus permis : c'est la capitulation à courte échéance. Longtemps il se défend, le mot seul effarouche tout son passé de dignité militaire ; et cependant les vivres sont épuisés, les troupes diminuées de tous les morts et de tous les blessés de

cinq mois de combats. Il y a bien la garde nationale.
Involontairement, il sourit, plein du dédain des soldats
de profession contre les soldats improvisés. Alors l'idée
de capitulation réapparaît dans son esprit, et à mesure,
le mot, insensiblement, se fait accepter. Après tout, il a
fait tout ce qu'il était possible de faire : il n'a pas con-
trevenu aux lois qui déterminent la conduite d'un officier général commandant une place forte. Non, n'est-ce
pas ? Il n'aura pas la gloire, soit ! mais au moins, son
honneur est sauf. Il délibère en lui-même, s'accuse
mollement, et, s'absolvant, décide qu'il a fait son
devoir. Alors il se résigne.

Pourtant, par un suprême excès de conscience, il veut
s'assurer si une sortie héroïque, désordonnée, est véri-
tablement impraticable. Qui sait ? peut-être par une
attaque à l'improviste pourrait-on forcer cette ligne
d'investissement trop vaste pour n'avoir pas de points
faibles. Alors il fait seller son cheval. Escorté d'un
piquet de cavaliers qui mettent derrière lui la silhouette
maigre de leurs chevaux, comme le vivant spectre de la
famine et du désastre, lentement il monte l'avenue des
Champs-Elysées. Déjà le rond-point est dépassé. Le
chemin, devant eux, jusqu'à l'Arc de triomphe, s'étend
boueux et morne. Des deux côtés, des maisons fermées,
des hôtels abandonnés, par-ci par-là la tache blanche
d'une enseigne de calicot sur lequel on lit le mot *Ambulance*. Le général se retourne et, derrière lui, jusqu'aux
Tuileries, l'avenue, toujours aussi déserte, s'allonge
dans la monotonie et la boue, serrée entre les arbres
dépouillés, comme un sentier de forêt creusé de fon-
drières et raviné de trous. Sur le macadam défoncé, sur
la chaussée mal entretenue où défilait jadis, dans les
belles après-dînées mondaines, tout ce que Paris
luxueux avait de galanterie, d'amour et de sourire, seul,

un fourgon d'ambulance est aperçu. Des blessés y sont étendus gémissant à chaque cahot des roues, et le général, qui continue sa marche, les salue avec le geste classique de Napoléon Ier disant dans les vieilles estampes : « Honneur au courage malheureux ! » Soudainement, à mesure qu'il approche de l'Arc de triomphe, qui là-haut ouvre au bout de l'avenue son arche gigantesque, l'idée de l'ambulance qu'il vient de rencontrer se mêle à son vague souvenir des femmes élégantes que l'heure du bois lui avait si souvent montrées dans leurs voitures, en cet endroit, sous l'empire. Peu à peu, les formes indécises flottant dans son esprit deviennent plus certaines, elles prennent un corps, et devant ses yeux Mme de Pahauën, mondaine et ambulancière, se lève avec toutes ses grâces et ravit son souvenir avec l'étalage de toutes ses séductions. Ah ! maintenant, comme il regrette sa colère d'il y a trois mois, l'excès de son emportement, la brusquerie rancunière avec laquelle il l'a poussée à l'exil, sans réflexion ! A cette heure désespérée où ses dernières ambitions de gloire agonisent, où tout ce qu'il avait souhaité se dérobe à l'étreinte de sa main rêveuse, où dans l'écrasement de la patrie il ne considère plus que la misérable déconfiture de sa vanité, au moins si Mme de Pahauën était là, sa présence lui tiendrait lieu de consolation. Avec elle dans les bras, il oublierait la pauvreté de ses entreprises, l'éternelle médiocrité du nom qu'il va laisser à l'histoire. Eh ! qu'importe, que tout échappe et que tout croule, si au milieu de l'effondrement universel et du deuil de tout un peuple, fuyant dans les débauches et l'enivrement sensuel le mépris qui s'accroît et la honte qui vient, il pouvait s'abîmer dans la jouissance d'un désir charnel réalisé, et si cette nudité de Mme de Pahauën il lui était permis aujourd'hui de la voir et d'y toucher encore !

En chemise, la chair à la fois disparue et montrée sous les découpures fines des dentelles, dans les déshabillés sans cesse provocants des anciennes nuits galantes, la désirée image de sa maîtresse le poursuit. Elle est auprès de lui, quand il pose le pied à terre, remettant à un dragon la bride de son cheval ; elle monte avec lui, pas à pas dans l'obscurité de l'escalier pratiqué dans l'Arc de triomphe, avec lui, elle est sur le sommet, auprès du poste télégraphique, dont la sonnette d'appel, à tout instant, retentit. Et Paris tout entier, sous leurs pieds se déploie emprisonné dans un incessant cercle de fumée. Les canons des forts tonnent sans discontinuer, et là-bas, plus loin encore que la ceinture des bastions, plus loin que l'enceinte reculée des ouvrages avancés, sur les collines, les canons prussiens qui répondent furieusement, arrondissent jusqu'à l'horizon un cercle de fumée où l'autre est enveloppé.

Une lunette à la main, le général regarde avec nonchalance ce spectacle monotone pour son œil de soldat. Il va, vient, de long en large, sur la vaste plate-forme, braquant sa vue une fois sur Gennevilliers, une fois sur Meudon, au hasard, puis revient au mont Valérien dont les pièces de marine, plus près, emplissent l'air d'un tintamarre plus fort, et tout ce grand remue-ménage l'excède comme une chose inutile. Même il s'en désintéresse et, machinal, regarde l'employé du télégraphe transmettre les ordres qu'il envoie, par habitude. L'appareil Morse fonctionne : il s'amuse au claquement sec du manipulateur, aux rouages d'horlogerie mettant en marche la bande de papier bleu où s'inscrivent les dépêches. Tout à coup, tout s'arrête, ses ordres sont transmis, collationnés, et il reste là surpris de la prompte fin de son plaisir. Mais la sonnette tinte à nouveau : une vis est levée, le papier se déroule et, sans savoir pourquoi, comme s'il se doutait qu'un bonheur est là, annoncé dans ces traits irrégulièrement longs et courts irrégulièrement, il essaye de lire, le cou tendu, ne comprend rien à ces signes qui l'irritent par leurs hiéroglyphes, interroge l'employé.

— Eh bien ?

— Du pont de Sèvres, un parlementaire vient d'arriver aux avant-postes demandant une suspension d'armes d'une demi-heure pour faciliter la rentrée à Paris de Mme de P...

L'homme se penche,... épelle, hésite : « Madame... madame de Panavan, de Ponarvon.

— Madame de Pahauën ! s'écrie le général, et il répète à plusieurs reprises « Pahauën, Pahauën », comme pour se convaincre lui-même de la réalité de ce qu'il dit.

— Accordé, oui, oui ; je sais ce dont il s'agit. Donnez en même temps l'ordre de conduire cette dame à l'hôtel de l'état-major.

Et comme s'il craignait d'en avoir trop dit, et d'avoir, par sa vivacité de parole, trahi la chaleur de sa passion, il ajoute cette phrase hypocrite :

— C'est là que je l'interrogerai, donnant ainsi à croire qu'il s'agit des intérêts de la patrie, et qu'il s'en préoccupe.

Tac, tac, tac, le manipulateur fonctionne ; s'il osait cependant, il forcerait l'employé à travailler plus vite. Tac, tac, tac, la dépêche s'en va peu à peu avec un petit bruit saccadé, et le général s'impatiente : jamais le télégraphe ne lui a paru si lent. Au loin le canon tonne toujours. Soudain les grondements diminuent à droite, diminuent à gauche. Les fumées qui s'envolent découvrent les collines, Meudon, Clamart, Sèvres, et dans le ciel un moment rasséréné le clocher de Saint-Cloud, seul, debout au milieu des ruines du village, lève sa pyramide blanche. Au-dessus du mont Valérien quelques rares flocons se traînent encore, tandis que le bruit des détonations décroît et meurt au loin dans les profondeurs des échos, en sourdine.

Alors pendant que les deux peuples qui, depuis six mois, s'acharnent l'un sur l'autre, et se mitraillent, et se battent, et s'écharpent, dans un effrayant spectacle qui tient l'Europe attentive, s'arrêtent un moment ; pendant que la France et la Prusse, enragées dans la destruction et inventives dans la mort, suspendent leurs colères et font faire silence à leur haine, Mme de Pahauën, debout, dans un bateau, avec une apothéotique allure, traverse la Seine ensanglantée. Elle sourit aux rameurs pliés sur les avirons. Des officiers, sur la rive devenue allemande, lui font avec la main des signes d'adieu amicaux ; des officiers sur la rive française l'appellent avec des gestes d'intime familiarité, et dans l'immense désastre des rives ruinées, elle passe, affirmant ainsi au milieu des tueries la toute-puissance invincible de sa chair, le triomphe insolent de son sexe.

Longtemps le général, avec sa lorgnette, a suivi dans le lointain quelque chose de noir qui marche et qui doit être l'embarcation ramenant à ses désirs la Pahauën et sa luxure. Un instant, il ne voit plus rien, puis la même tache noire réapparaît, gagnant lentement la rive opposée. Elle y touche, maintenant elle se confond avec la ligne sombre de la rive, et soudain des drapeaux blancs qui flottaient des deux côtés, de place en place, sont abattus, des sonneries de clairons éclatent si furieuses que le bruit en arrive jusqu'à ses oreilles.

— Commencez le feu ! commencez le feu ! chantent de toutes parts les embouchures de cuivre, et de nouveau des cercles concentriques de fumée s'élèvent, devant, derrière, partout, masquant les collines. Le clocher de Saint-Cloud s'enfonce à nouveau dans une nuée d'ouragan, et la canonnade recommençante roule avec un retentissement si épouvantable, qu'elle donne la sensation d'un tremblement de terre.

L'armistice est fini, Mme de Pahauën est à Paris. Derrière elle, le sang coule à nouveau, les maisons croulent, les ruines s'accumulent. Qu'importe, Mme de Pahauën est à Paris.

Le général brusquement, est descendu. Il a repris son cheval au bas de l'Arc de triomphe, et à franc étrier il a gagné l'hôtel de l'état-major, essoufflant à sa suite les squelettes galopants des rosses que chevauchent, sinistres dans leurs grands manteaux, d'affamés squelettes de dragons. Il attend. Pris d'impatience, il marche de long en large, tâchant d'user son anxiété dans l'effort d'un mouvement continu. Mme de Pahauën est lente à venir. Il ne peut pas se figurer que, du pont de Sèvres au milieu de Paris, la route soit aussi longue. Il s'inquiète, se reproche des négligences. Peut-être ses ordres donnés là-haut, du sommet de l'Arc de triomphe, n'ont-ils pas été assez précis. Déjà il songe à en expédier d'autres qui les expliqueraient, d'autres encore qui en précipiteraient l'exécution, quand tout à coup la porte s'ouvre, et Mme de Pahauën, congédiant sur le seuil l'officier qui l'amène, paraît. Avec elle, tout le tintamarre de la ville bombardée et bombardant entre comme une escorte de colère.

Le général s'est précipité les bras en avant, tendus par la passion, et il l'appelle tendrement de son prénom :

— Huberte !

Mais Mme de Pahauën est très grave. Debout dans une robe noire, majestueuse et menaçante, elle repousse les lèvres qui s'approchent, les baisers qui s'offrent, et les tendresses, et les étreintes. C'est à son tour de refuser le général. Durement, avec des mots cruels où passe toute l'égoïste rancune de son séjour à Versailles, elle lui demande ce qu'il fait, pourquoi il ne se bat pas. Pour un peu, elle l'accuserait de n'être pas venu la délivrer, là-bas, dans son internement de la maison meublée de l'avenue de Saint-Cloud, et elle se plaint amèrement de son inaction, comme elle se plaindrait d'un rendez-vous auquel il aurait manqué. Oui, certes, il serait venu la chercher s'il avait eu du cœur.

— Ah ! pourtant, tu aurais bien dû t'en douter de ce qu'on s'embête là-bas ?

Et lui ne trouvant pas de raison à donner, se contente de répéter :

— Huberte, Huberte ! avec les airs de supplication d'un enfant demandant un jouet qu'on ne veut pas lui rendre.

Mais elle continue :

— Avec ça que la chose était difficile. Il suffisait de vouloir, voilà tout. L'investissement n'était pas tellement serré qu'on ne pût pas le rompre. Elle le savait bien, elle, elle les avait vues ces fameuses fortifications prussiennes. Ah ça ! est-ce qu'il coupait là dedans ? Des canons, des canons, mais c'étaient des tuyaux de poêle. Comment ! il n'avait donc pas deviné ? A quoi lui servait sa lunette ? Non, vraiment, on n'était pas myope à ce point. Eh bien ! vrai, si tu savais ce qu'ils se moquent de toi, là-bas, les kerserliks !

Et prise d'une de ces crises d'éloquence qui sortent parfois de la bouche des femmes passionnées, elle vide devant lui tout ce qu'elle sait, tout ce qu'elle croit savoir sur la position stratégique des Prussiens. Avec une parole endiablée, pleine de trouvailles de mots et de bonheurs d'épithètes, elle répète les cancans, les faux renseignements, tous les racontars niais, toutes les inventions saugrenues, tous les invraisemblables détails qu'elle a ramassés à Versailles sur le palier, dans les conversations avec le garçon d'hôtel, Mme Worimann, la laitière, le charbonnier. A l'entendre, les Prussiens manquent de tout, de vivres, de munitions, même de patience. L'investissement les gêne autant que les Parisiens, même plus. Un jour de combat et ils n'auront plus de cartouches. Un semblant d'échec, seulement, et ils se révolteront contre leurs chefs, demanderont à retourner dans leur pays. C'est la sotte opinion qu'elle a entendu formuler très souvent, et elle la réédite avec une telle sincérité que la solidité de sa bêtise jette des doutes dans l'esprit du général. Peut-être dit-elle vrai ? et sans oser la contredire, désespérant en outre d'obtenir d'elle des renseignements définitifs, il répète câlinement :

— Huberte, Huberte !

Mais elle l'imite, fait la charge de sa parole et la parodie de sa tendresse :

— Huberte, Huberte ! Il n'y a pas d'Huberte qui tienne. Et tu te laisses bombarder, là ; tu cuis dans ton jus, nom d'un chien ! sans te retourner !

Et elle évoque devant lui la misère des quartiers qu'elle a traversés tout à l'heure, Auteuil saccagé, les pans de murailles écroulés montrant les intérieurs des maisons effondrées et, poussant plus loin avec d'outrageantes apostrophes, elle multiplie les faits : le moindre détail remarqué sur la route, grossi par sa torrentueuse faconde, devient une accusation terrible sous laquelle il baisse la tête.

Pourtant il essaye de se défendre, invoque les difficultés de sa situation, sa responsabilité devant l'histoire.

— L'histoire ! dit-elle, si tu continues comme tu as commencé, tu en auras une chouette de place dans l'histoire, je m'en moque !

Et elle rit longuement avec une insistance d'ironie.

Alors, soudainement les vieilles ambitions se réveillent dans l'apathique personne du général. Maintenant que le hasard lui a fait reconquérir Mme de Pahauën, pourquoi n'essayerait-il pas de reconquérir à force de volonté la gloire qui s'en va ? Qui sait ? peut-être y a-t-il du vrai dans toutes ces choses qu'elle raconte. Sans doute, oui, on peut encore trouer les lignes ennemies, et il parle d'activités suprêmes, de sortie en masse, d'efforts irrésistibles. Déjà, il se voit vainqueur, dictant aux Prussiens les conditions de la paix, au pinacle de ses rêves et de ses désirs, acclamé, planant au milieu des admirations humaines et, par-dessus tout, couchant avec Mme de Pahauën.

Comme elle s'est radoucie, il lui explique ses projets et son plan définitif. Il emploiera la garde nationale, jusqu'au dernier homme, tous les bataillons donneront. Il s'accuse, peut-être est-ce là une troupe excellente dont il a eu tort de ne pas employer plus tôt le dévouement et la bonne volonté. La sortie sera formidable, et déjà, selon son habitude, il médite une proclamation pour exciter les courages et ranimer les vivacités de Paris assoupi. A part lui, il songe au mot de cet officier, ce mot qui l'a fait sourire, il y a cinq mois :

— Ces bons escargots de rempart, il faudra leur faire une saignée.

Eh bien ! cette saignée, il est décidé à la pratiquer, largement. Qu'importe si la fortune s'acharne à se montrer contraire : on ne pourra lui reprocher d'avoir négligé quelque chose des moyens à sa disposition. Si la ville doit capituler, au moins, son honneur à lui sera sauf.

— Tu le veux, dit-il, soit, on se battra.

Alors, Mme de Pahauën lui saute au cou avec la re-connaissance câline d'un enfant qui voit céder à ses caprices.

— Seulement, tu sais, je veux être bien placée, tu me chercheras un bon endroit, pour que je puisse regarder ça, à l'abri.

Tout en parlant, elle l'embrasse, et leurs baisers, répétés, sonnent dans l'appartement silencieux.

V

Huit jours après, la sortie avait lieu, à tâtons, par le brouillard. Le soir, après toute une journée d'angoisses et d'attente, à la lueur rapide d'allumettes, sur les murs des mairies on lisait des dépêches précises annonçant l'insuccès définitif, la reddition inévitable. En même temps, elles demandaient des renforts, des hommes, des chevaux, des voitures, pour tâcher d'arracher à la boue où ils gisaient, les morts et les blessés de la garde nationale écharpée, qui là-haut, dans les bois, saignait à pleines veines.

L'Affaire du Grand 7

par

LÉON HENNIQUE

I

« Ran, plan,... plan, plan, plan ! » fit la chambrée debout en demi-cercle, autour d'un troupier à genoux,
dont la tête reposait sur les cuisses d'un camarade, et
elle se tut.

— Attention ! Sauvageot, dit le caporal Verdier, un
grand blond à barbe rousse.

La main du troupier, largement ouverte sur ses reins,
eut un léger tremblement ; on devait déjà lui avoir
administré de solides claques. Et comme il attendait,
très anxieux, un soldat qui entrait fendit le groupe, leva
le poing avec tranquillité, le laissa retomber. Un coup
sec retentit.

— Aïe !... Sacré nom de nom... s'il y a du bon sens !
bredouilla Sauvageot furieux.

On éclata de rire. « Ce Sauvageot ! quel mollasson !...
Gueuler comme ça pour un méchant revers de tam-
pon !... Ah ! fantassin de malheur ! Non, il n'était pas
possible de rencontrer une pareille andouille... Chacun
son tour, d'ailleurs ; se gênait-il pour taper sur les autres,
lui ?... Alors, quoi ? Gare la couverte !... Les mains de
Sauvageot, des mains ?... jamais de la vie, des pelles à
four ! »

Sauvageot s'était relevé. L'œil navré, les moustaches

pendantes, un reste de colère sur les joues, il paraissait considérablement stupide.

— Voyons, quel est le Prussien qui t'a poivré la pince ? finit par demander le caporal Verdier.

— C'est Faguelin.

En chœur, la chambrée poussa un hurlement de joie, se répétant : « Faguelin ! Faguelin ! »

Quelqu'un cria : « Ohé ! Faguelin !... As-tu vu Faguelin ? »

Maintenant le regard ahuri de Sauvageot se promenait sur toutes les figures. Plusieurs fois déjà, au milieu du tapage, il avait murmuré : « Comment ! ce n'est pas Faguelin ? »

Et il renouvelait sa question, lorsqu'on le rejeta entre les genoux du camarade béatement occupé à sourire sur le bout d'un châlit.

— Attention ! cria de nouveau Verdier, que ton postérieur ouvre l'œil !

Cette fois, un long et maigre soldat s'approcha. Il avait quitté un de ses godillots, et marchait dans une vareuse trop large, en boitant, un pied nu, la bouche sournoise. Il levait son godillot, des mains de tous côtés l'encourageaient, mais brusquement le caporal Verdier cria :

— Fixe !

Il venait d'apercevoir le lieutenant de semaine dans l'embrasure de la porte et, derrière lui, les longues moustaches frisées du sergent-major en tournée de service. Les hommes s'étaient précipités au pied des lits, et ils attendaient, la mine sérieuse. On entendait grésiller la chandelle en train de se consumer sous le plafond, à un des angles de la planche à pain. Sa longue flamme jaune inondait de lueurs dansantes et affadies les murs blanchis à la chaux, les piles d'effets bien pliés au-dessus de la grande étagère en sapin, les sacs de toile goudronnée dont quelques-uns traînaient sur des lits, pareils à des bêtes éventrées. Calés dans leur râtelier, les fusils alignés dormaient dans une ombre trouble, sans un éclair.

— Verdier, vous pouvez commencer l'appel, dit le lieutenant.

C'était un jeune homme pâle, presque imberbe, avec des bottes qui lui montaient aux genoux. Quand il avança vers le milieu de la chambre, son sabre contre ses mollets, produisit un cliquetis clair.

— Pruvost ! cria le caporal.

— ... sent, répondit Pruvost.

— Lefèvre !

— Présent.

— Gaillardin.

— ... sent !

L'appel continua. Aussitôt nommés, les hommes répondaient, et dans le calme de la pièce, la dissemblance des voix était très sensible.

— Joliot ! cria Verdier... Joliot ! répéta-t-il.

Personne ne broncha. Joliot était absent. Le lieutenant demanda :

— Personne ne l'a vu ?... On ne sait pas où il est ?

La chambrée se taisait, il se tourna vers le sergent-major.

— Marquez Joliot manquant.

Puis, quand le petit bruit aigre du crayon sur le papier eut cessé, au moment de sortir, le lieutenant se retourna.

— Les Prussiens sont à vingt lieues d'ici, annonça-t-il ; le commandant de place compte que chacun fera son devoir.

On ne crut point à la nouvelle. Alors, au milieu du silence froid qui l'accueillit, l'extinction des feux éclata bruyamment dans la cour de la caserne. Depuis l'invasion, elle avait lieu à huit heures et demie. Ce fut comme un avertissement sonore et tranquille qui parla d'abord. Deux notes se répétèrent trois fois, continuées par une phrase mélancolique, saisissante. Le clairon les avait chantées aux longues soirées d'août, maintenant elles appartenaient à l'obscurité hâve des crépuscules de l'automne. L'avertissement recommença, puis la même phrase triste, et elle s'éteignit en gémissant.

A la porte, le lieutenant s'était arrêté.

— Tiens ! disait-il, une aurore boréale ! Regardez donc, Briottet.

— Oh ! superbe, mon lieutenant, superbe ! avait répondu le sergent-major.

La porte fermée, un murmure s'était éloigné en s'affaiblissant.

Deux minutes après, toute la chambrée accourait se ranger dans la cour, former un tas presque paisible où la blancheur de quelques chemises détonnait.

— Bagasse ! fit un Marseillais.

Les camarades se contentèrent de regarder. Devant eux, en face du vide régulier produit par trois immenses corps de logis ouverts, du côté du nord, comme une gueule, dans le ciel, une nappe incandescente s'avançait imperceptiblement sur la ville, plus loin que la grille de la caserne, plus loin que la place d'armes énorme, déserte et déjà toute rose. La nappe paraissait s'enlever en longueur d'une rue droite pour se fondre avec la lividité de l'atmosphère. Mille tourbillons floconneux commençaient à s'élargir. L'horizon, étranglé au loin, à l'endroit où une seconde rue coupait la première, jaillissait si rouge et si plein de lumière intense qu'il ressemblait au crachat furieux d'une formidable pièce de canon. Plusieurs cheminées, la crête de certains toits s'étaient allumées de reflets mordorés. Un chien, dans une clôture éloignée, hurlait à la mort ; et devant la grille de la caserne, la baïonnette d'une sentinelle qui se promenait lentement, l'arme au bras, lançait par instants un éclair brusque aussitôt éteint.

— Il y a du sang dans l'air, dit un soldat ; on doit se battre quelque part.

— Non, c'est le bon Dieu qui saigne du nez, répliqua un camarade.

— Bah ! c'est peut-être un incendie, fit remarquer Sauvageot.

— Ça,... un incendie ?

On hua Sauvageot. Le caporal Verdier se mit en colère :

— Chut donc ! sacrés margougnats, vous allez me faire fourrer au bloc.

Au fond d'une seconde cour, derrière la façade principale de la caserne, pour la deuxième fois, l'extinction des feux sonna. La distance voilait le chant du clairon, ne lui donnait qu'un accent lamentable, que la sonorité d'une chose jetée hors du ciel flamboyant, comme une ordure. Les vitres de la caserne s'allumaient, déjà pleines de miroitements vagues.

Cependant, à quelque distance du groupe formé par les soldats, le plus loin possible du caporal, deux intimes avaient entamé une causerie.

— Bon ! tu as rencontré Joliot...

— Tout comme je revenais de porter la soupe à la prison.

— Pourquoi qu'il n'est pas rentré ?

— Il a reçu de l'argent du pays.

— Ah ! le lapin.

— Il voulait m'emmener casser une croûte avec lui chez la mère Mathis.

— Tu as reniflé ?

— Merci, je sors du clou... Ce qu'on s'y fait vieux !

— T'es pas un homme.

Il y eut un silence, puis l'admirateur de Joliot reprit :

— Où va-t-il coucher ?... Tu ne sais pas ?

— Tiens ! au 7, parbleu !

— Ah ! le lapin.

La conversation se termina par un rire cassé. Mais comme l'extinction des feux sonnait pour la troisième fois, toujours plus loin, avec un bruit pareil à celui d'une trompette d'enfant, le caporal Verdier dit :

— Hop ! les rigolos, allons taper de l'œil.

Et l'on s'en retourna. La chandelle achevait de se consumer sur la planche à pain ; Verdier l'éteignit tout à fait. On ne sait quelle lourdeur somnolait dans l'ombre. Personne n'avait envie de parler. Seul, le bruissement des uniformes qu'on ôtait, le tapage des godillots tombant avec des chocs divers sur le plancher gênaient l'obscurité du silence. Tout à coup, Sauvageot s'écria :

— Malheur de malheur ! est-ce que la guerre ne va pas bientôt finir ?... A quoi ça sert-il ?... On était si tranquille !

Mais au milieu du craquement des châlits sous les corps fatigués, un troupier lâcha un pet.

— Cours après, Sauvageot.

Celui-ci ne se troubla point ; la voix encore plus convaincue, il reprit :

— Oui, la guerre... A quoi ça sert-il ?

Et il allait continuer ses jérémiades, lorsque Verdier commanda :

— Silence !

Au bout d'un quart d'heure, chacun dormait, tandis que les ronflements du grand soldat maigre alternaient avec ceux du caporal.

Petit à petit, une clarté rousse entra par la fenêtre ; terne d'abord, bientôt éclatante elle glissa vers le lit le plus rapproché, le marqua d'une tache sanguinolente. C'était l'aurore boréale qui envahissait la nuit au-dessus de la caserne.

II

Distinctement, parmi les lueurs du ciel, sur le repos de la maigre ville, l'horloge de l'église paroissiale tintait onze fois, et le cadran de la caserne parlait encore, quand un troupier ouvrit la porte de la chambrée, fit quelques pas, s'abattit sur les genoux dans le coup de lumière épars autour de lui. Ses bras cherchèrent un soutien, puis il tomba sur le flanc comme un bœuf assommé.

Sauvageot se réveilla.

— Heu ! fit-il.

Mais rendu à lui-même par un effort de volonté, il demanda :

— C'est toi, Joliot ?... Si tu causais au moins, bougre de soûlaud ?

Rien ne lui répondant, il se leva tel quel, en bon camarade, s'approcha de l'individu, essaya de l'emporter, finit par l'allonger sur le dos. Or, pendant qu'il considérait Joliot dont le visage penché vers la fenêtre recevait en plein le reflet de l'aurore nocturne, son regard à moitié endormi devint fixe, et il se pencha, une sueur aux tempes, murmurant :

— Nom de Dieu !... Nom de Dieu !

En effet, Joliot gisait, la mâchoire inférieure fracassée, la face barbouillée de sang et de poudre. Il avait un trou, un peu à gauche, sous la bouche, et un filet tiède lui coulait dans le cou, avait maculé sa veste d'uniforme, produisant sur le collet, près des premiers boutons, une coagulation brillante.

— Hé! vous autres! cria Sauvageot.

Sa voix retentit, pareille à un glas.

— Au secours!

— Hein?... Quoi? balbutiait-on, réveillé en sursaut.

— Joliot!... Joliot est mort.

— Mort?... Mort?... Mort?

Ce fut comme un écho qui répondit de tous les coins de la chambrée. On se précipita, en chemise.

— Pruvost, allume! cria Verdier.

En deux temps et trois mouvements, Joliot fut couché sur son lit. Il ne bougeait pas plus qu'une poutre.

Une voix demanda :

— Si on allait chercher le major?

— C'est ça... dépêche-toi.

Mais Pruvost n'arrivait pas à mettre la main sur les chandelles. Dans les intervalles qui coupaient les exclamations, les bouts de phrases échangés, la bousculade inévitable, on l'entendait farfouiller les effets du caporal, sur l'étagère. Poussé par ses tâtonnements, un quart dégringola.

— Je ne sens rien, murmurait-il... rien.

Verdier fut obligé de s'en mêler. Il trouva deux chandelles. Alors personne n'eut d'allumettes. Sauvageot finit cependant par en dénicher une.

Tout à coup, un soldat cria :

— Il respire.

On avait allumé les deux chandelles, et une procession commença : chacun venait coller son oreille à la poitrine de Joliot.

— C'est vrai !... il respire, disait-on en se relevant.

Et la chambrée ne se lassait pas d'être attentive. Sauvageot fut le premier qui parla de déboutonner le blessé, de lui laver la figure ; mais on ne s'empressa point tout d'abord, parce qu'on se répétait, les yeux dans les yeux, avec des froncements de sourcils, assez tranquillement néanmoins :

— Où diable ! Joliot s'est-il fait arranger comme ça ?

— Les Prussiens, peut-être... insinua un conscrit.

On l'envoya dinguer. Comme si les corps de garde auraient laissé passer quelqu'un aux portes de la ville !... Et puis, les Prussiens... de la blague ! toujours annoncés ; jamais en vue... Des filous qui se dérangeaient, ceux-là ! oui... mais pas pour trois mille hommes de garnison, dans un trou.

A présent, le blessé semblait dormir, pâle et les traits tirés, l'air jeune tout de même, avec son visage bien débarbouillé, ses moustaches naissantes qui lui dessinaient une ombre sur la lèvre supérieure. Un filet de sang continuait à lui couler du menton, allait en s'élargissant au contact de sa peau humide. Autour de lui, une inquiétude planait, et malgré l'inutilité de la question, on en arrivait sans cesse à se demander :

— Mais où diable ! Joliot s'est-il fait arranger comme ça ?

Cela devenait un refrain, le refrain d'une chanson derrière laquelle des colères sourdes ne demandaient qu'à s'embusquer.

— On lui a chapardé son sabre, dit Verdier... Pourvu qu'il se soit défendu !

— Oh ! il doit y avoir quelqu'un de salé à cette heure, répliqua Sauvageot.

Et l'on éprouva le besoin de s'expliquer l'événement. Chacun inventait une histoire, la commentait, cherchait des probabilités. Selon les uns, Joliot avait dû se battre avec des artilleurs. Rien d'étonnant, on ne s'aimait guère ; le caboulot de la mère Mathis avait vu plus d'une dispute. Selon les autres, Joliot devait avoir été blessé sur les bastions, par une sentinelle trop empressée à suivre la consigne. Néanmoins, l'opinion de Verdier prévalut : Joliot avait eu affaire à des bourgeois, sa blessure sentant le revolver, la poudre qui la noircissait indiquant un coup tiré à bout portant. Et il ajoutait :

— D'ailleurs, depuis la guerre, tous ces salauds ont une telle veinette qu'ils se baladent avec des pistolets plein leurs poches.

— N'empêche ! fit Sauvageot, il faudra voir... Gare aux arsouilles qui ont fait les malins ! Il ne sera pas dit qu'on aura touché comme ça au bataillon.

Les visages se rembrunirent ; et brusquement l'esprit de corps envahit ces gens énervés par le malheur d'un camarade, bon garçon, loustic aimable, étendu là, mourant, dans un uniforme que tous portaient. Des fureurs se mirent à gronder, et elles s'amassèrent au milieu de certains silences, dans l'attente impatientée de ce chirurgien-major qui n'arrivait pas. On allait jeter un coup d'œil sur Joliot, et l'on revenait en murmurant :

— Non, il ne sera pas dit qu'on aura touché comme ça au bataillon.

Une recrudescence d'affection montait pour Joliot avec les colères. On s'empressa de nouveau. Des mains tremblantes, suivies par des regards fiévreux, lotionnèrent les tempes et le front du blessé, étanchèrent maternellement son sang, lui firent un oreiller d'une capote. Ah ! on ne pensait guère à dormir... Et tout en s'agitant, chacun avait enfourché son pantalon, remis ses godillots, passé ses bretelles, ficelé ses guêtres, inconsciemment s'était habillé, non pas pour le plaisir de traîner ainsi vêtu le long des lits, mais afin d'être prêt à quelque chose.

Une vague entente, des lambeaux de projets se croisaient, cherchaient à prendre forme dans les caboches brutales. Mille réflexions se bousculaient l'une l'autre. L'air était plein d'électricité. A tout instant, il fallait de l'eau fraîche pour laver le menton de Joliot ; Lefèvre empoignait la cruche en grès, courait dans la cour, et l'on entendait pisser le robinet de la fontaine.

Soudain, au moment où l'on s'y attendait le moins, le blessé remua, ouvrit la bouche ; un râle sifflant lui gonflait la gorge. Verdier sauta sur son bidon :

« Comment n'avait-on pas encore pensé à ranimer Joliot avec un peu d'eau-de-vie ! »

Au bout de trois minutes, celui-ci promena vers le plafond un regard si éteint, si incolore, qu'il semblait voilé par une peau fine.

— L'œil est mauvais, murmura un grand diable qui n'en finissait plus. Le major ferait bien d'arriver.

Cependant Joliot paraissait ne rien voir. Les bras et les jambes lourds, il était comme pétrifié. Sauvageot lui prit une main, essaya de la réchauffer. Le regard du blessé, lentement, semblait vouloir s'éclairer, mais sa gorge continuait à siffler.

« Joliot !... Joliot !... Comment ça va-t-il ? s'acharnait-on à répéter autour de lui... Mieux, hein ? »

On voulait à toute force qu'il allât mieux. Et de grosses larmes commencèrent à lui couler des yeux, glissèrent sur ses joues vers ses oreilles. Sa bouche grimaçait avec une contraction douloureuse.

— Tonnerre de Dieu ! lâcha un troupier ; et bousculant presque les camarades, il s'approcha de Joliot, lui souleva un peu la tête, criant comme un acteur sûr d'un effet :

— Joliot, m'entends-tu ?... Dis, m'entends-tu ?

Joliot le regarda. Ce fut pour éclater en sanglots qui s'échappaient dans un hoquet terrible. Un flot de sang lui couvrit le menton.

Alors s'éparpilla comme un concert où des voix de colère se mêlaient à des voix compatissantes. Tout le monde à la fois cherchait à le consoler : « Ne pleure donc pas... Le major va venir... Pauvre vieux ! Pauvre vieux ! sois tranquille, on te vengera... As-tu encore soif ?... Tâche de parler, de nous dire qui t'a roulé ainsi ? »

Joliot mâcha deux ou trois lambeaux de phrase, au milieu de l'attention anxieuse, mais aucun éclaircissement ne jaillissait. On s'emporta : « Dire qu'on n'arriverait pas à savoir ! Nom de nom, de nom de Dieu ! » Et des jurons se croisèrent au-dessus du corps étendu comme des balles sur l'immobilité d'un cadavre, dans un coin de champ de bataille.

— Allons, taisez-vous ! finit par crier Verdier... Si chacun s'en mêle, du flan !... Laissez-moi l'interroger. Joliot, commença-t-il, te sens-tu la force de me répondre ?

Joliot répondit : « Oui », faiblement. On entendait le souffle des respirations. Trente figures s'étaient penchées, une flamme dans les prunelles.

— Où as-tu été blessé ? continua Verdier, en appuyant sur chaque syllabe.

— Au 7.

— Oh ! fit-on, avec un ensemble stupéfait.

— Par qui ?

— Par...

La révélation de Joliot se perdit dans un soupir... « Ah ça, est-ce que, décidément, on n'allait rien apprendre ? » Mais on se tut encore, Verdier renouvelait la question. Et cette fois Joliot répondit :

— Par le patron.

Un tonnerre d'imprécations gronda. On ne pouvait plus rester en place. L'homme qui tenait la chandelle, auprès du lit, la lança de toutes ses forces contre la muraille. La chambrée ne fut plus éclairée que par la seconde chandelle dont la flamme fumeuse se balançait gravement au-dessus de la planche à pain. Un vacarme de gros souliers courait sur le plancher. Plusieurs soldats enfilaient leur vareuse, tandis qu'un groupe s'était formé où l'on gesticulait, où chacun lançait sa phrase sans écouter celle du voisin, tout cela dominé par Sauvageot qui gueulait tantôt sur un timbre, tantôt sur un autre :

— Est-ce qu'on va nous tuer dans les bouzins, à présent ?

Des chambrées les plus proches, attirés par le tapage, des camarades survinrent, s'informèrent. On leur montrait Joliot tordu en des ruades folles, et on leur racontait la chose. En un clin d'œil, la grande pièce blanchie à la chaux fut pleine de monde. On ne pouvait plus s'y remuer. Sans cesse, le brouhaha augmentait. Mais ce fut une bien autre histoire quand Joliot, tout à fait revenu à lui-même, lâche comme un moutard, dans les premiers spasmes de son agonie se mit à crier :

— Maman ! maman !

Le chirurgien n'arrivait toujours pas. Le long du mur ombreux, les fusils continuaient à dormir.

A cette heure, plus de deux cents hommes se pressaient autour du moribond. Un des châlits supportait jusqu'à dix individus ; et les conversations s'étaient exaspérées à force de tournoyer dans le même ordre d'idées, dans le même cercle étroit. D'une voix retentissante, tout à coup Verdier annonça :

— Joliot est mort.

Les deux cents hommes entendirent et ils s'effa-
rèrent.

En effet, Joliot venait de mourir, et il gisait le regard
effrayant, la bouche ouverte. Alors, au milieu du large
silence nerveux, quelqu'un, on n'a jamais su qui, cria :

— Aux armes !

Une foule de soldats dans la cour n'avaient pu entrer,
mais la mort et l'aventure de Joliot les avaient enflam-
més comme une traînée de poudre ; et tous, même les
sergents, à l'envi, sous l'aurore boréale, autour du mort,
sous la clarté fauve, hurlaient à qui mieux mieux :
« Aux armes ! aux armes ! »

Les gens de la chambrée avaient sauté sur leurs fusils, bouclaient leurs ceinturons, prenaient des cartouches. Les camarades se répandirent à leur tour, furieusement. La bagarre s'accentuait ; et comme la mort de
Joliot continuait à faire du chemin, l'immense caserne
était pleine d'un bourdonnement houleux.

III

Les premiers qui débouchèrent sur la place d'armes, une trentaine d'hommes à peu près, entraînèrent à leur suite la sentinelle de la grille. D'ailleurs, elle faisait partie de la chambrée du soldat mort. L'habitude de la discipline était cause que l'escouade, malgré tout, marchait sans un cri, presque en bon ordre. Une atmosphère jaune tombait de l'aurore en fusion, traversant des vapeurs transparentes, un peu au-dessus de la solitude des toits. Mille nuées d'or, les unes bordées de cuivre, les autres étendues en une placidité compacte, d'autres encore gonflées, prêtes à s'éventrer, avaient accaparé le ciel. La grande place sablonneuse scintillait avec un rutilement pâle. On avait l'air d'avancer sur des cendres, au fond d'un gigantesque foyer plat, dans un encaissement de fournaise prête à s'éteindre. Les ailes de la caserne et les maisons bâties autour de la place semblaient avoir été chauffées à blanc. Assez loin, dominant un mur, une rangée de jeunes arbres, grâce à ses menues branches, à ses dernières feuilles, donnait l'illusion d'une envolée de sauterelles. Par deux rues visibles, dont la plus large fuyait jusqu'aux remparts, on n'apercevait aucun passant attardé. Une impasse s'enfonçait dans la ville, pareille à une trouée exécutée au fer rouge. Mais le bourdonnement de ruche en émoi continuait à s'exhaler de la caserne, et sous la splendeur du phénomène, il parlait comme un encouragement.

La poignée d'hommes avançait toujours ; on s'arrêta pour charger les fusils, puis rapidement cette fois, on se dirigea vers un des angles de la place, du côté où à la suite d'une rangée de baraques mal crépies, plus loin qu'un petit pont jeté sur la saleté d'un ruisseau, on apercevait une maison de forme sage, debout, avec un aspect tranquille d'honorabilité. Et il s'en échappait des bruits pareils à un clapotement d'eau sur de la boue. Quand on ne fut plus qu'à une trentaine de pas de la maison, le clapotement s'expliqua. Il provenait d'un misérable piano échoué par hasard dans une chambre où languissait à cette heure une lumière brouillée. On tapait sur l'instrument une valse à tour de bras, mais lui, édenté, poussif, accablé par les nuits sans repos, par la stupidité des attouchements poisseux, chevrotait en vieille catin. Cependant, à travers la rougeur douce des rideaux tirés, on voyait tournoyer des ombres. Certes, dans cette chambre chaude, pleine de rires enroués, on devait ignorer le meurtre commis sur Joliot.

Ce fut Verdier qui tira la chaîne de la sonnette. Celle-ci chanta joyeusement. Un guichet s'ouvrit et une voix demanda :

— Qu'est-ce que vous voulez ?

— Entrer, Joséphin.

— Ah ! c'est vous, monsieur Verdier ?... Impossible ! il est trop tard.

Sous la poussée robuste des trente hommes, la serrure céda et la porte alla frapper rudement un pan de mur. Le piano jouait toujours sa même valse ; on continuait à danser. Les soldats pénétrèrent dans une cour, mais à la vue de leurs armes, Joséphin déguerpit, s'élança vers un escalier béant.

— Feu ! cria Sauvageot, et il lui lança son coup de fusil.

Joséphin accéléra sa fuite, mais une dizaine de coups de feu éclatèrent encore dans une clarté vibrante, se suivant les uns les autres. Enlevé des marches, Joséphin tomba en arrière sur les épaules. C'était un pauvre boscot, garçon de la maison, à qui ces mêmes soldats, en temps ordinaire, par bon cœur, payaient des tournées à bouche-que-veux-tu. Le piano avait cessé son tapage canaille ; aucune fenêtre ne s'ouvrait. Pourtant, au fond du trou noir de l'escalier, quelqu'un se mit à crier :

— Qui est là ?

Une fusillade partit de nouveau, lui faisant une réponse terrible. Des portes se fermèrent, s'ouvrirent au milieu d'un tapage de cris qui s'éloigna. Les soldats se précipitèrent.

Au même instant, un charivari commençait sur la place d'armes, et une grêle de balles venait s'attaquer au toit de la maison. Les ardoises pleuvaient dans la cour. Des camarades arrivèrent au pas gymnastique.

A la suite du premier emballement, une fois chez eux, ils avaient hésité un instant, sacré, juré sans trop se dépêcher, mais au crépitement des coups de feu amis, ils avaient tous quitté les chambres, brandissant leurs armes, hurlant et sautant comme des sauvages. Une longue file de pantalons garance partait de la caserne, courant vers le 7, où elle s'engouffrait sous la porte ouverte, entraînée par une force irrésistible. Et à tout moment, parmi le fracas déchaîné, zébrant la lueur factice, malgré les heurts de la course, des canons de fusils s'élevaient, soufflaient dans la même direction une mince flamme rouge. On rechargeait, et l'on n'avait pas perdu son temps. Des fumées blanchâtres, au-dessus du ruban d'hommes, restaient d'abord suspendues à la même place, puis elles montaient, tachant les clartés du ciel.

Quant au Grand 7, il paraissait calme sous son toit neuf à peine crevé çà et là, où la nuit flambante se mirait comme dans une pièce d'eau. Mais bientôt la file qui l'envahissait s'arrêta, et elle eut un mouvement de recul. La maison bondée de monde rendait gorge. Un sourd murmure s'éleva, dominé par un cri : « C'est plein ! c'est plein ! » Il remonta jusqu'à la grille de la caserne. Alors on se tassa ; tous hurlaient : « A mort ! » Un clairon sonna la charge. Une clameur lui répondit, clameur de rage et d'impuissance concentrées ! La foule ondulait, hachée de lames brillantes ; elle parut s'assoupir, puis une fusillade l'embrasa encore, s'acharnant de nouveau contre le toit de la maison. Une partie de la place était déserte ; l'autre avait des bouillonnements de cloaque, et le tumulte faisait un lourd ensemble monotone derrière la chanson sèche de la fusillade.

Par la rue qui filait vers les remparts, tout à coup une rumeur se joignit à celle de la place. Les artilleurs venaient d'apprendre l'assassinat de Joliot, et ils accouraient à leur tour. Leurs souliers claquaient sur les pavés. Surpris par une acclamation rude, les fantassins ne tardèrent pas à se retourner ; le renfort débouchait sur la place. Une salve de mousquetons ébranla l'air, continuée par le ronflement des chassepots ; mais celle-ci fut tirée pour le plaisir, histoire de se serrer la main entre uniformes, de se réconcilier militairement. Monté à poil, un gros cheval blanc trottait devant l'artillerie. Le clairon sonna de nouveau la charge ; on l'entendit à peine.

Un peu partout, à cette heure, des fenêtres se décidaient à s'ouvrir, des gens montraient le bout de leur nez, mais ils le retiraient vivement, parce que des soldats s'offraient la plaisanterie de les coucher en joue. Petit à petit un sentiment de gaieté sinistre se mêlait aux fureurs de la foule ennuyée de rester là sans agir, et de longs éclats de rire s'échangeaient, des noms se criaient à tue-tête pendant qu'on fraternisait. Le besoin de boire quelque chose commençait à turlupiner tout le monde, et on se le disait, le gosier sec. A un coin de la place, trois officiers très embêtés se consultaient loin de leurs hommes.

Cependant, au premier étage du Grand 7, on se donnait un mal énorme. D'ailleurs, la maison était drôlement bâtie : un interminable couloir flanqué de chambres à droite et à gauche, de maigres chambres où, sur des couchettes en sapin passé à l'acajou, depuis une dizaine d'années, plus d'un régiment avait déversé le trop-plein de ses amours et de ses soûlographies. A présent, les soldats démolissaient tout. Le flot d'hommes avait envahi toutes les chambres, grouillait, à peine éclairé par quelques bougies trouvées dans un tiroir. Il arrachait les rideaux, broyait les meubles, déchirait les pauvres nippes suspendues aux garde-robes, saccageait le linge, fouillait les placards, volait l'argent et les bijoux. Dans une espèce de cabinet honorifiquement appelé salon jaune, parce qu'il servait à messieurs les sous-officiers, Sauvageot se livrait à des actes de vandalisme. Il avait fini par ouvrir une fenêtre sur une petite cour, et par là jetait ce que les camarades lui envoyaient, répétant sans se fatiguer : pour la noblesse !... pour le clergé ! On ne riait pas. Une musique d'enfer montait du rez-de-chaussée où l'on tapait contre la muraille, pour les briser, les moindres ustensiles de cuisine. Le toit de la maison craquait, retentissait comme si d'énergiques bâtons le châtiaient. Quand des balles frappaient la gouttière, celle-ci résonnait avec un bruit lent de gong fêlé. Une pluie d'ardoises et de gravats tombait sur les têtes dans la cour, soulevait des blasphèmes. Aucune perquisition n'ayant encore abouti, les nerfs s'agaçaient de plus en plus. Où donc pouvait s'être caché le meurtrier de Joliot ?... Avait-il décampé avec ses femmes ? – Une puanteur d'épicerie s'exhalait de la foule.

Soudain, au fond d'une chambre, une voix terrifiée cria :

— Bon ! voilà qu'on nous tire dessus.

— Comment ça ?

— Je viens d'entendre siffler une balle ; elle doit être dans le mur, là-bas.

Les camarades se fâchèrent : Bougrement rosses tout de même les gens de la place ! Quel tas de chameaux !... Malheur !

L'endroit n'étant pas bon, il s'agissait de filer. On essaya, mais la poussée du couloir barrait les portes. Les chambres étaient prisonnières.

Un hourvari infernal successivement les parcourut ; et cela ressembla au rugissement des fauves dans les ménageries, quand ils se répondent de cage en cage. Il ne troubla rien ; déjà un piétinement lourd avait envahi le deuxième étage de la maison. Là, comme précédemment, on s'acharnait à des fouilles, on pillait les taudis, on volait avec joie ; mais il fallut s'arrêter : une porte fermée empêchait qu'on s'aventurât plus loin.

— Eh bien, quoi ? se demanda-t-on, quoi ?... On n'avance plus ?

Puis des cris éclatèrent :

— Ne poussez donc pas, nom de Dieu !... Ne poussez pas, on étouffe.

Verdier, collé contre la porte, en compagnie du grand soldat qui n'en finissait plus, se débattait comme un beau diable. On devait l'entendre jurer de la cour.

— Enfonce la cambuse... mais enfonce donc la cambuse ! disait-on.

Lui, ne pouvait seulement pas remuer les bras. Alors :

— Oh ! hisse !... oh ! hisse ! firent les soldats derrière son dos.

— Oh ! hisse ! répétèrent les autres jusqu'à l'escalier en s'efforçant de marcher en avant. La porte bâilla. Un grincement aigre déchirait le parquet, tandis qu'un lit roulait par petites secousses.

— Oh ! hisse ! faisaient les soldats.

Des meubles dégringolèrent.

— Oh ! hisse !

Le grincement traînait toujours. La porte entrouverte permettait d'apercevoir un bout de barricade en désordre, un pan de mur éclairé, très rouge.

— Oh ! hisse !

La porte s'arrêta net, mais homme par homme, rien n'empêchait plus d'entrer. Verdier pris d'hésitation ne se précipita point ; alors le grand soldat, courbé en deux, lui passa sous le nez tout en armant son chassepot, mais à peine dans la chambre il poussa un cri. Une femme à genoux sur une commode, derrière la porte, lui avait asséné un coup de chandelier, et fiévreuse, elle grondait :

— L'as-tu reçu, voyou ?

Le troupier à demi étourdi la coucha en joue, mais gêné par les chaises autour de lui, maladroitement, il la manqua. Presque aussitôt elle fût debout sur le marbre de la commode, très petite, le corps chétif, la crinière pommadée, une vraie toupie à soldats. Un costume fantaisiste de cantinière, sali, bariolé, trop court, lui donnait un aspect extravagant d'oiseau des îles éclaboussé. Elle avait des bottines en satin cramoisi, à boutons d'or, et des bas noirs sabrés de vert. Au-dessus d'un nez en lame de couteau, ses yeux brillaient dans une couche de fard bleu.

Une rumeur triste s'élevait du corridor. Personne n'osait braver le danger hasardeux couru par le grand troupier. Le silence de la chambre entre-close était effrayant.

Devant une fenêtre dont les rideaux blancs paraissaient jaunes à cause de l'aurore boréale, comme si un large foyer menaçait de les incendier, sept femmes étaient rangées le long d'un canapé tendu de velours vert, serrées les unes contre les autres, épouvantées, dans le clinquant de leurs coiffures et de leurs sales oripeaux. Par un sentiment de terreur folle, on avait allumé toutes les bougies des flambeaux de la cheminée. Un placard bâillait. Le papier rouge de la chambre était croisillé d'or. Deux nudités, sur les murs, montraient des chairs blafardes au milieu d'un fouillis de draperies blanches.

— Mais entrez donc, vous autres ! cria le grand soldat aux camarades.

Ceux-ci se décidèrent. Un par un, prudemment, ils se faufilaient, s'embarrassaient parmi les meubles épars.

— Vite ! changeons de flingot, dit tout à coup le grand soldat, sans se retourner.

Un voisin lui passa son fusil. Alors il ajusta la petite brune sur la commode. Celle-ci le regardait, ne croyant pas qu'il allait tirer, mais le coup partit, et elle tomba sur un fauteuil, avec un choc mou. Les autres, le long du canapé, ne se lamentèrent pas, seulement elles se serrèrent davantage, les yeux troubles d'une résignation abrutie. A présent, il y avait bien une vingtaine de lignards échelonnés parmi le désordre.

— Où est le patron ? demanda Verdier aux femmes.

Elles ne répondirent point.

— Où est le patron ? recommença Verdier, la voix plus dure.

— Le patron ? dit une grosse blonde échevelée, toute flasque et nue dans un peignoir de gaze noire.

— Oui, le patron.

— Je ne sais pas, fit-elle, la poitrine molle, l'œil sans regard, en balançant la tête.

— Tu ne sais pas ?... Eh bien ! attrape.

Il la fusilla. Des coups de feu partirent de tous côtés sur le misérable groupe, le froissèrent, le couchèrent sur le parquet, dans son coin, en un tas où des jupes et des chemises retroussées permirent d'apercevoir les roseurs mortes de ces pauvres corps à trente sous.

On avait obéi à la passion cruelle du moment, à cette envie qui force les gens armés à vouloir se servir de leurs armes.

Cependant, toutes les femmes n'avaient pas été tuées ; il en restait une, si vieille et l'air si respectable, qu'elle aurait pu être la mère du plus âgé des hommes survenus là, dans cette chambre. Elle était tombée à genoux, avait croisé ses mains dans une attitude suppliante, semblait s'être choisi une place, derrière l'hécatombe, afin d'être épargnée ; et elle sanglotait, la poitrine soulevée par un gloussement ridicule. D'un coup de baïonnette, le grand troupier la culbuta sur les reins. Trois fois elle se releva, aussitôt rejetée. Son sang lui coulait du ventre jusqu'aux chevilles, mais elle s'acharnait à vivre ; et pour la quatrième fois, elle venait de se relever devant le placard béant, lorsqu'un nouvel assaut l'y précipita, l'obligeant à crever pliée en deux, les jambes en l'air dans une posture obscène.

Le massacre accompli, on resta tout bête. Quelques

hommes se contentèrent de jeter un lent regard sur le grenier désert. Décidément, le chef de la maison avait disparu.

Une griserie lourde achevait de gagner ce monde suffisamment chauffé pour toutes les besognes, pour tous les tumultes. Les fusils tremblaient dans les mains.

Lasse d'inaction, la foule du couloir résolut de s'amuser un peu. On se dégagea le mieux possible, et au risque d'accidents, on cribla les plafonds de balles. Du plâtre tombait, chacun baissait la tête, essayait de se garer, lâchait des rires, tandis qu'une épaisse fumée tourbillonnait.

La chambre des fusillées s'était emplie ; néanmoins on pouvait s'y retourner. Des vapeurs de poudre planaient au-dessus des képis. Un cercle entourait les martyres, les couvait d'un œil excité, jouant à se pousser sur elles, comme des galopins autour d'une flaque de boue.

On ne sait quel étrange et joyeux vacarme s'échappait de la cour. Des soldats ouvrirent plusieurs fenêtres, émus par une curiosité jalouse. Ils furent stupéfaits. Une centaine de camarades étaient là, en train de s'achever, soûls comme des grives, heureux, incapables de gestes, chahutant du képi dans un frémissement clair de baïonnettes. Un vague remous s'était établi au milieu duquel des bouteilles erraient de main en main, s'arrêtaient à des bouches. Le soupirail de la cave, tout noir, lançait mille refrains de caserne. L'énorme coulée du ciel s'était transformée en une nappe vaporeuse d'un rouge que des chauves-souris traversaient de leur vol effarouché. Des coups de feu éclataient encore sur la place par bordées sonores, faisant rêver aux dernières périodes des feux d'artifice, à l'heure où les pétards s'enflamment parmi les nuages de Bengale, devant la balourdise des foules. Quelque chose comme une respiration, au loin, derrière le grouillement d'hommes et de fusils, animait les maisons. Par les rues, des troupeaux d'habitants arrivaient sans cesse, piétinaient, se renseignaient auprès des soldats. La fusillade ne concernant en rien une tentative des Prussiens sur la ville, le reste leur était bien égal.

Néanmoins, au hasard du moment, une conversation ne tarda pas à s'établir entre certains enragés de la cour et les troupiers penchés aux fenêtres du 7, les uns sur le dos des autres, sous une fumée lente qui s'évaporait.

— Eh bien ! l'avez-vous crevé ?

— Qui ?

— Le patron.

— Jamais !... Pas plus de patron que sur la main...

— Filé, le patron !...

— Un malin !

— Et les pucelles ?

— Oh ! celles-là...

Brusquement, les gens de la fenêtre s'interrompirent. « Tiens !... une bataille !... Kiss ! kiss ! hardi ! hardi ! » Mais les encouragements cessèrent, quelqu'un avait murmuré : bon sang, un officier !

En effet, sauvegardé par ses galons, énergique et robuste, le lieutenant qui avait fait l'appel dans la chambrée de Joliot, avait fini par se faufiler jusqu'à l'entrée de la cave. Et il tenait un ivrogne à la gorge, criant :

— Misérable ! misérable !... Vous êtes tous des misérables !

Le soldat râlait, tirait la langue, se débattait, pendant qu'une dizaine d'hommes autour de lui s'interposaient de la voix.

Un peu plus loin, les pochards continuaient à s'amuser comme si rien de grave ne s'était passé à côté d'eux, jouissant de leur bombance, s'époumonant pour le plaisir. Contre la porte d'entrée, un gaillard, sans cause raisonnable, simplement parce qu'il était soûl, poussait des cris de paon, voulait mettre le feu aux quatre coins de la ville, parlait d'incendier les magasins à fourrage, tout le bataclan, et l'on commençait à l'écouter sérieusement, quand un coup de feu partit soudain d'une fenêtre, frappa l'officier du haut en bas, lui troua le crâne. On le vit rester un instant debout, balbutier :

« Cochons !... Oh ! les cochons !... Mourir comme ça ! »

Du sang lui coulait sur la figure, puis lentement il s'affaissa, blême, jusqu'à la minute où il disparut dans un ouragan d'épaules, lui et son suprême regret de ne pas être tué à l'ennemi.

La fusillade roulait toujours à travers la maison. Une atmosphère de meurtre, un souffle de destruction échauffaient les têtes. Des artilleurs lâchèrent tous les chevaux du train, et ceux-ci parcoururent la ville en troupe hennissante, tantôt battant les pavés dans un tourbillon d'étincelles, tantôt bouleversant la place d'armes où ils apportaient l'affolement de leur libre galop. De tous côtés, les clairons sonnaient, les trompettes groupés devant la grille de la caserne s'entouraient de fanfares joyeuses. Des cabarets s'étaient ouverts et des cohues les avaient envahis. La ville appartenait aux soldats ; on avait déserté les postes, abandonné les guérites, ouvert la prison. Chassés par les sinistres fumisteries de la garnison en goguette, les habitants regagnaient leurs lits, se demandant : Comment tout cela va-t-il finir ? De rares coups de fusil éclataient encore, au hasard des fonds de giberne.

C'est alors que les officiers se séparèrent. Ils

s'étaient rejoints chez le commandant de place, une heure auparavant.

— Que faut-il faire ? avaient-ils demandé.

— Rien, avait répondu celui-ci. Nous avons besoin du troupier.

Et comme on échangeait des poignées de main, au moment de se quitter, sous l'aurore dont il ne restait plus qu'une longue tache pâle, en face de la consternation générale, il eut un petit rire sarcastique dans ses moustaches blanches.

— Vous ne savez pas ? dit-il... Eh bien ! laissons passer une huitaine de jours, vous verrez qui regrettera l'affaire de cette nuit... Plus bêtes que des enfants tous ces clampins-là !... Ils ont brisé leur joujou.

Après la bataille

par

PAUL ALEXIS

On se battait encore, très loin maintenant, sur l'autre versant du plateau, à deux ou trois lieues. Le jour touchait à sa fin, sans que la canonnade se ralentît. Un brouillard glacé se levant du fond de la vallée voisine assourdissait les coups.

Un fantassin français se traînait sur la grande route départementale, seul, blessé au pied gauche. Une balle lui avait labouré le talon, heureusement sans fracturer l'os, et elle était ressortie. Obligé d'arracher son soulier, il avait pansé la plaie comme il avait pu, avec un pan de sa chemise déchiré en bandes. Il avançait très lentement, se servant de son fusil comme d'une canne, appuyant le moins possible son pied malade contre le sol durci et rendu glissant par la gelée. Les linges du pansement étaient tout rouges, imbibés de sang comme une éponge.

Non seulement sa souffrance physique était très grande ; mais, avec la mobilité de sa physionomie, à certains longs frissons qui le secouaient tout entier, on était sûr que ce petit corps grêle et chétif, à organisation nerveuse, éprouvait toute sensation, agréable ou pénible, physique ou morale, d'une façon excessive. Un mince cache-nez, noir, de laine très fine, était noué autour de son cou. Bleuies par le froid, ses jolies mains qui, à l'ordinaire, étaient sans doute très blanches, avaient des engelures aux doigts comme celles d'un enfant. Bien qu'il eût vingt-huit ans sonnés, il n'en paraissait pas vingt. Il portait sa moustache naissante. De rares poils de barbe blonde, qu'il n'avait pas dû raser depuis trois mois, couvraient un menton un peu long, au bas des joues blêmes, pâlies encore par la perte de sang. Sa capote, son pantalon rouge, la guêtre et le soulier chaussant son pied resté valide, tout cela se trouvait trop large. Malgré ces délicates apparences, le jeune blessé n'avait pas jeté son sac, dont le poids écrasait ses chétives épaules. Et tant bien que mal, sautant sur un pied plutôt qu'il ne marchait, s'arrêtant tous les deux ou trois sauts pour ramasser à nouveau ses forces, il avançait toujours. Mais il arriva un moment où, malgré l'énergie de sa volonté, il lui fut impossible d'aller plus loin. Il n'eut que le temps de gagner au bord de la route une borne, au pied de laquelle il laissa choir son sac et il s'assit sur le sac. Maintenant la nuit était noire, le brouillard plus épais. Le dos appuyé à la borne, il écouta. Plus rien. Pas un bruit humain ; pas même un aboiement lointain de chien, ni un cri de chouette ; à se croire au fond d'un désert, et d'un désert ne contenant pas une bête vivante ! Il appliqua l'oreille contre le sol. Alors, tout là-bas, quelque part au fond du brouillard, un très lointain grondement. Le canon tonnait encore.

Qu'est-ce que ça lui faisait, maintenant, que la bataille continuât et que l'armée française fût, ou non, victorieuse : lui, pourtant, un engagé volontaire par enthousiasme patriotique ! Il s'appliquait à consolider de son mieux le bandage improvisé de sa blessure. Puis, n'ayant rien pris depuis de longues heures, il se souvint qu'il devait avoir un reste de biscuit dans une poche de sa capote. Et il grignotait mélancoliquement son biscuit dur. Sa soif était ardente. Rien à boire ! il portait bien une petite gourde en bandoulière : elle se trouvait vide. Il la déboucha pourtant, la porta à ses lèvres : une seule goutte d'eau-de-vie arriva sur la langue. Il se mit à réfléchir sur sa position.

Il ne savait même pas où il se trouvait. Tant de marches et de contremarches, depuis quinze jours que son détachement avait rejoint l'armée de Chanzy et faisait campagne, l'avaient complètement désorienté. Ses idées, d'ailleurs, depuis qu'il s'était réveillé de son évanouissement au milieu d'un champ de betteraves, manquaient de netteté.

Combien de temps était-il resté évanoui : dix minutes ? trois heures ? une journée entière ? Il ne savait pas. Tout ce qu'il se rappelait était ceci.

Son bataillon avait passé une nuit entière dans un petit chemin creux, les hommes couchés à plat ventre, tout habillés. Défense de se servir du campement, même d'allumer une cigarette. Tout cela pour ne pas donner l'éveil aux avant-postes bavarois qu'il s'agissait de surprendre. Un peu avant l'aurore, une batterie de six pièces était arrivée dans le chemin creux, et son bataillon s'était porté à quinze cents mètres. Là, quelques minutes de halte derrière un rideau de peupliers ; puis, une centaine de ses camarades et lui, avaient dû s'avancer en tirailleurs contre un long mur de clôture crénelé par les Allemands. Ce mur, il eût été si simple de le raser avec quelques coups de canon. Mais la batterie du chemin creux, probablement, ne devait pas s'engager sans ordres supérieurs. Il avait donc fallu marcher bêtement à poitrine découverte, contre un mur crénelé. Comme le cœur lui battait ! Sa première affaire ! Le moment attendu avec impatience depuis quatre mortels mois passés dans les camps d'instruction, mal équipé, mal nourri, mal commandé, fatigué par des exercices insipides. Il ne faisait pas bien jour. Pas un coup de fusil encore ! Pas une sentinelle ennemie ! Qui sait ? on allait peut-être surprendre une fois ceux qui nous avaient si souvent surpris nous-mêmes. Ne disait-on pas merveilles du jeune général en chef ? Cette aurore glacée ne serait-elle point par hasard l'aurore d'une grande victoire ? Lui, n'aurait pas peur, ferait son devoir comme les autres. S'il allait avoir peur, pourtant ? Ce doute importun, humiliant, le secouait dans sa marche d'un tremblement nerveux. Aussi, maintenant, c'était de l'impatience, un furieux désir qu'elle ne se fît pas attendre plus longtemps cette première décharge qui le fixerait sur sa bravoure, qui le ferait tomber évanoui de lâcheté nerveuse, ou qui le transporterait de la surexcitation des héros. Voilà qu'ils étaient arrivés à quarante pas du mur crénelé. Qu'attendaient-ils pour tirer, les enfants de ce peuple flegmatique et lent ? Il se sentait presque tenté de leur crier : « Faites donc feu, sacrés imbéciles ! » Pour un rien, il aurait déchargé lui-même son chassepot en l'air afin de leur donner l'éveil. Puis, tout à coup, un énervant vacarme l'avait assourdi ; et, lui-même, au hasard, il avait fait feu dans la fumée ; puis instinctivement, il s'était jeté à plat ventre. A partir de ce moment, ses souvenirs devenaient confus, se réduisaient à peu de chose. L'agaçant assourdissement des détonations avait continué. Dans la fumée de plus en plus épaisse, des balles sifflaient, quelquefois tout près de son oreille, puis s'enfonçaient dans la terre, hachant les betteraves, comme des grêlons poussés par un grand vent. Tout ce qu'il savait, c'est que les cent autres tirailleurs, ses camarades, étaient tous couchés comme lui, sains et saufs ou morts. Ce qu'il apercevait encore, au milieu de la brume de sa mémoire, mais

alors nettement, c'était l'effrayant et inoubliable changement à vue du visage d'un soldat nègre, à quatre pas
de lui, devenu blanc tout à coup, affreusement blanc,
pendant une minute, tandis que la cervelle coulait hors
du crâne décalotté, et recouvrait la chevelure crépue.
Alors, lui, à côté du cadavre du nègre, s'était fait petit,
n'avait plus remué, s'efforçant de se garantir le crâne
avec la crosse de son chassepot. Le reste n'était plus
que ressouvenances vagues : l'espèce de coup de fouet
qu'il avait cru recevoir au talon, la perte de son sang,
une lourdeur de toute la jambe gauche, la sensation de
son pied baignant dans un liquide d'abord tiède, puis
glacé, tout se confondait encore dans sa tête comme les
imaginations brouillées d'un cauchemar. Il n'était pas
bien sûr d'avoir tenté un moment de se remettre sur ses
jambes, puis, d'être retombé. Comme aussi, une secousse du sol ébranlé par de la cavalerie, des sabots de
chevaux battant l'air à côté de son visage, peut-être le
passage d'un escadron entier au-dessus de son corps :
tout cela était possible ! Ces choses, et probablement
d'autres encore, avaient pu se passer de l'autre côté du
pesant voile noir qui lui était descendu sur les yeux, qui
l'avait enveloppé d'anéantissement. Enfin, il venait de
s'éveiller, seul dans le brouillard glacé, dans la nuit
tombante, dans l'immensité de la campagne devenue
subitement déserte et silencieuse.

Il frissonnait de froid, de peur. Une tentative pour se
relever n'aboutit qu'à une douleur aiguë au pied gauche. Retombé assis sur son sac, il s'accouda de nouveau
sur la borne, découragé, très faible. Dans quelques
instants, si l'on ne le secourait pas, il perdrait encore
connaissance. Un dernier espoir : que quelqu'un, Français ou Prussien, ami ou ennemi, passât bientôt sur la
route. Et il tendait l'oreille.

Rien !

Alors rassemblant le peu de force qui lui restait, d'une voix traînante et plaintive, il appela :

— Au secours !... Quelqu'un, de grâce ! Quelqu'un ! Au secours !.

Il se reposa un moment, recommença à plusieurs reprises ; et, entre chaque appel, il écoutait. Personne ! Un terrifiant silence ! Alors des larmes, de grosses larmes, lui envahirent les yeux, puis coulèrent silencieusement le long de ses joues d'enfant.

Tout à coup, comme si une ressource suprême à laquelle il n'avait pas encore songé, se présentait subitement à lui, ses larmes ne coulèrent plus. Et il se mit à faire le signe de la croix. Maintenant ses lèvres remuaient et murmuraient tout bas quelque chose, des prières, des prières ferventes. Mais ces prières étaient en latin.

Il pria ainsi longtemps, les mains jointes, remuant par habitude le pouce et l'index de la main droite, comme si ses doigts eussent égrené un chapelet. Il baisait de temps en temps avec dévotion un scapulaire et une petite médaille pendus à son cou par un cordon noir, qu'il venait de retirer de dessous sa tunique. Son képi, ôté par respect, était déposé à terre. Au sommet de sa nuque, blanchissait une large plaque ronde où la chair se voyait, les cheveux n'ayant pas repoussé : celui qui implorait ainsi des secours célestes, avait porté tonsure.

Ce fut alors qu'un lointain roulement arriva à ses oreilles. Grand Dieu ! ses supplications seraient-elles miraculeusement exaucées ? Défaillant d'espoir, il se pencha du côté d'où venait le bruit. Plus de doute : un roulement de voiture ! Déjà, distinctement, le grincement des essieux, des bruits de sabots de cheval ! Mais il n'apercevait encore rien. Pourvu, au moins, que ce fût bien sur la route au bord de laquelle il était assis ! Un moment il n'entendit plus aucun bruit ; et il trembla de tous ses membres. Si la voiture, arrivée à destination, ne devait pas aller plus loin, ou s'était détournée dans quelque chemin de traverse ! Coup sur coup, quatre ou cinq signes de croix : cette fois, de la lâcheté pure ! Que faire alors ? Appeler : mais était-ce prudent ? Des cris pouvaient effrayer celui qui conduisait, le décider à prendre une autre route. Puis, il entendit de nouveau. Le cheval avançait au trot sur la route, passerait bientôt devant lui. Si l'on allait ne pas s'arrêter, maintenant, un coup de fouet au cheval pour toute réponse aux gémissements de l'éclopé.

— Non ! je me coucherai en travers ! Que les roues, alors, me passent plutôt sur le corps !...

Et le désespoir lui donna la force de se traîner jusqu'au milieu de la route. Un grand chariot à quatre roues, recouvert d'une toile goudronnée tendue autour de trois cerceaux en bois, arrivait sur lui au petit trot, n'était plus qu'à quelques pas. Essoufflé, épuisé, le blessé voulait appeler ; il n'arriva qu'à pousser quelques plaintes inarticulées. Pas de lanterne allumée ! il pouvait être écrasé. Heureusement, le cheval eut peur et s'arrêta net, recula même un peu.

— Qui est là ? s'écria une voix de femme.

Et le bruit d'un revolver qu'on armait, se fit entendre.

— Au secours !... Pitié ! Je suis blessé !...

Il ne put en dire davantage. Ses yeux se fermèrent, et sa tête retomba contre la boue gelée de la route.

Quand il rouvrit les yeux, quelques instants après, une vive clarté l'aveugla. La femme venait d'allumer une lanterne, et, du bord de la charrette, penchée vers lui, elle le regardait.

— Qui êtes-vous ? répétait-elle. Que faites-vous là, au milieu de la route ?

Sa voix chaude, musicale, un peu basse, étranglée par une violente émotion qu'elle s'efforçait de dissimuler, révélait une grande jeunesse. Très garantie contre le froid, empaquetée dans une énorme pelisse brune de paysanne sous laquelle elle devait porter un second manteau, elle avait mis le capuchon. On ne voyait rien de son visage. Sa main droite ne lâchait pas le revolver tout armé. Elle se méfiait. Des tentations lui venaient : éteindre tout à coup sa lanterne, faire faire un détour au cheval afin de ne pas écraser cette larve humaine gémissante qui obstruait la route, s'éloigner très vite. Mais, cela, ce serait fuir, avoir peur sous prétexte de prudence, être lâche.

D'une voix distraite, indifférente, elle interrogeait encore le jeune homme : depuis quand était-il atteint ? où souffrait-il ? Et, pendant les réponses de l'autre, un combat se livrait en elle. Tout à coup elle se retourna vers l'arrière du chariot. Le regard qu'elle jeta, là, sous la bâche tendue autour des cerceaux, un de ces regards par lesquels d'ordinaire on consulte quelqu'un, parut la décider. Pourtant il n'y avait personne. La jeune femme voyageait seule.

— Attendez, dit-elle, je vais descendre.

Malgré sa grande faiblesse, le blessé se rendit bien compte de ceci : la jeune femme, en s'approchant de lui, gardait un tremblement nerveux. Elle avait conservé sa lanterne à la main. De l'autre main, elle lui présenta une bouteille toute débouchée.

Il but avidement. C'était du rhum.

— Merci, dit-il. Cela va déjà mieux.

Elle lui tendait de nouveau la bouteille.

— Tenez ! encore !...

Elle se pencha vers lui, et son capuchon se souleva. Elle lui parut merveilleusement belle. Il n'en finissait plus de boire ; il était troublé. Elle s'impatienta :

— Voyons ! vite ! je n'ai pas le temps...

Alors, il la regarda avec inquiétude.

— Gardez la bouteille... J'ai aussi du pain que je vais vous laisser... Et maintenant, tâchez de vous ôter du milieu de la route... je vous donnerai la couverture du cheval... vous pourrez attendre le jour.

Elle disait tout d'une voix sèche, hachée, impérative, n'admettant pas de réplique. Une grande dame commande ainsi à ses domestiques. Lui, se sentait humilié, comme s'il eût reçu une aumône. Le cœur déjà plein de reconnaissance pour celle qui le secourait, il eût voulu lui baiser la main ; et pourtant il lui prenait des envies de pleurer.

La rougeur au front, réconforté par le rhum, mais surtout stimulé par la honte, il se mit debout. Le sac était resté à terre. Elle le ramassa, le porta elle-même jusqu'à la borne.

— Là, vous ne risquerez plus au moins d'être écrasé.

Et elle éleva sa lanterne. Le malheureux s'avançait clopin-clopant. Elle n'osa plus lui dire « dépêchez-vous ! ». Elle fit même quelques pas à sa rencontre, élevant toujours sa lanterne. Ses regards rencontrèrent ceux du blessé ; elle s'aperçut qu'il avait les yeux pleins de larmes. Elle remarqua aussi sa grande jeunesse. Un commencement d'intérêt naissait en elle. Elle lui adressa de nouvelles questions :

— Comment vous appelez-vous ?

— Gabriel... Gabriel Marty.

— De quel pays êtes-vous ?

— De Vitré.

Tiens ! de Vitré ! et elle de Rennes ! Un Breton comme

elle, presque un compatriote. Elle le regarda plus atten-
tivement. La distinction de ce visage maigre, souffre-
teux, frappa la jeune femme. Elle se retourna vers le
chariot. Un combat de nouveau se livrait en elle. En des
circonstances ordinaires, elle aurait transporté ce garçon
quelque part : dans une ambulance, ou jusqu'à la première auberge.

— Je ne puis pas !... je ne puis pas !...

En prononçant ces « Je ne puis pas », sa voix s'était
attristée. Elle devait être sous le coup d'une grande
douleur. Et Gabriel Marty, distrait un moment de son
angoisse personnelle, retenait son souffle.

— Vous allez voir vous-même que je ne peux pas !...

Et s'étant approchée de l'arrière du chariot, elle souleva brusquement un coin de la toile goudronnée.

— Regardez !

A la lueur de la lanterne, apparut une caisse en bois
blanc, recouverte d'une étoffe noire.

— Il y a là le corps du baron de Plémoran, ancien
zouave pontifical, mort sur le champ de bataille...

Elle fut obligée de s'interrompre quelques secondes,
comme pour retrouver sa voix, puis elle ajouta :

— C'était mon mari... Je l'ai enseveli ce matin... On
se battait... Personne ne voulait le transporter : alors j'ai
acheté à un paysan ce cheval et cette charrette...

Ne trouvant rien à dire, Gabriel Marty enleva son
képi, tomba à genoux, fit un signe de croix, et se mit à
prier.

Un quart d'heure après, la charrette filait sur la route,
au petit trot du cheval. La veuve du baron de Plémoran
conduisait. Et, derrière elle, le jeune soldat étendu dans
la charrette sur de la paille, dormait déjà profondément,
à côté du cercueil.

Le cheval était un lourd mais solide cheval de labour.

Pour lui faire garder le trot, la jeune femme le fouettait à chaque instant.

La route, défoncée et presque détruite par les allées et venues de plusieurs corps d'armée, devenait à chaque instant très difficile. La jeune femme s'en tirait en personne ayant beaucoup monté à cheval.

Il pouvait être neuf heures du soir. Une montée très raide et très longue se présenta. Il ne s'agissait plus d'aller au trot. Elle quitta le fouet, tint les guides plus lâches, laissa le cheval aller à sa guise. Maintenant, elle se livrait tout entière à ses réflexions.

Sans se rendre compte du pourquoi, elle se sentait devenue très calme. Son corps n'éprouvait plus cette agaçante trépidation nerveuse qui, une heure auparavant, la secouait malgré elle. Puis elle se dit que c'était peut-être à la présence du blessé qu'elle devait sa présente tranquillité. N'y a-t-il pas des moments où la compagnie d'un enfant au maillot, même d'un animal, suffit pour réconforter ? Qui sait, le lendemain, on amputerait peut-être ce garçon. Dans vingt-quatre heures, il serait peut-être mort comme M. de Plémoran. Eh bien ! c'est ainsi qu'il le lui fallait ! Valide, bien portant, bien armé, prêt à lui prêter main-forte, elle n'en aurait plus voulu. Pourquoi ? Parce que, maintenant qu'elle avait tant fait que d'être héroïque, elle ne voulait pas « qu'on lui gâtât son héroïsme ».

Aussi, son plan était-il arrêté. Tant que le jeune soldat ne remuerait pas davantage, continuerait à ne pas être gênant, elle le voiturerait, jusqu'à ce que, le jour venu, elle pût le laisser dans une auberge ou dans quelque ferme hospitalière. Elle donnerait même de l'argent pour que le malheureux ne manquât de rien, fût soigné convenablement. Puis, elle continuerait son voyage, jusqu'à ce qu'elle atteignît la prochaine gare de chemin de fer. Si la voie était coupée, elle irait plus loin. Dût-elle faire encore cent kilomètres seule, au milieu de cette contrée où plusieurs corps d'armée se battaient depuis quinze jours, elle finirait bien par trouver un train qui la ramènerait en Basse-Bretagne, à Plémoran, elle et les restes de son mari.

Qu'avait-elle à craindre, après tout? On respecte généralement les morts. Que le hasard de son voyage funèbre lui fît traverser un détachement armé, le pis qu'il pût lui arriver était qu'on fouillât le chariot : Allemands ou Français, corps réguliers ou uhlans, ou francs-tireurs, se découvriraient devant un cercueil et la laisseraient passer librement, en lui présentant les armes. Pas d'autre danger, en somme, que celui des maraudeurs isolés, traînards, déserteurs ou paysans avides! Elle avait entendu parler de cette écume malfaisante que deux armées en campagne soulèvent toujours à leur suite; de ces corbeaux humains qui, le lendemain d'une affaire, s'abattent sur le champ de bataille pour détrousser les cadavres, qui achèvent les blessés afin de les fouiller plus à l'aise. Contre ces lâches, quelle que fût leur nationalité, elle avait un revolver. Sa main droite s'enfonça dans la grande poche de sa pelisse, pour le palper : il y était toujours! Elle se sentit très rassurée.

Puis, le cours de ses pensées changea. Ce n'était plus elle qui courait ainsi la nuit, seule, sur les grands chemins! Mais, une autre, une femme extraordinaire qu'elle avait quelquefois rêvée, vivant d'une vie qu'elle n'avait jamais vécue. Et l'incroyable de l'aventure, l'invraisemblance de cette réalité, la faisait par moments rire d'un vague rire intérieur.

Cette femme extraordinaire, tout enfant, ne lui était-elle pas apparue dans les quatre-vingts pièces délabrées du château de Plémoran? Son oncle, lui, le vieux marquis, à l'humeur taciturne, passait encore, malgré son âge, des trois jours de suite à la chasse, restait des mois entiers sans lui parler. Démesurément grande, sèche et anguleuse, laide et mal habillée, sa tante, quand elle n'était pas à prier dans la chapelle au fond du parc, lui faisait réciter son catéchisme, l'épouvantait sur les supplices de la damnation éternelle, ou lui expliquait des recettes pour conserver les pommes. Son cousin germain, de quinze ans plus âgé qu'elle, « Monsieur Trivulce », mauvais comme une gale et égoïste comme un fils unique, bien que déjà fiancé à « Mademoiselle Edith », ne se souciait pas plus d'elle que d'une de ces pauvresses en haillons qu'il mettait en fuite à coups de pierres, lorsqu'il les apercevait glanant quelques branches de bois mort. Un des grands amusements de « Monsieur Trivulce » pendant les récréations que lui laissait l'abbé son précepteur, ne consistait-il pas à pousser, à pincer ou à battre celle qui devait devenir sa femme? Il l'eût peut-être estropiée pour la vie sans la protection de sa nourrice, à elle, bonne Bretonne, née à Plémoran, ne sachant ni lire ni écrire : une imagination naïvement poétique qui lui racontait toutes sortes de légendes.

De ces légendes, sucées en bas âge comme un lait héroïque et merveilleux, des portraits de famille, quelques-uns noirs de la poussière de plusieurs siècles, accrochés dans les immenses galeries, des vieilles tapisseries seigneuriales usées jusqu'à la trame, de l'atmosphère même, sombre et rance, de ce séjour peu récréatif, « Mademoiselle Edith » avait évoqué une idéale créature. Forcée de vivre en dedans, portée à la rêverie par la contrée elle-même, par ce ciel couvert, par ces grands bois, par les coups sourds de l'Océan

non loin de là martelant la falaise, par le vent
s'engouffrant dans les vieilles croisées disjointes et
mugissant à travers les interminables corridors, elle fût
morte sans cette compagne invisible qui semblait
grandir et se modifier en même temps qu'elle.

D'abord, son enfance sans jeux avait longtemps joué
avec cette petite sœur du rêve. Puis, vers quatorze ans,
lorsqu'elle se cachait pour lire des romans de chevalerie
dérobés dans la bibliothèque, la petite sœur s'était
changée en une belle châtelaine héroïque, inspirant de
nobles passions, aimée par de purs chevaliers qui
tombaient mortellement frappés en baisant une mèche
de cheveux. La beauté de la belle châtelaine héroïque
était faite de cent traits divers empruntés à toutes les
Plémoran de plusieurs siècles accrochées dans la galerie
des portraits : l'élégante sveltesse de sa taille descendait
de la raideur hiératique de telle contemporaine de
Philippe-Auguste ; elle possédait les grands yeux
cerclés de bistre de celle-ci, qui avaient fait sensation à
la cour de Louis XIII ; et le teint de lis et de rose de
celle-là, relevé par une mouche, comme on en portait
sous la Régence, et le noble port de tête de cette autre,
et le nez, un peu busqué, de toute cette rangée ; enfin, de
cette dernière, l'adorable cou de cygne impitoyable-
ment tranché un jour par le couperet du docteur
Guillotin. Aussi, de quatorze à dix-neuf ans, la belle
vie ! Trivulce, son éducation terminée, vivait à Paris à
sa guise, en attendant l'heure de son mariage arrêté
d'avance avec sa cousine germaine. Le marquis, les
jambes percluses, ne bougeait de son grand fauteuil,
parlait peu, n'admettait d'autres soins ni d'autre compagnie que celle d'un vieux serviteur septuagénaire. Sa
tante avait joint à ses stations dans la chapelle l'élevage
des perruches et des petits chiens. Alors elle avait joui

de la plus grande liberté. Quelles chevauchées folles dans les profondeurs des bois ou le long de la falaise, escortée seulement de loin par deux gardes-chasse. Elle aimait aussi passionnément la lecture. La nuit surtout, quand tout dormait depuis longtemps dans le château : elle, blottie dans son large lit à colonnes, la grande lampe sur la table de nuit ! Le vent avait beau mugir par les fentes des portes avec des plaintes d'âme en peine. Les douces heures rapides, où l'immobilité du corps rendait sa pensée plus ailée ! La vivante et féconde solitude, peuplée d'intenses visions ! Que de fois, ayant enfin soufflé sa bougie, elle avait dû tirer les lourds rideaux de son lit, afin de ne pas voir la lumière du jour naissant. Il est vrai qu'elle ne se réveillait alors qu'au premier coup de cloche sonnant le déjeuner et qu'elle descendait en retard, les yeux battus, très pâle. Mais sa tante, qui n'avait jamais fini de bichonner sa petite meute, descendait plus tard qu'elle. A la longue, la bibliothèque entière y avait passé.

Dans un vieux *Robinson Crusoé*, dont il manquait des pages, l'empreinte du pied de « Vendredi » l'avait fait palpiter. Elle avait lu deux fois tout Walter Scott, et une histoire des Croisades interminable, et des romans du Moyen Age ; puis, des récits de voyages merveilleux, la conquête du Mexique par Fernand Cortez. *Atala, René*, et *les Natchez* avaient noyé son esprit dans une brume poétique, au milieu de laquelle, subitement, un coup de clarté : la lecture d'un volume dépareillé de la *Comédie humaine* ! Ensuite, elle s'était jetée sur le théâtre : rien compris à un Shakespeare traduit par Ducis ! Racine l'avait ennuyée ! mais elle avait fait des trouvailles d'émotion dans Corneille. Molière l'avait fait rire sans la passionner, à un âge où, ne sachant rien de la vie, elle ne comprenait pas les dessous cruels de ce rire. De même elle avait avalé, sans se l'assimiler, Diderot, les cent volumes des œuvres complètes de Voltaire, des livres de chimie et d'histoire naturelle, le Dictionnaire philosophique. Puis un jour qu'assommée par des livres qui n'étaient pas à sa portée, n'ayant plus rien à lire et assoiffée de nouveau, elle bouleversait de fond en comble la bibliothèque, le hasard lui avait révélé l'existence d'un « secret ». Elle n'avait eu qu'à presser un imperceptible bouton simulant une nodosité naturelle du bois, et un panneau avait basculé, découvrant une cavité cachée. Elle était tombée sur une vingtaine de volumes pornographiques.

Celui qu'elle ouvrait au hasard, un roman du marquis de Sade, ne lui apprenait rien, tant était grande alors son innocence. Elle en feuilletait plusieurs autres, sans y comprendre un mot. Puis, elle ouvrait *Gamiani*, par le vicomte Alcide de T..., avec gravures. A la vue de ces gravures, elle devenait tout de suite très rouge. Une brûlure subite lui courait le long de l'épine dorsale. Et elle se tournait du côté de la porte, inquiète, indécise.

Une domestique, ses chambres achevées, balayait la galerie précédant la bibliothèque. Sa tante allait passer pour se rendre à la chapelle. On pouvait entrer ! Alors, refermant précipitamment la cachette, Edith s'enfuyait au bout du parc, au fond d'un bosquet touffu où nul autre qu'elle n'était venu depuis six ans. Là, sûre de n'être pas dérangée, au pied d'un vieux faune en pierre, mutilé, lutinant une nymphe sans bras, elle avait regardé de nouveau les gravures. Puis, elle avait ouvert un autre volume : *Daphnis et Chloé*. Celui-là, elle le dévorait d'un bout à l'autre sans en sauter une ligne. L'inoubliable après-midi ! Depuis trois semaines, elle venait d'avoir dix-neuf ans. En juin ! Il faisait chaud. Autour d'elle, dans la profondeur des charmilles, de doux frottements d'ailes palpitaient avec un bruit de caresse invisible. La joue embrasée et le front en sueur, suffoquée, elle cessait parfois de lire. Deux papillons blancs voletaient lentement l'un autour de l'autre, puis finissaient par ne faire qu'un seul papillon blanc. Le soir à table, elle n'avait pas mangé.

Alors, pendant deux longues années, de dix-neuf à vingt et un ans, elle s'était sentie tout autre. Cette sœur du rêve, cette créature imaginaire qui, dans son enfance, avait partagé ses jeux, puis qui avait grandi en même temps qu'elle, qui s'était embellie des beautés éparses de toute une race et des ressouvenirs adorables de ses lectures, où donc s'était-elle retirée ? Etait-elle retombée dans le néant ? Ou bien, retenue au loin par une puissance supérieure, gémissait-elle en secret, le cœur gros, les yeux noyés de larmes éternelles ? Car il n'était pas possible que l'apparition immaculée, la touchante compagne de ses années chastes, se fût changée en bête. Et c'était vraiment une bête qui l'avait hantée nuit et jour pendant ces deux ans : une bête lâchée et impudique, chevauchant des voluptés immondes, rêvant un assouvissement irréalisable. Pas de répit ! Aussi bien les jours, dans le solennel ennui du vieux château, que les nuits, ses nuits brûlées, où l'aurore finissait par la surprendre n'ayant pas fermé l'œil, mordant de rage son oreiller ! La belle saison faisait-elle palpiter la campagne d'un frisson de vie, elle partait de grand matin, à pied ou à cheval, toute à son idée fixe, espérant vaguement se contenter au milieu du rut général des êtres. Mais elle rentrait exaspérée, dans un état à faire pitié, montait droit à sa chambre, s'y enfermait à clef, arrachait sa robe ou son amazone, dégrafait son corset et se jetait contre son lit, étouffant, ouvrant les bras dans le vide à un être inconnu, puis les tordant de désespoir,

retenant des appels rauques. Sur la route nationale, dans
une voiture de bohémiens, n'avait-elle pas vu une fille
de son âge, aux cheveux crépus, toute dépoitraillée,
dormir, en tenant embrassée la taille du beau mâle qui
conduisait. A travers une haie, elle avait écouté les
petits cris d'une paysanne, renversée par un valet de
ferme dans l'herbe fauchée et ne résistant au gars qui
lui relevait les jupes, que par des « Finis, Pierre...
j'appelle !... je me fâche !... » bien faibles. Devant ses
yeux, la fille de la ferme avait aidé le taureau à saillir
une vache. Deux mésanges sur une branche s'étaient
accouplées. Et elle n'était ni la mésange, ni la vache, ni
la paysanne, ni la bohémienne. Jusqu'aux émanations
des fleurs printanières qui empoisonnaient l'air d'un
irritant parfum d'amour.

Elle était devenue très maigre. Un grand cercle bleu
lui avait entouré les yeux ; elle était tombée malade. Un
médecin, mandé de la ville, lui avait ordonné du fer. Sa
tante faisait brûler des cierges à la chapelle. La nourrice, qui ne savait ni lire ni écrire, marmottait entre ses
dents : « Il faudrait la marier. »

Puis la bête cynique, qui l'avait hantée pendant ces
années malsaines, s'était anéantie à son tour. Du jour où
elle avait épousé Trivulce, revenu de Paris pour la
circonstance, tout était mort en elle. Rien qu'à la façon
dont celui qu'elle revoyait après cinq ans avait déposé
sur son front le premier baiser de fiancé, elle s'était
sentie écrasée d'un immense désespoir. Le mariage
s'était pourtant consommé sans qu'Edith osât proférer
une plainte, s'ouvrir à son oncle ni à sa tante, risquer
une objection. Dans l'église de Plémoran, sous son
voile de mariée, au moment de devenir la femme de ce
cousin qui la battait dans son enfance, resté tyrannique
et sot, un étouffement lui avait serré la gorge. Elle avait

subitement manqué d'air, comme si, tombée dans une fosse, elle s'était senti sceller une pierre tombale sur la tête.

Enfin, au bout de quinze mois, voilà qu'en cette fosse étouffante du mariage, par une fissure inespérée, un peu d'air et de jour avait pénétré. La guerre ayant éclaté, après nos premières défaites, Trivulce était revenu un soir de chez un voisin, M. de Kérazel, en disant : « Grandes nouvelles ! vous ne savez pas : Cathelineau arme des volontaires... Kérazel en est... Et de la Ferté !... Et de Kéralu !... Et de Quiberon !... » Elle l'avait regardé avec plus d'intérêt qu'à l'ordinaire. « Moi, je pars demain », avait-il ajouté simplement. A la bonne heure ! Elle avait reconnu là un Plémoran, elle qui en était ! Et elle lui avait tendu la main avec une sympathie qu'elle ne lui avait jamais montrée. Le lendemain, il était parti. Aujourd'hui, elle le ramenait, mort, dans cette caisse de bois blanc... Et Edith tourna la tête vers l'arrière de la charrette.

La grande montée était gravie ; elle fouetta son cheval. En avançant plus vite, la charrette ressautait fort chaque fois que les roues rencontraient quelque pierre. Il arrivait que, la pierre étant très haute, la charrette sonnait tout entière avec un grincement de dislocation. Et, chaque fois, Edith était machinalement tentée de se retourner pour s'assurer que la charrette contenait toujours le lugubre fardeau.

Maintenant, il lui semblait presque qu'elle avait aimé le baron. Elle ne se souvenait plus de l'infernale malice avec laquelle monsieur Trivulce, aux heures de récréation, se vengeait sur elle de l'ennui d'avoir traduit Plutarque et de s'être promené avec son abbé au milieu du « jardin des racines grecques ». Elle oubliait les quinze ans que son mari comptait de plus qu'elle, le profond égoïsme du fils unique, le terre-à-terre d'une âme basse, l'indifférence blasée du viveur parisien d'un moment, qui ne se consolait pas d'être rivé à la province par la médiocrité de sa fortune. Ce triste personnage, au détestable caractère, avait fait son devoir en s'engageant, et était mort sur le champ de bataille, comme un Plémoran doit mourir : elle ne pensait plus qu'à ce mérite ! Le reste n'existait plus. Même, elle qui était née aussi Plémoran, se disait avec mélancolie que le nom venait de s'éteindre à jamais, puisqu'il n'existait pas d'autre branche et qu'elle n'avait pas d'enfant. Elle n'était donc point éloignée de se croire profondément malheureuse. Sans le soutien de la pensée qu'elle accomplissait un grand devoir, qu'elle devait elle-même se montrer digne de sa race, peut-être, les nerfs aidant, eût-elle fondu en larmes sincères. Tout à coup, malgré elle, Edith tressaillit. Un long soupir, là, derrière son dos, et le remuement d'un corps qui se retournait ! Gabriel Marty, qu'elle avait complètement oublié, venait de remuer.

Il s'était mis sur le côté gauche, le derrière et les pieds portant contre le cercueil. Dans cette position nouvelle, il ronflait, très fort, comme quelqu'un harassé de fatigue. Et ce ronflement mit hors d'elle Mme de Plémoran.

Ce ronflement l'empêchait de suivre le fil de ses pensées. Maintenant, elle regrettait de s'être chargée du blessé. Elle n'avait écouté que la compassion, elle s'était décidée bien vite ! Les personnes chez qui le premier mouvement est celui du cœur, doivent se défier du premier mouvement. Elle réfléchissait trop tard ! Si elle rencontrait des Prussiens, la présence dans sa charrette de ce soldat français, en uniforme et armé de son fusil, pouvait lui devenir très préjudiciable. Aussi, à la première habitation qu'elle rencontrerait, elle se débarrasserait du blessé ; même, si elle croisait sur la route quelque voiture, elle entrerait en pourparlers pour s'en débarrasser tout de suite, avec de l'argent. En attendant, bien que la route montât de nouveau, elle rouait de coups le cheval pour le faire galoper, afin que le bruit des roues couvrît ce ronflement qui l'agaçait.

Vers minuit et demi, Gabriel Marty se réveilla.

Il se sentait mieux. Les quelques gorgées de rhum avalées, quatre ou cinq heures de profond sommeil, lui avaient rendu quelque force. Désenflammée par le repos, sa blessure au pied le faisait moins souffrir.

Ce sentiment de bien-être fut traversé à peine par le ressouvenir qu'il se trouvait étendu à côté d'un cadavre. Que lui importait, après tout, que derrière cette planche il y eût un homme mort ! La draperie noire n'offusquait même plus ses regards ; elle avait fini par glisser entre le cercueil et le fond de la charrette. Cet homme, il ne l'avait jamais vu ! D'ailleurs, depuis quelques jours, la mort était chose commune autour de lui : et celle d'autrui laisse froid, vous remplit même d'une involontaire satisfaction égoïste, lorsqu'on se dit que cela aurait pu être soi. Le cercueil n'était déjà plus qu'une caisse de bois blanc ordinaire grossièrement faite. Néanmoins, il fit un machinal signe de croix, remua un peu les lèvres en murmurant bien bas le *De profundis* ; puis, ayant cherché sous sa tunique son scapulaire, il le baisa. Et il tourna le dos à M. de Plémoran.

La jeune femme, elle, ne s'était aperçue de rien. Assise sur le banc, à l'avant de la charrette, elle conduisait toujours. Il n'aurait eu qu'à tendre le bras pour la toucher, mais la nuit était si noire, qu'il ne distinguait qu'imparfaitement sa silhouette. De temps en temps, une grosse toux l'agitait tout entière sous sa pelisse :

elle s'était enrhumée. – « Pourvu que cette admirable et
courageuse personne, se disait-il, n'attrape point une
maladie ! » S'il l'eût osé, lui qui maintenant avait
retrouvé sa chaleur, il se serait dépouillé de sa capote
pour la lui étendre sous les pieds, et il lui eût passé
autour du cou son cache-nez de laine. Puis, les pensées
de Gabriel devinrent vagues. Ses longs cils baissés
finirent par se rejoindre. Il retomba dans un demi-
sommeil.

Il se sentait enfoncé dans une grande douceur. Une
félicité inconnue envahissait tout son être et il s'y
abandonnait.

Tout lui venait de la présence de cette jeune femme
dont il n'avait qu'un moment entrevu les traits. Elle lui
avait sauvé la vie ! Son âme, dans une effusion de
reconnaissance, s'élançait continuellement vers elle. Et
il sentait qu'elle était là tout près, à sa portée : d'un
geste, il aurait pu lui enlacer la taille.

Même, une tentation le prenait : allonger sournoisement un bras sur la paille, porter sans bruit la main près
du bas de ses jupes, les lui effleurer du bout des doigts.
Il savait que ce contact lui procurerait la volupté d'une
caresse. Cette volupté, il en avait soif ! Il cédait déjà !
Mais, dans l'engourdissement du demi-sommeil, son
bras n'étant pas prêt à exécuter tout de suite sa volonté,
l'abbé Marty eut le temps de se souvenir qu'il était
prêtre.

La femme, cela lui était défendu ! Il ne devait pas y
toucher, même en pensée ! Jusqu'ici, une terreur sainte
et mystérieuse l'avait préservé de son contact.

Mais il n'avait pas toujours été prêtre ! Tandis qu'en
remontant à ses plus lointaines années, la femme était
déjà la précoce, et instinctive, et unique préoccupation
de sa vie.

Tout enfant, à Vitré, en sortant des vêpres avec sa pieuse mère, sous les ormes séculaires de la place, autour de la gothique basilique, arrivait une vieille amie, veuve, toujours accompagnée de sa fille, une grande et forte fille de vingt-cinq ans qui ne trouvait pas à se marier. Celle-ci se baissait chaque fois pour embrasser le petit Gabriel. Et le petit Gabriel ne restait-il pas une grande minute pendu au cou de la belle fille, lui mangeant la couleur des joues, l'étreignant de ses jambes de jeune chat voluptueux ?

Son père était huissier au tribunal. Grandi dans le cabinet de l'huissier, au milieu des significations de jugements, protêts et saisies, liasses de papier timbré jauni d'où s'exhalait l'odeur de la poussière, du renfermé et du moisi, jointe à un parfum écœurant de chicane, Gabriel avait passé toute son enfance dans une pièce triste dont l'unique fenêtre, aux vitres poussiéreuses, donnait dans une ruelle. La ruelle était étroite, et personne n'y venait, excepté les samedi, dimanche et lundi, où, des hommes en blouse, titubants, entraient et sortaient, habitués d'une sorte de cabaret borgne, tapi en un rez-de-chaussée du fond de la ruelle. Des éclats de voix avinées, jurons, disputes et chants bachiques, montaient ces jours-là. Et des hoquets vineux, des vomissements, se mêlaient au gargouillement des eaux de cuisine, vidées dans les plombs, à chaque étage. Mais, à une fenêtre d'en face, à l'étage supérieur, dans un encadrement de volubilis et de capucines grimpant le long de quatre ficelles, une jeune fille travaillait. A chaque instant, la voix sèche et brutale d'une mère la gourmandait : « Maria ! Maria ! » Pourtant, Maria ne perdait pas une minute, cousait du matin au soir. On entendait continuellement le petit bruit de son aiguille ou de ses ciseaux. Seulement, les après-midi où la mère

s'en allait au lavoir, un paquet de linge sur la tête,
Maria prenait un peu de bon temps, se mettait à regarder dans la ruelle. Alors, lui, voyait apparaître son front
éclatant de blancheur, ses abondants cheveux roux
toujours en désordre. Parfois, elle s'amusait à cracher
dans la ruelle ; elle essayait d'atteindre quelque chat en
lui lançant une petite motte de terre prise dans la caisse
aux volubilis. De clairs éclats de rire défaisaient soudain le fichu bleu croisé sur sa poitrine. Quelquefois
aussi son regard plongeait dans le cabinet de l'huissier.
Alors, lui, devenait rouge, baissait tout de suite le nez
dans ses paperasses.

Et, ce qui lui semblait très doux, à dix ans, pendant
que, petit clerc, il recopiait les paperasses, c'était de se
dire que cette Maria, âgée pourtant du double de son
âge, travaillait à côté de lui. Quelquefois, l'après-midi,
Maria se mettait à chanter quelque romance langou-
reuse, dont elle recommençait éternellement les couplets, d'une voix traînante et monotone. Et le père de
Gabriel était alors au tribunal ! Et un reflet de soleil
couchant entrait par la fenêtre ouverte, venait jaunir la
vieille étude obscure ! il ne comprenait pas bien encore
le sens des mots : « Amant... maîtresse... amour... »
dont étaient remplies les romances de Maria. Pourtant,
ces soirs-là, à peine était-il couché, et sa mère avait-elle
emporté la lumière, qu'il revoyait par la pensée la
fenêtre aux capucines et aux volubilis. La tête dépei-
gnée de Maria apparaissait ! Et voilà qu'elle venait de
se glisser dans sa chambre ! Elle était là maintenant, à
côté de lui, dans son lit ; il la tenait embrassée, et lui
disait bien bas : « Je t'aime ! je t'aime ! » jusqu'à ce
qu'il fût endormi. Parfois, il le lui disait encore pendant
son sommeil.

Puis, brusquement, à partir d'un certain jour, Maria

avait cessé de chanter. Plus la même : répondant à sa mère quand celle-ci la grondait ! fondant tout à coup en larmes ! l'œil cerné d'un cercle sombre ! Un matin, qu'il la regardait à la dérobée arrosant ses volubilis, ne lui avait-il pas semblé voir une grosse larme tomber dans la caisse en bois ? Elle avait, à coup sûr, quelque chose. Puis, un soir, de sa chambre, dont la fenêtre donnait à côté de celle du cabinet, il avait entendu une scène violente : « Salope ! Garce ! criait le père de Maria. Enceinte ! et sans vouloir nous dire de qui, encore !... Tiens, garce ! Tiens, salope ! » Et chaque injure était un coup différent. Il entendait distinctement le bruit mat de la tête de la pauvre fille cognée aux meubles. Jusqu'au jour, Maria avait hurlé de douleur. Et, depuis lors, il ne l'avait plus aperçue entre les volubilis. Elle avait quitté ses parents. Et lui, trouvant le cabinet de l'huissier triste comme un tombeau, avait signifié à son père qu'il ne serait jamais huissier. Sa mère ayant toujours rêvé d'avoir un fils prêtre, il s'était fait prêtre.

Prêtre, il n'avait jamais été débarrassé de l'idée fixe de la femme. D'abord, pendant ses six années de petit séminaire, il s'était longtemps souvenu de cette Maria. En classe, pendant qu'on leur expliquait l'*Epitome historiæ sacræ*, sa pensée s'envolait vers elle : « Que fait-elle maintenant ?... S'est-elle mariée avec celui qui l'a rendue enceinte ?... Est-elle retournée chez ses parents ?... Est-elle devenue une courtisane ? » Et, dans son gros dictionnaire français-latin, il se mettait à chercher les mots : *courtisane, fille de joie, prostituée*. A l'étude, ses voisins, cachés par leurs pupitres grands ouverts, se livraient entre eux à des pratiques obscènes. Lui, s'enfonçant le visage dans les mains, fermant les yeux, se bouchant les oreilles, pensait à la fenêtre encadrée de capucines et de volubilis : Maria lui avait

protégé sa pureté ! A la chapelle, quand l'orgue-
harmonium accompagnait des cantiques, ne s'imaginait-il pas entendre un écho lointain de sa voix très
douce ? Elle ressemblait vaguement à une vierge aux
cheveux jaunes, peinte sur les vitraux au-dessus de
l'autel. Un jour, il lui faisait des vers, cette fameuse
pièce d'alexandrins surprise par son professeur d'histoire
ecclésiastique, qui l'avait lue devant toute la classe, en
le comblant d'éloges malgré la pauvreté des rimes.
Puis, en avançant en âge, une gaze impalpable avait
insensiblement recouvert le souvenir de Maria. Ses
cheveux, ses traits, sa voix, son nom même, tout s'était
peu à peu enfoncé dans une brume. Mais il restait
pourtant quelque chose d'elle au fond de son ardente
piété du grand séminaire. Il avait voulu aimer Dieu de
toutes les forces avec lesquelles il eût aimé une femme.
Au lieu de la femme, Dieu : mystère pour mystère.
Telle avait été « sa vocation ». Et il s'était lié par des
vœux éternels. Mais, au fond de l'enthousiasme du
renoncement, pour calmer les révoltes fatales de la
chair, ne s'était-il pas toujours promis que ces bonheurs
lui seraient rendus au centuple dans un monde supérieur. Même en plein exercice de son divin ministère,
pendant trois ans, disant sa messe, consacrant l'hostie,
donnant l'absolution, il n'avait pu s'empêcher de croire
que ces voluptés, il les retrouverait un jour spirituali-
sées, exemptes des troubles de la satiété. La confession,
surtout ! C'est là, dans la paix et le demi-jour de ce
tribunal d'indulgence, qu'il avait continué d'aimer la
femme. A travers le grillage léger, avait-il entendu
chuchoter de mystérieuses confidences ! Les adorables
heures ! D'une main de chirurgien spirituel autorisée à
soulever les derniers voiles, il avait mis à nu la femme,
toute la femme. Celle-ci lui avait apporté les troubles,

instinctifs, d'une virginale innocence s'ignorant encore elle-même; celle-là, les dernières résistances d'un cœur déjà possédé par la passion; cette autre, le contrecoup des premières désillusions, les remords prématurés d'une contrition prête à glisser dans les rechutes; cette autre, l'âge critique des désenchantements définitifs; cette dernière, les aberrations d'un recommencement sénile ayant changé d'objet: mesquineries du bigotisme, enfantillages et radotages, pâles étincelles d'une flamme mourante. Et, toutes, il les avait également aimées d'un sacerdotal amour: leur facilitant les aveux, devinant ce qu'elles ne disaient pas, indulgent pour les égarées, vibrant à toutes leurs douleurs, pleurant avec elles sur leurs misères. Et, dans elles toutes, ce qu'il avait aimé alors, – chastement, croyait-il, chrétiennement, c'est-à-dire du même amour dont Notre-Seigneur Jésus-Christ, lui, avait aimé Madeleine, – n'était-ce pas encore ce qu'il avait aimé, autrefois, avec la violence naïve de l'instinct: un être unique, abstrait, la plus adorable créature de Dieu: la femme!

Mais, s'il n'avait jamais aimé la femme que comme Notre-Seigneur Jésus-Christ et à travers la grille du confessionnal, n'était-elle pas monstrueuse l'injustice qui, au bout de trois ans de sacerdoce, lui avait interdit l'entrée de ce confessionnal? Oh! la jalousie de certains collègues de villages voisins, auxquels il avait enlevé involontairement des pénitentes de marque! Les dénonciations à l'archevêché de Rennes! Les lettres anonymes! Appelé cinq fois en huit jours au palais épiscopal, il n'avait pas été sympathique au grand vicaire. Privé de son poste, la messe lui étant interdite pour six mois, il s'était d'abord incliné chrétiennement. Jusqu'au coup de tête de son engagement, ayant lu dans le journal, un soir, le récit des premiers désastres. Et, maintenant, blessé, sur le point de mourir de froid et d'inanition, il venait d'être sauvé miraculeusement par une jeune femme.

Edith était prise à ce moment d'une quinte de toux.

— Il fait très froid, pensa-t-il de nouveau. Elle va prendre une fluxion de poitrine. Ce serait ma faute !

Son passé de prêtre ne lui défendait pas de la faire mettre à sa place sous la toile goudronnée, tandis que lui conduirait à son tour. Il se sentait tout à fait fort. Mais comment adresser la proposition à cette baronne, qui, sur la route, lui avait parlé comme à un domestique. Dans sa timidité, il commença par changer deux ou trois fois de position dans la paille, en s'adressant à demi-voix à lui-même, un : « Allons ! je n'ai pas trop mal dormi. » Puis, il s'assit, le dos appuyé au cercueil.

Mme de Plémoran tourna la tête de son côté :

— Avez-vous besoin de quelque chose ? J'ai du pain... de la viande froide.

Gabriel Marty refusa. Il n'avait besoin de rien pour le moment. Il mangerait plus tard, quand madame mangerait elle-même.

— Ne vous occupez pas de moi, dit-elle sèchement.

Et sans s'arrêter à sa résistance, elle lui donna de ses provisions. Gabriel mangea docilement, le cœur gros. Il but encore du rhum. Puis, de ce ton obséquieux que prend un prêtre de campagne invité à la table du « château », voilà qu'il se confondait en remerciements, en excuses sur l'embarras qu'il causait. Même, l'habitude lui soufflait cette phrase : « J'appellerai sur vous, madame, toutes les bénédictions du Dieu tout-puissant. » Mais une réflexion soudaine arrêta sa phrase au bord de ses lèvres, et la modifia en un simple : « Matin et soir, dans mes prières, je ne vous oublierai pas. »

Edith l'écoutait, un peu étonnée. Il s'exprimait bien, pour un simple soldat ! Il avait de la religion ; un Breton véritable ! Puis, comme la gratitude du soldat tirait en longueur, elle crut y couper court, en disant :

— Tout ça n'est rien... Vous êtes un brave garçon...

Elle venait de reprendre les guides.

— Vous pouvez vous rendormir, ajouta-t-elle.

Et elle donna un petit coup de fouet au cheval. Déjà, retrouvant le fil interrompu de ses pensées, elle se remettait à calculer les conséquences de son veuvage. Voyons ! elle arrivait à Plémoran : quel accueil recevrait-elle de son oncle et de sa tante, c'est-à-dire de son beau-père et de sa belle-mère ? Quelle contenance garder devant leur désespoir, elle qui n'avait pas approuvé leur opposition à ce que leur fils unique s'engageât ? Comment amortir autant que possible le coup ? Prévenir par dépêche. Non ! plutôt par une lettre... Mais voilà que le soldat ne s'était pas recouché sur sa paille. Et il osait lui parler encore, l'importun ! C'était un vrai manque de tact, presque de l'insolence. S'imaginait-il donc qu'elle allait passer la nuit à faire avec lui la conversation ? Le malheureux la prenait peut-être pour son égale !

— Allons ! Allons ! Assez ! fit-elle d'un ton coupant. Taisons-nous !

Et elle ne tournait même pas la tête vers lui, pour lui dire cela. Tout le sang de Gabriel s'était glacé. Sans le vouloir, il lui avait donc été désagréable. Et ce n'était pas à coup sûr le sens des paroles : toute sorte de circonlocutions humbles pour lui offrir de braver à sa place le froid. Elle n'avait même pas entendu ! Quelle femme était-ce donc ? Et, près d'elle, comme il se sentait, lui, petit, mesquin, indigne et misérable ! Il se recoucha docilement sur la paille, comme un chien.

Du côté d'Edith, après les brusqueries de l'emporte-ment, déjà un retour de bonté naturelle. « J'ai peut-être trop rudoyé ce garçon. Après tout, il a l'air bien élevé : plutôt timide et retenu qu'audacieux. » Mais, d'où vient qu'il ne soufflait plus mot. Un sourire passa même sur les lèvres d'Edith. A une aussi brusque incartade, le malheureux cherchait évidemment quelque chose à répondre. Eh bien ! à son aise ! Il fallait lui donner le temps de trouver, à ce garçon intéressant : elle se sou-venait maintenant de ses traits entrevus à la lueur de la lanterne. Un nouveau sourire ! « Ah ! çà, vais-je m'occu-per tout le temps de lui ! » Puis, son front se rembrunit : elle était retournée en pensée à Plémoran. Elle en revint bien vite. « Que fait pourtant mon blessé ? » Et elle écouta. « Se serait-il endormi ? »

Alors, comme elle n'entendait même plus respirer Gabriel, un vague sentiment de peur... Non, pourtant ! on ne mourait pas aussi vite ! Mais il était prudent d'y voir clair. Elle ne connaissait pas cet homme, après tout ! Il y avait de ces caractères sournois et suscepti-bles, parmi les Bretons ! Qui sait si celui-ci ne se dispo-sait pas à la frapper par-derrière de quelque mauvais coup ? Elle avait déjà lâché les guides, saisi la lanterne, et elle en projetait la clarté dans la direction de Gabriel.

Leurs regards se croisèrent. Elle remarqua tout de suite le bouleversement de son visage.

— Qu'avez-vous donc ? s'écria-t-elle.

Gabriel détournait la tête.

— Souffririez-vous davantage de votre blessure ?

Il fit signe que non.

Toujours la lanterne à la main, Edith se rapprochait. Puis :

— C'est peut-être moi... Je vous aurai fait de la peine...

Sa voix était devenue très douce.

— Je vois que c'est moi ! Il ne faut pas m'en vouloir, vous savez... Nous ne sommes pas dans des circonstances ordinaires.

Elle lui tendit la main. Il ne se retournait même pas.

— Voyez ! je suis là... Je viens vous tendre la main, vous demander pardon...

Cette main, Gabriel la pressait. Et, incapable de dire un mot, se contenant pour ne pas sangloter, il la porta à ses lèvres. Edith la lui abandonnait : avec la sérénité d'une conscience qui vient de réparer un tort.

Maintenant, au contraire, elle se sentait pleine d'abnégation, d'humilité chrétienne. Lors de l'enrôlement de M. de Plémoran, n'avait-elle pas songé à partir, elle aussi, comme ambulancière ? L'étrange ambulancière qu'elle eût fait, si, sous la croix de Genève, elle ne s'était pas dépouillée de ses fiertés de fille noble. « A la guerre, comme à la guerre. » Rien que pour voir, elle allait jouer un peu à la sœur de charité.

Elle voulut absolument lui panser sa blessure. Gabriel résistait. Il ne souffrait plus, sa parole d'honneur ! Ce n'était vraiment pas la peine : le bandage de son pied était très suffisant. Pour sûr, la balle était sortie : rien que du repos suffirait à le guérir. Mais elle, ne voulait pas « se payer de mots ». La vue, en tout cas, ne pouvait lui faire de mal, et elle tenait à voir ! Elle fit valoir à plusieurs reprises l'argument : « Si la gangrène allait s'y mettre... » Pourtant tout restait inutile : le Breton s'entêta. Mille morts plutôt que d'écœurer la jeune femme par l'étalage de ses loques rougies, de sa plaie à vif, de son pied souillé de boue et de sang ! La certitude que tout cela sentait mauvais, lui était particulièrement intolérable.

Alors, cette lutte de retenue et de zèle charitable menaçant de s'éterniser, Edith s'emporta :

— Je veux,... entendez-vous bien ?... Je... veux !

Voyons ! était-elle la maîtresse, sur sa charrette, oui
ou non ? Lui, n'avait qu'à ne pas y monter, tantôt. Elle
ajouta même sèchement :

— Si vous ne cédiez pas, il ne vous resterait qu'à
descendre...

Un long regard d'effroi, de soumission tendre, fut la
réponse de Gabriel.

La lanterne, pendue maintenant à un clou à crochet
contre une des parois de la charrette, ne les éclairait que
d'une clarté douteuse. Edith releva la bougie davantage.
Puis, agenouillée sur la paille, à côté de son blessé, elle
était en train de tirer d'un énorme sac de voyage une
éponge, des bandes de toile, diverses fioles : arnica,
eau-de-vie camphrée, etc., toute une petite pharmacie
emportée de Plémoran par précaution. Mais, où déposer
son attirail ? Une large caisse en bois blanc ne se trou-
vait-elle pas là, devant ses mains, comme tout exprès ?
Sans balancer, elle étala sa pharmacie sur le cercueil,
qui lui fut aussi commode qu'une table. Même, à un
ressaut de la charrette, un peu de l'eau qu'elle avait
versée sur l'éponge dans un grand plat, se répandit. Et ;
entre les planches mal jointes, quelques gouttes de cette
eau durent asperger les restes du zouave pontifical.
Mais Edith, qui venait de se débarrasser de la pelisse et
de relever jusqu'au coude les manches de son manteau
de velours noir bordé de fourrure, ne pensait qu'à ses
préparatifs.

Il y avait encore de l'enfant en elle. Elle mettait de
l'amour-propre à vouloir paraître très expérimentée.

— Allez, vous n'avez rien à craindre ! je ne vous ferai aucun mal... J'ai la main très douce.

Et, tout en déroulant ses bandes avec la dextérité
d'un interne d'hôpital, elle se mit à lui raconter

qu'autrefois, à Plémoran, elle avait soigné la fille d'un de ses fermiers qui avait fait une chute atroce devant elle. Puis, quand tout fut prêt, elle arrêta le cheval, afin de ne pas être gênée par les trépidations de la charrette en marche.

— Là ! fit-elle. Maintenant, vous, il faut que vous vous étendiez de tout votre long sur la paille...

Gabriel essayait d'une dernière résistance.

— Il le faut ! répéta-t-elle d'un ton qui n'admettait pas de réplique. Je dois avoir toutes mes aises... Vous, vous n'avez pas besoin de voir...

Elle devenait pourtant très pâle à mesure qu'elle retirait délicatement les haillons boueux et sanglants. Mais quand la déchirure produite par la balle fut à nu, elle se pencha résolument, et regarda de très près, une seconde bougie qu'elle venait d'allumer à la main.

A la lueur de la bougie, Gabriel, étendu, voyait en plein le visage d'Edith. Elle fronçait les sourcils. Une ride profonde, de haut en bas, lui coupait le front en deux. Et elle gardait le silence, tandis que le blessé, à qui l'air faisait éprouver une vive cuisson, tremblait de tout le corps avec des gémissements étouffés. Puis, gravement, sérieusement, avec la tranquille certitude d'un professeur de clinique se prononçant devant les élèves à la visite du matin :

— Rien à craindre, mon ami !... Ce ne sera rien...

Gabriel éprouvait maintenant un bien-être. Sur sa blessure, la douceur de ces bandes de vieille toile souple, enduites de cérat, qu'elle achevait de lui appliquer légèrement. Et elle l'avait appelé son ami !

— Merci... Merci... balbutiait-il, suffoqué de reconnaissance.

Il était agenouillé devant elle, sur la paille. Il eût voulu prononcer des phrases, des mots ; mais rien ne sortait que ces « merci ». Alors, il eut la ressource des larmes. Il pleura longtemps, prosterné devant Edith. Et il se trouvait soulagé de pleurer. En même temps que cette pluie chaude jaillissait de ses yeux et lui baignait le visage, quelque chose de tiède aussi, d'extraordinairement doux, se répandait en lui, l'inondait d'une félicité inconnue. Et elle, à côté de lui sur la paille, le laissait pleurer, tout en remarquant qu'il avait de beaux yeux, expressifs. Pour la première fois, elle le regardait avec attention, détaillant ses traits à la lueur de la lanterne. « C'est presque un enfant, pensait-elle ; il est vraiment tout jeune, plus jeune que je ne le croyais. » Et, presque aussitôt, toujours à elle-même : « Ses cheveux noirs coupés court sont admirablement plantés... Tiens ! de belles lèvres rouges, fraîches !... » Tout à coup, au milieu de la satisfaction de ces découvertes, le front de la jeune femme s'assombrit. Un regard aigu fouillant au fond de son passé ! une comparaison rapide ! et l'amertume de se dire : « Jamais un homme comme celui-ci ne m'a tenue dans ses bras. » Alors, elle se souvint qu'elle retournait s'enterrer à Plémoran, pour toujours ; et elle s'aperçut que le cheval était encore arrêté au milieu de la route.

Edith reprit les guides, fit repartir le cheval. Puis, elle accepta l'offre de Gabriel qui voulait conduire à son tour, lui qui avait déjà dormi. Elle quitta donc le banc et vint s'asseoir à l'intérieur de la charrette sur la paille, à la place du jeune homme.

La toile goudronnée tendue autour des cerceaux garantissait Edith. Elle avait moins froid. Mais elle se trouvait tout près du cercueil. Et sa pensée se glissa avec horreur entre les quatre planches où chaque ressaut secouait un corps inerte. Maintenant, il lui semblait que ce voyage funèbre devenait interminable. Elle regarda

l'heure à sa montre. A peine deux heures et demie !
Encore quatre grandes heures de nuit à passer. Le jour
venu, seraient-ils encore loin de Blois ? A Blois, si on
lui avait dit vrai, elle devait trouver un train, elle passerait par Tours et Angers. Une fois en Bretagne... Là,
tant d'ennuis en perspective, un tel bloc de devoirs
cruels et de corvées insipides, que, pour s'empêcher d'y
penser, elle se mit à faire parler Gabriel sur les premières choses venues :

Son régiment avait-il beaucoup souffert ? Son père et
sa mère vivaient-ils encore ? Il était de Vitré ! La magnifique vue sur toute la vallée, de la place de l'église !
N'avait-il jamais eu de sœur ? Et, pour faire passer le
décousu et l'in-à-propos de la conversation, elle feignait
de s'intéresser à ces choses. Sa voix arrivait à des
inflexions d'intimité caressante. Gabriel se sentait très
heureux.

Pourquoi, maintenant, de la part de cette femme, tant
de familiarité affectueuse ? Gabriel ne cherchait pas à
savoir. Même, passé ! avenir ! rien n'existait déjà plus
pour lui. Rien que l'envahissante volupté de l'heure
présente qu'il eût voulue éternelle. Sur son banc, une
langueur l'envahissait. Ses réponses étaient courtes. Les
guides, qu'il tenait toujours, lui semblaient très lourdes.
Pour un rien, il les eût lâchées, et ses yeux se seraient
fermés, et il se serait laissé choir à côté de la jeune
femme.

Elle, s'alanguissait à son tour. Les paroles devenaient
rares. Puis, la conversation tomba tout à fait. Edith crut
avoir sommeil, s'étendit de son long sur la paille, prit
ses dispositions pour dormir. Elle était sur le côté droit,
les pieds dans une couverture, à l'avant de la charrette,
la tête un peu exhaussée et touchant presque le cercueil.
Et elle fermait les yeux depuis un moment, cherchant à

s'assoupir, lorsque tout à coup la lanterne, dont la bougie avait brûlé jusqu'au bout, s'éteignit.

Ils se trouvaient tous les deux au fond d'une obscurité profonde. Gabriel, toujours sur le banc, les guides à la main, ne distinguait même plus la route. Le cheval continuait d'avancer, machinalement. Alors, Gabriel, n'entendant plus remuer la jeune femme, crut qu'elle dormait ; il osa s'étendre avec précaution parallèlement à elle, le plus loin possible. Mais, ni l'un ni l'autre ne dormaient, et, dans leur immobilité, ils eurent peu à peu très froid ; ils se rapprochèrent. Dans la nuit profonde, par le grand froid, sans s'être parlé, voilà qu'ils se trouvaient presque dans les bras l'un de l'autre. Alors, tout à coup, tous les deux à la fois, ils se serrèrent éperdument, et leurs lèvres, qui se cherchaient, se rencontrèrent. C'était plus fort qu'eux ! Maintenant, ils se dévoraient de caresses.

Vers cinq heures du matin, Gabriel, qui dormait en tenant Edith endormie dans ses bras, se réveilla en sursaut, à moitié étourdi. La charrette s'étant presque renversée dans une ornière profonde, sa tête avait cogné contre le cercueil. Mais la charrette se redressa ; Gabriel se rendormit aussitôt, tenant plus étroitement Edith qui ne s'était pas éveillée. Le brouillard se dissipait à l'approche de l'aube. Et le cheval continuait d'avancer lentement, sans s'effrayer de la lueur rouge de cinq villages en flammes qui ensanglantaient l'horizon.

La guerre achevée, l'abbé Marly rentra en grâce auprès de son évêque. Il s'était bien conduit sur le champ de bataille ! il boitait encore ! On lui donna une cure de village. Edith de Plémoran s'est remariée avec un agent de change.

TABLE

Dans la collection
Les Cahiers Rouges

(Dernières parutions)

Cet ouvrage a été imprimé en France
par CPI Bussière
à Saint-Amand-Montrond (Cher)
en avril 2013

N° d'Édition : 17760. — N° d'Impression : 2002619.
Première édition : dépôt légal : novembre 2003.
Nouveau tirage : dépôt légal : avril 2013.